KB267018

들이대 퓨전 판타지 소설

Fantasy Frontier Spirit

창공의 에르하르트

Erhard of deep blue sky

창공의 에르하트 2

들이대 퓨전 판타지 소설

초판 1쇄 찍은 날 § 2005년 8월 10일
초판 1쇄 펴낸 날 § 2005년 8월 20일

지은이 § 들이대
펴낸이 § 서경석

편집장 § 문혜영
편집책임 § 유경화
편집 § 장상수 · 이재권

펴낸곳 § 도서출판 청어람
등록번호 § 제1081-1-89호
등록일자 § 1999. 5. 31
어람번호 § 제1-0624호

주소 § 경기도 부천시 원미구 심곡1동 350-1 남성B/D 3F (우) 420-011
전화 § 032-656-4452 팩스 § 032-656-4453
http://www.chungeoram.com
E-mail § eoram99@chollian.net

ⓒ 들이대, 2005

ISBN 89-5831-671-3 04810
ISBN 89-5831-699-1 (세트)

Fantasy Frontier Spirit
들이대 퓨전 판타지 소설
청공의
Erhard of deep blue sky
에르하트
2
도서출판
처럼

Contents

#5

그뤼네발트에
부는 바람

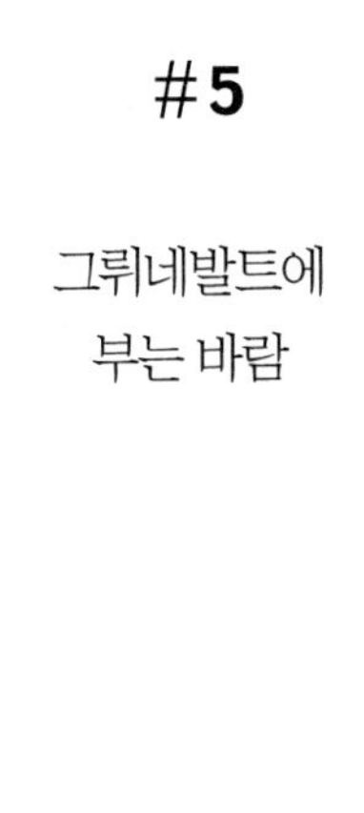

에르하트와 그의 일행이 그뤼네발트를 향한 지 일주일이 지난 주다스의 달 8일, 그뤼네발트의 상공에는 에세인 공국에 위치한 칼츠 공군 기지에서 출발한 한 대의 수송기가 새하얀 구름 위로 그 그림자를 드리우면서 날고 있었다.

"아, 명색이 영주인데 이렇게 숨어들어 가듯이 그뤼네발트로 향해야 하다니……."

온갖 보급 물자가 즐비하게 쌓여 있는 수송기 내부에서 한숨 섞인 목소리가 흘러나왔다. 그뤼네발트의 새로운 영주 크리스티안 에르하트의 목소리였다.

"어쩔 수가 없잖냐, 크리스. 이미 그뤼네발트 동부 지역이 반군에게 점령돼서 제국으로부터 직행하는 교통 수단이 모두 끊겼으니까 말이다. 그나마 제일 빠른 수단이 에세인 공국에서 출발하는 제국 공군의 수송기뿐이니까 말이야. 그리고 네 말대로 영주의 자존심이 있지, 그렇게 군용 소시지를 멋대로 뜯어 먹으면서 불평하지는 말아라. 볼썽사납다."

"으윽!"

미르코가 식료품이 들어 있는 상자를 마음대로 열고 소시지를 꺼내 먹는 에르하트에게 주의를 주자 옆에서 조용히 눈을 감고 있던 구스타프가 그대로 입만 열어 말했다.

"그런데 그뤼네발트의 현지 상황이 아주 좋지 않은가 봅니다. 민간 교통 수단이 완전히 끊겨 있다는 것은 그곳의 사정이 상당히 심각하다는 것을 의미하는 것 같습니다."

"그렇습니다. 정보 길드에서 보내온 자료에 따르면 현재 제국과 직접적으로 연결된 육상 통로는 완전히 막혀 있다고 봐도 과언이 아닙니다. 그리고 반군의 전투기들이 그뤼네발트의 동부 상공을 제압한 이상 제국으로부터의 직항로 역시 완전히 막혔고요. 현재로서는 에세인 공국으로부터의 우회로밖에는 그뤼네발트로 갈 방법이 없습니다."

"그렇다면 반군들이 그뤼네발트에 위치한 제국군을 고립시키기 위해 에세인 공국의 국경선 지방을 공격하지는 않을까? 반군의 입장에서 본다면 그뤼네발트의 남부만 점령한다면 그뤼네발트에 주둔 중인 제국군에게 보급 물자를 전달할 수 있는 길은 오로지 베른 항을 통한 해상 수송밖에는 남지 않으니까 말이야."

에르하트가 식료품 상자에 걸터앉은 채로 소시지를 씹으면서 그렇게 말을 걸어오자 미르코는 그 모습을 보고는 눈살을 약간 찌푸리더니 한숨을 한 번 내쉬면서 말했다.

"뭐, 에르하트 네 말대로 서부통합전쟁 때까지만 해도 그뤼네발트에서 가장 치열한 전투가 벌어졌던 곳은 에세인 공국에서 출발하는 보급로가 위치한 그뤼네발트 남부였다. 그런데 전쟁이 끝나고 사정이 달라졌지."

"달라지다니?"

"제국군이 전쟁이 끝나면서 철수한다는 소식이 들려왔으니까 말이다. 너 같으면 곧 철수할 제국군들에게 싸움을 걸겠냐? 그리고 남부에서의 전투가 치열했다는 의미는 말이다, 반군에게도 남부 지역을 점령한다는 것이 상당히 어려운 일이었다는 것을 의미한다. 제국군도 마지막 육상 보급로를 반군에게 호락호락 빼앗길 수는 없으니까 말이야."

에르하트는 상자 위에서 앉은 채로 다리를 흔들거리면서 뭔가 생각에 잠겨 있다가 들고 있던 소시지를 한입에 넘기면서 다시 입을 열었다.

"그렇다면 말이야, 이렇게 수송기를 타고 갈 것이 아니라 에세인 공국에서 차를 한 대 사다가 천천히 올라오는 것이 좋지 않았을까? 그뤼네발트 현지 상황을 살펴보면서 팔슈름야거의 당당한 호위를 받으면서 이동한다면 뭔가 더욱 영주답고 말이야."

아직도 그뤼네발트에 당당하게 입성하고 싶다는 미련을 못 버렸는지 어린아이 같은 치기까지 느껴지는 말을 내뱉는 에르하트를 보면서 미르코는 이마를 지그시 누르더니 한심스럽다는 목소리로 말했다.

"치열한 전투가 일어나지 않는다고 전투가 아예 없다는 것은 아니잖아. 그뤼네발트가 어디냐? 제국이 그뤼네발트를 병합한 그 순간부터 제국에 대항해 온 200년이 넘는 역사와 전통을 가진 유서 깊은 게릴라 부대가 존재해 온 곳이다. 그리고 정보 길드 자료에 따르면 현재 그뤼네발트 전 지역에 걸쳐서 그런 게릴라 부대의 활동이 활성화되고 있다고 한다. 아델에 가면서 무수한 비정규전 전투 경험을 쌓고 싶은 거냐, 너는?"

"으윽! 그렇다고 나를 그렇게 바보 취급 하면서 말할 것까지는 없잖냐? 에이, 재미도 없고 보급품이나 구경해야지."

미르코에게 무안을 당한 에르하트가 자리를 떠나 수송기 내부에 빼곡히 쌓여 있는 보급 물자들을 이리저리 구경하고 있는 사이 옆에서 그전까지 입을 다물고 있던 구스타프가 미르코에게 말을 건넸다.

"그런데 비정규전 이야기가 나와 갑자기 떠올랐는데 그뤼네발트의 게릴라 부대 중에 테러를 전문으로 하는 집단이 있다고 들었습니다. 혹 그들이 저기 계시는 에르하트 남작님의 양친을 노리지는 않을까 우려되는군요."

구스타프가 말을 마치자 미르코는 슬며시 미소를 짓더니 보급 상자들을 제멋대로 뜯어보면서 구경에 여념이 없는 에르하트를 손가락으로 가리키면서 말했다.

"저기 있는 크리스가 가끔 얼빠진 짓을 하기는 하지만 그렇게 멍청한 녀석은 아닙니다. 구스타프님의 말씀처럼 그뤼네발트의 반군들 중에 '하멜의 분노' 라는 테러 부대가 있기는 합니다만 이미 그에 대한 대비는 구스타프님을 만나기 전부터 갖추고 왔습니다."

발렌슈타인 제국의 수도 오딘 외곽에는 '그리브스 중개 회사' 라는

2층짜리 일반 주택을 개조한 조그만 토지 거래 전문 회사가 있었다. 회사 1층 사무실에서 비가 내리고 있는 창문 밖의 풍경을 멍하니 바라보고 있던 미카엘은 따뜻한 차를 타고 있는 안나라는 이름을 가진 중년의 여직원에게 말을 걸었다.

"아, 비도 오고 이렇게 가만히 앉아 있으려니 온몸이 좀이 쑤시는군요."

미카엘이 말을 건네면서 기지개를 켜자 사무실 구석에서 차를 타고 있던 안나는 찻잔을 미카엘이 앉아 있는 책상 위에 올리더니 따뜻한 미소를 건네면서 말했다.

"지루하시면 여기 홍차라도 한 잔 하세요. 좀 나을 거예요."

"고마워요, 안나."

그러나 잠시 후 홍차를 조금씩 마시던 미카엘이 결국 지루함을 못 이기고 의자에서 일어서자 미카엘의 건너편에서 서류를 정리하고 있던 안나가 고개를 들어 입을 열었다.

"어디 가세요? 비도 오는데……."

"갑갑해서 잠깐 나갔다 올까 해서요."

미카엘이 사무실 문을 열고 나가려는 순간 사무실 문밖에서 초인종 소리가 들려왔다. 미카엘은 앉아 있던 안나와 눈을 마주치면서 말했다.

"오늘 누가 방문하기로 했나요?"

"아니요."

미카엘의 말을 듣고 안나가 오늘의 스케줄이 정리되어 있는 노트를 살펴보면서 대답하자 미카엘은 다시 자신의 자리에 앉더니 안나에게 문을 열어주라는 듯 눈짓을 보냈다. 그리고 안나가 자리에서 일어서서 문으로 향하자 미카엘은 자신의 책상 서랍을 조금 열어서 출입구 방향으로 시선을 주었다. 안나가 문을 열자 사무실 밖에는 한 남자가 우비를 입은 채로 서 있었다. 그리고 비에 젖어 물방울을 흘리고 있던 그 남자는 의문의 눈길을 던지면서 자신의 앞에 서 있는 안나에게 미소를 지어 보였다.

"실례합니다. 여기가 그리브스 중개 회사 맞나요?"

"맞는데요. 무슨 일로 오셨습니까?"

안나가 남자의 질문에 긍정의 대답을 하자 남자의 얼굴에 떠 있던 미소가 더욱 짙어지며 안나에게 말했다.

"다행이군요. 제대로 찾아왔네요."

남자의 대답을 듣자마자 안나는 뒤로 물러서려 했다. 남자의 얼굴에 짙게 떠오른 웃음에서 위험을 느꼈기 때문이다. 그렇지만 안나는 미처 피하기도 전에 자신의 목을 감싼 남자의 두터운 팔을 느껴야만 했다. 그리고 자신의 얼굴 바로 옆을 스쳐 지나가는 젖어 있는 남자의 팔을 보았다. 남자의 손에는 어느샌가 권총이 쥐어져 있었다.

탕!

한 발의 총소리를 들으면서 안나는 보았다. 미카엘이 책상 서랍에서 미처 총을 꺼내기도 전에 이마에 구멍이 나면서 그대로 쓰러지는 모습을 말이다. 그리고 다시 한 번 그녀의 귓속을 꿰뚫는 날카로운 총성이 들렸고, 안나는 옆구리가 불에 덴 듯 심하게 아파오면서 시야가 아득하게 흐려져 가는 것을 느꼈다. 그리고 사무실 문 앞에서 쓰러진 안나가 의식을 잃기 전 마지막으로 본 모습은 총을 들고 거침없이 사무실로 밀려들어 오는 몇몇 침입자들의 모습이었다.

　잠시 뒤, 혈흔이 낭자한 그리브스 중개 회사의 정문으로 두 남자가 들어섰다. 새로운 방문자들을 발견하자 빗물에 섞여 피가 흘러내리고 있는 우비를 걸치고 사무실 안에 대기하고 있던 남자는 그들에게 다가가 사무적인 목소리로 말했다.

　“목표물은 전원 처리했습니다.”

　“수고했다. 사람들이 몰려들기 전에 사체들을 전부 처리하도록.”

　“알겠습니다.”

　지극히 짧은 대화를 마지막으로 남자가 2층으로 올라가자 두 남자는 우산을 꺼내 들면서 사무실 밖으로 다시 나갔다.

　“이것으로 사냥은 다 끝난 것입니까?”

　퍼붓듯이 쏟아져 내리는 빗속을 걸으면서 한 남자가 옆에 있는 일행에게 말을 걸었다.

　“일단 위험은 다 제거했다고 봐도 되겠지요. 그렇지만 방심은 금물입니다, 밀너 대위. 사냥터는 이 근처에만 만들어졌으니까요.”

　“잘 알고 있습니다. 다른 숲에서 기어드는 녀석들도 조심해야겠지요. 특히 동쪽에서 넘어오는 녀석들을 말입니다. 그렇지만 제국 정보부에서 그들을 직접 처리하지 않고 우리들에게 도움을 요청하시다니 의외군요, 슈펠만 남작님.”

　어깨로 스며드는 빗물을 닦아내면서 밀너가 말했다.

　“제국 정보부에서 직접 움직이면 그들이 눈치챌 우려가 높지요. 그렇지만 엘링턴 왕국의 ‘여왕의 그림자’가 움직인다면 당신들의 정체를 알아내기 위해 행동을 조심하게 될 겁니다. 그리고 에르하트 남작의 안위가 중요한 것은 엘링턴 왕국 역시 마찬가지 아닙니까?"

"훗! 이번 기회에 빚을 한번 지워주려고 했더니 미리 선수를 치시는 군요."

밀너가 살인의 흔적을 보고 온 사람답지 않게 해맑은 웃음을 슈펠만에게 지어 보였다. 슈펠만은 구름이 낮게 드리워진 어두운 하늘에 시선을 주면서 아무 말도 없었다. 침묵 속에서 함께 길을 걷던 두 사람은 갈림길에 들어서자 서로 눈을 마주쳤다. 넘치는 빗물을 더 이상 감당하지 못하고 역류하고 있는 하수구에 시선을 주던 슈펠만은 고개를 돌려 사람 좋은 미소를 흘리고 있는 밀너에게 고개를 숙이면서 인사를 건넸다. 그리고 그는 밀너와 떨어져 반대편 도로를 향해 발걸음을 옮기기 시작했다. 빗속에 묻혀 조금씩 사라져 가는 슈펠만의 뒷모습을 보던 밀너는 말없이 코트 주머니에서 담배를 꺼내 들었다.

"크리스티안 폰 에르하트 남작이라……."

에르하트의 이름을 나직이 흘리던 밀너는 곧 물고 있던 담배에 불을 붙이고는 슈펠만이 떠나간 반대편으로 천천히 걸어갔다. 그리고 잠시 뒤, 두 사람이 떠난 도로 위를 몇 대의 경찰차가 어딘가를 향해 거센 물보라를 일으키며 질주해 달려갔다.

그뤼네발트의 중심을 가르는 나이메겐 평원의 젖줄 마우저 강을 경계로 건설된, 아델에서 남쪽으로 60큐빗 떨어진 지점에 그뤼네발트 주둔 발렌슈타인 제국 공군 비행 기지인 '아른하임'이 위치해 있었다. 아른하임은 본래 그뤼네발트 정중앙에 위치한 그 지정학적 특성으로 인해 제공권 장악이나 지상 지원 같은 전술 기지로서의 역할보다는 수송과 보급, 그리고 전략, 폭격이라는 후방 지원 목적, 즉 전략적 목적이 강했던 비행 기지였다.

그러나 서부통합전쟁으로 인해 일어난 동부 하멜 인들의 반란으로 그뤼네발트 주둔군이 마우저 강 서안으로 물러나 마우저 강을 경계로 반군의 공세를 막아야 하는 상황 변화에 따라 현재는 그뤼네발트의 내전에서 최전방 전선에 위치한 전술 공군 기지로 그 역할이 변화되었다. 그리고 그 역할의 변화와 그뤼네발트 내에서의 중요도가 증가함에 따라 확장 공사가 한창인 아른하임 비행 기지의 활주로 한곳으로 수송기 한 대가 접근하고 있었다.

에르하트와 미르코, 그리고 구스타프를 태우고 에세인 공국에서 출발한 KT—80 장거리 수송기였다. 케른 사에서 개발한 KT—80 수송기는 관제탑의 지휘에 따라 천천히 그 고도를 낮추면서 바람을 가르는 프로펠러 소리와 함께 특유의 귀를 찢는 듯한 항공기 브레이크 음을 아른하임 공군 기지에 울리면서 착륙하기 시작했다. 잠시 후 관제탑이 지시한 구역에 도달한 장거리 수송기는 거세게 바람을 일으키던 프로펠러를 완전히 멈췄고, 곧 기체 후방에 위치한 램프 도어가 천천히 열리기 시작했다. 그리고 후방 도어가 열리자마자 한 사람이 그대로 수송기 밖으로 뛰쳐나왔다. 물론 크리스티안 폰 에르하트 남작, 그뤼네발트의 신임영주인 바로 그였다.

수송기에서 나온 에르하트는 광활한 활주로에 서서 감개무량한 표정으로 주위를 돌아보았다. 끝없이 이어진 활주로가 뜨거운 초여름의 태양 빛을 받아 만들어낸 아지랑이 사이로 푸른 녹음으로 채색된 수풀과 군데군데 서 있는 건물들이 그의 눈에 들어왔다. 활주로의 뜨거운

열기를 그대로 느끼면서 에르하트는 고개를 들어 초여름의 태양이 빛
나고 있는 푸른 하늘을 바라보다가 그대로 무릎을 꿇고는 신의 가호를
바라면서 그뤼네발트의 땅에 그 첫 입맞춤을 했다.

그때였다. 수송기에서 미르코의 다급한 목소리가 들려왔다.

"크리스! 피해라!"

그리고 미르코의 다급한 음성에 놀란 에르하트가 근처에 있는 참호
로 몸을 날리자마자 모골이 송연해지는 소리가 들려왔다.

팍!

그전까지 에르하트가 있던 자리에 탄흔이 남으면서 파편이 비산되
었던 것이다.

"이게 뭐야?"

갑작스러운 공격에 놀란 에르하트가 미르코를 향해 고함을 지르자
곧 미르코의 목소리가 그의 귀청을 때렸다.

"저격이다! 그 자리에 꼼짝 말고 그대로 있어라!"

미르코는 수송기가 착륙한 후 기장에게 감사의 말을 전하기 위해 조
종실로 들어섰다가 관제탑에서 들려오는 무전을 듣게 되었다. 그리고
미르코는 무전을 듣자마자 화물실에 있던 에르하트와 구스타프에게 경
고를 전하기 위해 재빨리 일행이 머물고 있던 화물실로 돌아왔지만 이
미 에르하트는 밖으로 나간 뒤였다. 말을 마친 미르코는 곧바로 조종
실을 향해 달려갔다.

"저 죽을 줄도 모르고 활주로로 뛰어내린 저 얼간이 녀석은 뭐야?"

미르코가 조종실에 들어서자 그의 귓가에 들린 첫마디 말이었다. 관
제탑에서 욕설을 내뱉으면서 무전을 날리고 있었던 것이다. 미르코는

기장에게 연결된 헤드셋을 빼앗아 들더니 관제탑을 향해 무전을 취하기 시작했다.

"관제탑! 지금 밖에 있는 녀석이 얼간이라는 사실은 이가 갈리도록 충분히 잘 알고 있다! 그런데 지금 저 얼간이가 그뤼네발트의 신임영주라는 신분을 가지고 있는 것이 문제다! 저격병이 이 근처에 있다는 것은 아까 전 무전하고 지금 날아온 총알로 울화가 치밀도록 잘 알고 있으니까 대책을 말해 주길 바란다!"

관제탑에서 욕설을 내뱉으면서 무전을 날리던 사람은 미르코의 말을 듣고는 놀랐는지 한동안 말이 없었다. 그리고 잠시 뒤 무전이 다시 연결되었을 때 아까와는 다른 목소리가 미르코의 헤드셋에 들려왔다.

"나는 아른하임 비행 기지의 관제 장교인 베스트펠트 중령이다! 활주로에 있는 인물이 그뤼네발트의 신임영주인 것이 확실한가?"

"그렇다! 오자마자 영주가 죽어나가는 꼴을 보기 싫으면 구조 작전을 해주기 바란다! 아른하임 내의 자체 병력으로 신임영주를 바로 구출할 수 있겠는가?"

미르코가 에르하트의 구조를 관제탑에 요청했다. 하지만 관제탑에서 돌아온 답신은 그를 실망시켰다.

"그것은 힘들다! 귀하들이 타고 온 수송기가 착륙하기 직전에 저격병들이 공격을 해왔기 때문에 지금 구출 병력을 편성할 여력이 없다! 그리고 기지 여기저기에서 저격병들이 산발적인 공격을 가하고 있어 기지 내부가 전체적으로 혼란스럽다! 관제탑마저도 공격을 받고 있는 실정이다! 위험하니 밤이 되거나 적의 공격이 멈출 때까지 그대로 대기하는 수밖에 없다!"

"제길! 활주로의 온도가 지금 얼마나 되는 줄 모르나? 사막보다도 더하다! 저 찜통 속에서 물도 없이 저녁까지 기다리다가는 영주가 죽을 수가 있다! 그리고 활주로에 완전히 노출되어 있고 말이다!"

말을 마친 미르코는 치밀어 오르는 울화를 참으면서 이를 악물었다.

"미안하다! 최대한 노력은 해보겠다!"

그것을 마지막으로 미르코는 헤드셋을 집어 던지더니 조종실을 떠나 화물실로 다시 돌아갔다. 그리고 수송기 내부에 설치된 접이식 의자에 앉아 있는 구스타프에게 인상을 구기면서 말했다.

"아무래도 아른하임 비행 기지의 도움으로 크리스를 구출하기는 힘들 것 같습니다."

미르코의 말을 들은 구스타프는 자리에서 일어서서 수송기 후미에 열려 있는 도어로 다가갔다. 그리고 그대로 주저앉으면서 도어 너머로 보이는 활주로를 잠깐 동안 살펴보더니 다시 미르코에게 고개를 돌리면서 말했다.

"아른하임에서 구출하기 힘들다면 우리가 구해야겠지요. 제가 부하들과 헤어져서 에르하트 남작과 같이 온 이유가 그것이니까요."

"하지만 저격병들이 공격하고 있어서······."

미르코가 부정의 의미를 담고 그렇게 말을 마치자 구스타프는 미르코에게 웃음을 지어 보였다.

"미르코님은 제가 기사라는 사실을 잊으셨나 보군요. 저는 근처에서 느껴지는 살기 정도는 간단히 알아낼 수 있습니다. 지금 에르하트 남작님을 노리고 있는 저격병은 단 한 명입니다."

"단 한 명이라고요?"

미르코가 희망이라는 단어를 두 눈에 가득 담으면서 반문했다.

"하지만 그 단 하나의 살기가 슈트룸나이트라 불리는 제가 간신히 느낄 수 있을 정도로 상당히 단련된 자의 것이라는 게 문제지요. 그것도 장거리에서 공격해 오는 저격병이라면 말입니다."

"그렇다면 구스타프님에게도 힘들다는 말씀이십니까?"

미르코가 낙담하는 표정으로 질문을 던지자 구스타프는 보급 물자들이 쌓여 있는 곳으로 걸어가더니 미르코에게 다시 시선을 주면서 말했다.

"지금 이 상태로였다면 힘들겠지만 다행스럽게도 에르하트 남작님이 좋은 것을 저에게 보여주고 가셨군요."

"예?"

구스타프가 하는 말의 의미를 파악할 수가 없어서 어리둥절해하고 있는 미르코의 눈 속으로 원형으로 만들어진 화물실의 한곳을 가리키는 구스타프의 손가락이 들어왔다. 그리고 구스타프가 가리키는 방향을 따라 시선을 돌리던 미르코는 에르하트가 수송기를 타고 오는 동안 열었던 수많은 보급 상자들 중 하나를 볼 수 있었다.

눈부시게 내리비치는 햇빛에 에르하트는 한쪽 눈을 감으면서 자신의 얼굴을 손바닥으로 가렸다. 간간이 멀리서 들려오는 총소리와 근처 숲에서 들려오는 새소리만이 이곳에 생명이 숨 쉬고 있다는 사실을 알리고 있을 뿐 에르하트가 있는 참호 주위로는 뜨거운 열기와 함께 아무런 인기척도 없이 긴장감에 휩싸여 있는 무거운 정적만이 감돌고 있었다. 에르하트는 허리 높이로 간단하게 만들어진 참호 벽에 몸을 기대더니 어느새 땀으로 흠뻑 젖은 셔츠 포켓에서 담배를 꺼내 들었다. 그리고 담배에 불을 붙이고는 그대로 팔베개를 하고 참호 바닥에 누워 버렸다.

"후우……."

에르하트는 한숨과 함께 담배 연기를 날려보내면서 하늘 속을 유유히 유영하고 있는 새하얀 구름들을 멍하니 바라보았다. 그리고 플라타너스의 커다란 나뭇잎들이 서로의 몸을 부딪치면서 내는 '쏴아아' 하는 상쾌한 마찰음과 함께 시원한 바람이 참호 안으로 갑작스럽게 쏟아져 들어와 초여름의 따가운 햇살에 지친 에르하트의 얼굴을 지나 다시 창공 속으로 멀어져 갔다.

얀 브루킹크는 목덜미로 흐르는 땀방울을 조심스럽게 닦아내면서 땀 때문에 온몸에서 느껴지는 불쾌감을 잊고자 노력했다. 그의 눈앞으로 바람에 이리저리 흔들리는 나뭇잎의 그림자와 하얀 풀꽃들이 보였지만 얀은 자신의 옆을 지나고 있는 시원한 실프의 기운에도 불구하고 그 시원한 청량감을 전혀 느낄 수 없었다. 주다스의 권능이 담겨 있는 초여름의 햇빛은 두터운 위장포를 둘러쓰고 그 위에 나뭇가지와 잎사귀들을 덮어씌운 채 총구를 겨누며 엎드려 있는 얀에게 너무나 힘든 상대였던 것이다.

"크리스티안 에르하트……."

또다시 이마를 적시면서 내려오는 땀방울을 손바닥으로 닦아내며 얀은 위장포 앞 풀잎 사이로 보이는 에르하트의 사진을 보면서 그의 이름을 낮은 목소리로 읊조렸다. 얀 브루킹크는 제국군이 반군이라고 부르는 하멜 해방 연맹 소속의 저격수였다.

"그렇지만 이대로 수송기 밖으로 나간다고 해서 어딘가에서 매복 중인 저격수를 찾는다는 보장은 없지 않습니까? 비록 대강의 위치는 알고 있다고 하지만 말입니다."

미르코가 활주로에서 피어오르는 열기를 느끼면서 보급 상자에서 꺼낸 저격총을 조립하고 있는 구스타프에게 말했다.

"맞습니다."

구스타프가 발렌슈타인 군의 제식 저격 소총인 KAR—99L형 스나이퍼 라이플에 탄을 집어넣으면서 짧게 대답했다. 그리고는 옆에 있는 다른 저격 소총을 집어 들면서 미르코를 보았다.

"설사 정확한 위치를 알고 있다고 하더라도 일반적인 방법으로는 저 정도 수준의 저격수를 잡을 수 없습니다."

구스타프의 말에 의문을 느낀 미르코가 손수건을 꺼내 어느새 얼굴에 맺힌 땀방울을 닦아내면서 말했다.

"그럼 일반적인 방법이 아닌 다른 방법이 있다는 말씀이십니까?"

미르코가 질문을 던져 오자 구스타프는 앉아 있던 자리에서 수송기의 후방 램프 도어 쪽을 눈살을 찌푸린 채 바라보고는 초조한 표정으로 대답을 기다리는 미르코에게 다시 입을 열었다.

"전쟁터에서 꼭 정면 대결만 하라는 법은 없지요."

"그러면?"

"목적을 달성하기 위해서는 약간의 속임수도 필요한 것 아니겠습니까?"

미르코는 살벌하게 느껴지는 웃음을 지으면서 자신에게 저격총을 건네는 구스타프의 얼굴을 볼 수 있었다.

"제발 나와라."

얀은 에르하트가 숨어 있는 참호를 고배율의 저격 스코프로 바라보면서 자신이 생각해도 말도 안 되는 바람을 흘리면서 초조해지는 마음을 조심스럽게 다스렸다. 조금씩 불어오던 바람도 이제는 더 이상 그 청량함을 선사하지 않았고, 풀벌레 소리와 함께 무심한 정적만이 얀이 머물고 있는 숲 속 안에 감돌고 있었다. 얀은 점점 줄어드는 총성을 생각하면서 같이 온 다른 동료들의 안위를 걱정했다. 비록 임무에 투입되기 전부터 살아 돌아가는 것을 포기한 얀이었지만 말이다.

'이미 퇴로는 막혔을 것이다.'

얀은 생각했다. 저격수들의 공격을 연락받은 제국의 부대들이 이미 후방을 봉쇄하고 천천히 포위망을 좁혀오고 있을 것이다. 그리고 자신에게 시간을 벌어주기 위해 같이 온 동료들은 사방으로 흩어져서 힘겨운 싸움을 벌이고 있을 것이다.

그러나 시간이 없기는 그뤼네발트에 도착하자마자 참호 속으로 숨어들어 가야 했던 저 불쌍한 신임영주 역시 마찬가지였다. 하늘에서 내리쬐는 강렬한 햇빛은 위장하고 대기 중인 자신에게보다 활주로 바로 옆에서 그 열기를 고스란히 받고 있는 신임영주에게 더욱 가혹하게 작용할 테니까 말이다.

'내가 이긴다!'

스코프의 조준선을 참호선에 정렬시키면서 얀은 생각했다. 그런 얀의 턱 밑으로 무수한 땀방울이 맺혀 있었다.

얀의 생각대로 에르하트는 태어나서 처음으로 태양을 저주하면서 참호 속에 죽은 듯이 엎드려 있었다. 바람도 잠잠해지고 정오를 지나 태양이 참호 속에 그대로 내리쬐기 시작하면서 에르하트는 심한 갈증을 느꼈다. 그리고 태양의 복사열을 그대로 뿜어내는 활주로의 뜨거운 공기는 에르하트의 심장마저 메마르게 하려는 듯이 그 열기를 고스란히 에르하트에게 전하고 있었다.

'여기서 죽는 것인가?'

어지러워지는 정신을 가다듬으려고 노력하면서 에르하트는 생각했다. 에르하트는 햇볕을 조금이라도 피하기 위해 땅을 향해 바라보고 있던 자신의 몸을 그대로 뒤집으면서 태양이 그 빛을 산산이 흩뿌리고 있는 그뤼네발트의 하늘을 바라보았다.

"이봐, 좀 봐달라고."

에르하트는 침잠해져 오는 눈을 양손으로 가리면서 어딘가의 누군가에게 말했다.

"준비됐습니까?"

구스타프는 고개를 돌리면서 뒤에 서 있는 미르코에게 말했다.

"군에 있던 시절, 전쟁을 겪으면서도 한 번도 안 하던 짓을 제대하고 나서 해야 하다니, 참 아이러니하군요."

미르코가 자신을 압박해 오는 긴장감을 지우려는 듯이 그렇게 어색한 웃음을 지으면서 대답했다.

“뭐, 4년 동안 안 해본 경험을 오늘 몰아서 한다고 생각하십시오.”

구스타프가 가볍게 농담을 건네자 미르코는 자신이 들고 있는 저격 총을 다시 한 번 힘껏 움켜쥐더니 억지로 웃는 것이 확연한 얼굴을 하면서 말했다.

“참으로 위로가 되는 말이군요.”

“자, 그럼 슬슬 시작해 볼까요?”

구스타프는 램프 도어를 향해 걸어가면서 대화를 마쳤고, 미르코는 구스타프 앞에서 스며들어 오는 눈부신 태양광에 두 눈을 찌푸리면서 엄습해 오는 긴장감을 떨쳐 버리려는 듯 길게 숨을 들이쉬었다.

“뭐지?”

에르하트가 숨어 있는 참호를 중심으로 그 주위를 경계하고 있던 얀의 눈동자에 수송기에서 뛰어나오는 한 사람의 모습이 잡혔다. 수송기에서 뛰어내린 남자는 등에 소총을 메고 한 손에는 참호에 갇혀 있는 신임영주에게 주려는 듯 물통으로 보이는 작은 통을 들고 있었다.

“미안하군.”

얀은 짧게 말을 마치면서 통을 들고 있는 힘을 다해 달리고 있는 남자의 머리를 향해 조준선을 옮겼다. 그리고 방아쇠에 걸어놓은 자신의 검지를 천천히 잡아당기기 시작했다.

탕!

오랜 침묵을 깨고 얀의 신성 폴센 제국제 PR—4SR 저격 소총이 불을 뿜었다. 그러나 참호로 향하던 남자는 신임영주가 있는 참호 속으로 들어가 버리고 말았다. 볼트 액션식 저격 소총에 탄을 다시 장전하

면서 안은 활주로 위에 쓰러져 있는 거한의 모습을 보고 곧 낮게 신음
성을 흘렸다.

안은 물통을 들고 달려가던 남자에게 사격을 가하려는 순간 수송기
에서 뛰어내리는 한 거한의 모습을 발견하고는 다시 조준선의 방향을
바꿀 수밖에 없었다. 거한이 자신이 숨어 있는 숲을 향해 엄청난 속도
로 달려왔기 때문이다. 안은 순간적으로 판단했다. 자신의 목표는 영
주였다. 결코 영주를 돕기 위해 참호를 향해 미친 듯이 달려가는 남자
가 아니었다. 안은 자신이 있는 숲 속으로 빠르게 접근하는 거한의 모
습에서 본능적으로 위협을 느꼈고, 작전의 원활한 수행을 위해 그를 우
선적으로 제거해야 한다고 판단했다.

"크리스, 괜찮냐?"

숨을 헐떡이며 미르코가 말했다.

"야, 도와주러 온 것은 고마운데… 내 위에서 좀 비켜나 줄래? 힘도
없어 죽겠는데 네 녀석 밑에 깔리니까 고마운 마음이 들기보다는 때려
주고 싶을 정도로 짜증이 밀려온다."

에르하트가 자신의 몸 위에 쓰러져 있는 미르코에게 그렇게 고마움
을 표시했다.

"힘들어졌군."

활주로 가운데에 쓰러져 있는 거한을 보던 안이 흐르는 땀방울을 닦
아내면서 말했다. 간신히 신임영주를 궁지로 몰아넣어 놨는데 저 무모
한 자들이 다시 시간을 벌어주었기 때문이다. 작열하는 태양 빛에 의

해 녹초가 되었던 영주가 부하로 보이는 남자가 가져온 물을 마셨다면 이미 이곳에서 저격하기는 틀린 것이다. 이제 시간에 쫓기는 것은 자신이 되었다. 영주가 숨어 있는 참호 속을 저격하기 위해서는 적어도 이곳에서 600파섹 정도 떨어진 위치에 있는 고지대를 향해 이동해야 했다. 얀은 저격총의 스코프를 가리고 천천히 자신의 매복지를 떠나 새로운 저격 장소로 이동하기 시작했다. 잠시 후, 그가 떠나간 자리에는 뭔가에 눌린 잡풀들 이외에는 아무것도 남아 있지 않았다.

"뭐 하는 거냐?"
에르하트가 참호에 엎드려서 저격 소총의 스코프를 들여다보고 있는 미르코에게 말했다.
"뭐긴 뭐야, 조준하고 있는 거지!"
미르코가 대답했고, 에르하트는 웃었다.
"행여나……."

"왜 이렇게 무리하는 거지?"
얀은 얼굴을 때리는 나뭇가지들을 걷어내면서 생각했다. 아른하임 공군 기지에 침투한 자신의 부대원들은 하멜 해방 연맹 내에서도 적에게 가장 위협적인 부대 중 하나였다. 단 아홉 명으로 구성된 부대였지만 이렇게 소모품같이 쓰일 부대가 아니었다.
마우저 강을 넘어 아른하임 공군 기지에 도착하는 에르하트 남작을 제거하라는 상부의 명령이 내려온 것은 이틀 전의 일이었다. 명령서와 건네진 사진 속의 인물을 보면서 얀이 맨 처음 떠올린 생각은 무모함이었다. 아무리 제국군이 수세에 몰려 있다고는 하지만 마우저 강 너머로 들어가는 것은 쉬운 일이 아니었다. 그리고 아른하임에 침투한 소수의 공격 부대가 생환할 확률은 거의 없었다. 아무리 정예 병력이라고 하더라도 말이다.

얀은 이를 악물면서 들고 있던 사진을 구겼다. 왜 이렇게 무리를 해 가면서 그를 제거해야 하는지 일개 하급 지휘관인 얀으로서는 알 수 없었다. 하지만 사진 속의 인물을 잡기 위해서 흘린 피가 너무 많았다. 그것만으로도 그자는 절대로 놓쳐서는 안 되는 목표였다. 비 오듯이 쏟아지는 땀방울을 닦아내면서 얀은 걸음의 속도를 높였다.

잠시 후 얀은 새로운 저격 포인트에서 탐지경을 꺼내 참호 쪽을 살폈다. 새로운 저격 포인트는 참호 안을 바로 볼 수 있다는 장점이 있었지만 너무나 뻔한 위치여서 적에게 바로 탐지될 수 있다는 단점을 지니고 있었다. 어쩌면 탐지경이 태양 빛을 반사하면서 내는 반사광을 발견하고 이미 이쪽을 경계하고 있을지도 모른다. 그전 참호 속으로 들어간 남자가 들고 있는 총은 분명 제국의 저격총이었기에 결코 실수는 용납될 수 없었다. 임무를 완수하지 못하고 쓰러지면 저승에서 자신을 기다릴 부대원들의 얼굴을 볼 면목이 없었다. 하지만 얀은 자신 있었다. 자신은 해방군 소속의 수많은 저격수들 중에서도 손가락 안에 꼽힐 정도의 실력을 가지고 있다고 자부하는 사람이었다.

얀은 자신의 바지 속에서 단 한 발 남아 있는 피어싱 마법이 걸려 있는 마탄을 꺼내 들었다. 대마법 장벽이나 30세밀 이상의 강철판만 아니라면 무엇이든지 뚫을 수 있는 마탄이었다. 하물며 영주가 숨어 있는 엉성한 참호 위의 모래 포대 따위가 막을 수 있는 탄이 아니었다. 마탄을 장전한 얀은 바위들로 이루어진 언덕 위에서 고개를 내밀면서 스코프에 눈을 갖다 댔다. 조금씩 참호를 향해 조준선을 이동시키자 곧 참호에 엎드려 있는 두 남자의 모습을 확인할 수 있었다. 그리고 스코프를 통해서 자신을 조준하고 있는 듯 스코프를 들여다보고 있는 붉은 머리의 남자를 볼 수 있었다.

'역시 눈치채고 있었군.'

얀은 입가에 잔인한 미소를 그리면서 생각했다. 그리고 방아쇠에 서서히 힘을 주기 시작했다.

"크리스, 달려라!"

미르코는 예상했던 대로 언덕 위로 저격수가 그 모습을 드러내자 들고 있던 저격총을 그대로 내던지면서 에르하트에게 고함을 지르고는 그대로 참호 밖으로 내달렸다.

"뭐지?"

저격수를 먼저 제거한 다음 영주를 처리하려고 했던 얀은 그대로 저격총을 내던지고 참호 밖으로 뛰쳐나가는 두 사람의 모습을 확인하고는 그렇게 말할 수밖에 없었다.

"저격수가 아니었나?"

얀은 예상외의 사태 전개에 일말의 당혹감을 느끼면서도 조준선을 수송기 쪽으로 달려가는 영주에게 옮기려고 하였다. 그리고 스코프를 통해 에르하트의 모습을 확인한 얀은 더욱더 어이없는 광경을 보고 말았다. 신임영주가 맹렬하게 달려나가는 와중에도 자신이 있는 쪽을 향해 가운데 중지 손가락을 치켜들고 있었던 것이다.

"설마?"

에르하트의 모습을 본 얀은 본능적으로 위기를 느꼈다. 그리고 거한이 쓰러져 있는 곳으로 다시 스코프를 돌렸다. 총구를 돌린 얀은 보았다, 활주로에 쓰러져 있던 거한이 일어나 있는 모습을. 그는 저격 소총을 자신을 향해 조준하고 있었다. 그리고 그가 들고 있던 저격총의 총구에서는 어느새 새하얀 총연이 흘러나오고 있었다.

퍽!

그것이 머리가 산산조각나면서 쓰러진 얀이 본 이 세상에서의 마지막 모습이었다.

"괜찮습니까, 구스타프 경?"

"갈비뼈 몇 대가 부러진 것 빼고는 괜찮은 것 같군요, 에르하트 남작님."

인상을 쓰면서 일어나는 구스타프를 부축하면서 에르하트가 입을 열었다.

"머리에 맞으면 어쩌시려고 그런 위험한 일을 하셨습니까? 머리에 맞으면 방호복이고 뭐고 그냥 죽을 텐데 말이죠."

"있는 힘을 다해 달리는 소드 마스터의 머리를 먼 거리에서 그대로 맞출 수 있는 저격수는 이 세상에 없다고 생각합니다만……. 그나마 유능한 저격수였기에 제 가슴을 노렸던 것이지요. 그런데 저격총의 위력이 대단하긴 하군요. 오러를 온몸에다 두르고 방호복을 입었는데도 이렇게 갈비뼈가 부러져 나갈 줄은 몰랐습니다."

구스타프가 가슴에 손을 대면서 그렇게 말을 맺자 미르코가 옆에서 얼굴에 흐르는 무수한 땀방울을 닦아내면서 말했다.

"아무튼 이런 경험은 두 번 다시 하고 싶지 않군요. 마지막에 조준경을 저한테 향하고 있는 그 저격수하고 눈이 마주쳤는데 심장이 덜컥 내려앉는 것 같았습니다."

"네 녀석이 쓸 평생 분의 용기를 나를 위해 써줘서 고맙다, 미르코. 아델에 가면 성과급에 추가해 주마."

에르하트 나름대로 미르코의 노고를 치하하자 미르코가 땀을 닦다 말고 두 눈에 쌍심지를 돋우면서 말했다.

"야, 이 망할 고용주 녀석아! 그것이 생명의 은인에게 할 소리냐?"

그러자 에르하트는 '어디서 개가 짖나?' 하는 표정으로 귀를 후비더니 귓속을 파던 손가락에 후 하고 입바람을 불면서 뻔뻔하기 그지없는 목소리로 대꾸했다.

"전쟁 기간 중에 내가 네 녀석 목숨 구해줬을 때 너는 어떻게 했더라? 아, 맞다. 고맙다면서 담배 한 보루랑 식료품 창고에서 육포 한 박스 훔쳐다 줬지, 아마?"

"넌 한 번이었지만 난 하루 사이에 두 번이나 너를 위해 목숨을 걸었다고! 처음 수송기에서 뛰어나올 때도 얼마나 무서웠는지 알아?"

"그러냐? 미안하다. 담배 두 보루에 육포 두 박스를 고마움의 표시로 내주마. 됐냐?"

"으윽!"

결국 미르코는 '그뤼네발트의 영주라고 제 안마당인 그뤼네발트에서 강해진 것인가?' 라는 '똥개도 자기 집에서는 먹고 들어간다' 라는 옛 격언에 입각한 소박한 의문을 품으면서 말을 마치고 말았다.

말을 마친 에르하트가 긴장이 풀렸는지 그 자리에 주저앉아 버린 미르코에게 손을 내밀었다. 그리고 에르하트의 손을 잡으면서 미르코는 그의 눈 속에 떠 있는 감정을 확인하고는 웃을 수밖에 없었다. 미르코가 자리에서 일어서자 에르하트가 이번에는 가슴을 매만지면서 식은땀을 흘리고 있는 구스타프의 겨드랑이 사이로 팔을 밀어 넣었고 미르코는 반대편에서 그의 허리를 잡아주었다. 그리고 땀으로 뒤범벅이 된 세 사람은 서로를 의지하면서 천천히 발걸음을 옮기기 시작했다. 그 세 사람의 등 뒤로 어느새 서서히 저물어가는 태양이 길게 그 그림자를 드리워 주고 있었다. 그뤼네발트의 신임영주 크리스티안 폰 에르하트 일행의 첫 신고식은 이렇게 끝이 났다.

아델은 그뤼네발트의 중심 도시였다. 발렌슈타인 제국이 성력 1742년 그뤼네발트를 병합한 이후 그뤼네발트의 원 주인이었던 하멜 족이 반제국 운동을 벌이기 시작하자 성력 1750년 그뤼네발트에 대한 지배권을 확립하기 위해 고심하던 게하르트 이스반 폰 발렌슈타인 황제의 명으로 당대 최고의 수학자이자 건축가로 평가받던 마이스터 지그프리트 숄 남작이 설계한 것이 바로 아델 요새였다. 그리고 요새가 기초가 되어 오랜 시간이 흐르는 동안 자연스럽게 만들어진 도시가 바로 아델 시였다. 따라서 아델의 시가지를 하늘 위에서 보면 시내 중심부에 남아 있는 정삼십육각형의 기하학적인 아름다움을 자랑하는 마이스터 숄의 작품을 아직도 확인할 수 있다.

“이야! 이것이 그 유명한 마이스터 숄의 강철 성벽이냐?”

에르하트는 제식 장갑차인 SPW—221(Schuetzenpanzerwagon=소총 장갑 차량)의 후방에 설치된 병력 수송 칸에 뻐딱한 자세로 올라앉아 의 연한 자태로 마우저 강을 굽어보고 있는 아델의 성벽을 감상하고 있었 다.

“이야! 그런데 아델 요새는 어째 성벽 자체는 낮은데 폭이 상당히 두 꺼운 것 같다! 그렇지 않냐, 미르코?”

에르하트는 멀리 보이는 아델의 성벽을 감상하느라 치켜 올렸던 고 개를 내려 병력 수송 칸에서 쪼그리고 앉아 열심히 서류 뭉치들을 뒤 적이고 있는 미르코에게 질문을 던졌다.

“당연히 성벽이 두터울 수밖에 없지. 아델 요새가 완성된 것이 1756년 이니까 말이야. 당시에도 화약 무기가 전장을 주도하고 있었던 것은 지금 이나 마찬가지다. 그래서 성벽이 두터울 수밖에 없는 것이지. 포격을 견 디기 위해서는 높이는 최대한 낮추고 두께는 최대한 두텁게 해야 했으니 까 말이야. 야, 위험하니까 어서 내려와라! 또 저격당할라!”

에르하트의 질문을 듣고 습관적으로 대답을 하던 미르코는 에르하 트가 장갑차에서 몸을 내놓고 있는 모습을 보고는 깜짝 놀라면서 그의 몸을 끌어당겼다.

“미르코, 총알 세례 좀 받더니 너무 소심해진 것 아니냐?”

“야, 아른하임 공군 기지에서 그렇게 당하고도 정신 못 차리겠냐? 어디에서 반군이 널 노리고 있을지 모르니까 최대한 조심해야 한다. 나는 네 녀석 대신 총알 맞아줄 정도로 착한 사람이 아니다. 총알 박히 고 나서 후회하지 말고 어서 내려와라.”

"끙……."

결국 에르하트는 미르코의 손에 이끌려 장갑차 안에 몸을 숙인 채 그대로 숨어 있을 수밖에 없었다. 에르하트가 못마땅한 표정으로 장갑차 안에 앉아 있자 붕대를 감은 채 옆에 있던 구스타프가 에르하트에게 위로하듯이 말했다.

"미르코님의 말이 맞습니다. 아른하임 공군 기지에서 보셨지 않습니까? 반군들이 얼마나 무서울 정도로 제국군 내부에 침투해 있는지를."

구스타프의 말대로 에르하트는 그뤼네발트에 도착하자마자 하멜 해방 연맹이라고 자신들을 부르는 그뤼네발트 반군의 무서움을 바로 알 수 있었다. 저격병의 공격에도 충분히 반군의 위험성을 실감할 수 있었던 에르하트 일행이었지만 저격병을 처리하고 아른하임 공군 기지에 도착했을 때 그들은 자신들이 얼마나 무서운 땅에 와 있는지를 제대로 실감할 수 있었다.

에르하트 일행이 활주로를 떠나 아른하임 공군 기지에 도착했을 때 그들이 맨 처음 본 광경이 바로 여기저기 피를 흘리면서 쓰러져 있는 시체들과 군데군데 파손된 공군 기지의 모습이었기 때문이다. 단순한 저격병들의 기습 공격이라고 생각했던 에르하트 일행이 의외의 모습에 놀라 제자리에 우두커니 서서 바쁘게 돌아다니고 있는 제국군들의 모습을 구경하고 있을 때 제국군의 공군 장교복을 입은 사람이 와서 그들에게 말을 걸었다. 그는 관제탑에서 그들에게 무전을 보냈던 베스트펠트 중령이었다. 그리고 에르하트가 일행을 대표해서 정중하게 사죄의 말을 건네고 있는 베스트펠트 중령에게 눈앞에 보이는 참상에 대해서 설명을 요구하자 그의 입에서 충격적인 말이 흘러나왔다.

　본래 베스트펠트 중령은 관제탑에서 그뤼네발트의 신임영주인 에르하트가 저격 공격을 받는 것을 알게 되자 곳곳에서 날아드는 적의 저격 총탄에도 불구하고 어떻게든 구원병을 출동시키기 위해 동분서주했다고 한다. 그리고 베스트펠트 중령이 간신히 구원 병력을 모아 장갑차에 태우는 데 성공했을 때 구원 병력은 뜻밖의 공격을 받아서 에르하트를 구원하는 데 실패하고 말았다.

　그것은 바로 기지 내부의 공격, 즉 아군의 공격이었던 것이다. 장갑차에 분승한 한 개 소대 병력이 저격병들의 공격을 뚫고 차고 활주로를 향해 달려나갔을 때 그들을 기다리고 있었던 것은 같은 제국군의 매복이었다. 그리고 곳곳에서 뛰쳐나온 같은 제국군의 공격에 당황한 구원 병력은 에르하트를 구원하지 못하고 그 자리에 돈좌되었다고 한다.

　"기지에 몰래 침투한 반군들입니까?"

　미르코가 베스트펠트 중령에게 심각한 표정으로 질문을 던지자 베스트펠트 중령은 굳어진 얼굴로 고개를 가로저으면서 대답했다.

　"아닙니다. 아른하임 공군 기지에 정식으로 배치된 제국군들이었습니다."

　에르하트와 미르코, 그리고 구스타프는 베스트펠트 중령의 말을 듣고 놀라움을 금치 못했다. 그뤼네발트 주둔군 내에도 이렇게 반군들이 침투해 있다는 것은 반군들의 세력이 암중으로 곳곳에 침투해 있다는 것을 간접적으로 보여주고 있었기 때문이다. 또한 에르하트의 아른하임 도착에 맞춰서 이루어진 이런 복합적인 기습 작전은 그뤼네발트 반군의 정보력과 전술 이행 능력이 얼마나 뛰어난가를 완벽하게 보여주고 있었다.

결국 에르하트 일행은 공군의 최고 에이스를 열렬히 환영하는 아른하임 공군 기지의 파일럿들과 기지 사령관 루돌프 한스하이머 소장의 권유를 이기지 못하고 반군의 추가적인 공격을 피하기 위해 하룻밤을 아른하임 기지에서 보내야 했다. 그리고 다음날 기지에서 제공한 호위 병력과 함께 장갑차에 몸을 싣고 반군의 공격을 피하기 위해 이렇게 숨어들듯이 아델로 향해야만 했다.

"그런데 미르코, 정보 길드에서도 그뤼네발트의 반군들이 이렇게 정보력이 우수하다고 평가해 놓았냐? 우리가 따로 아른하임 기지에다가 알린 것도 아니고 나름대로 조심하면서 에세인 공국을 거쳐 조심스럽게 우회해 왔는데도 어떻게 우리가 아른하임 기지에 도착하는 것을 정확하게 알았을까?"

장갑차 구석에 앉아서 생각에 잠겨 있던 에르하트가 아직도 서류 뭉치들을 뒤적이고 있는 미르코에게 질문을 던지자 미르코는 들고 있던 서류들을 장갑차 바닥에 내려놓더니 턱에다 손을 올리고 곰곰이 생각하는 표정을 지으면서 말했다.

"정보 길드의 분석에 따르면 자칭 하멜 해방 연맹이라고 불리는 반군들의 정보력은 이렇게 우수하지 않았다. 비록 200년이 넘는 항쟁의 역사를 가진 반군들이지만 실제로 그들이 제국에 위협적으로 다가온 것은 서부통합전쟁이 발발한 이후인 지금뿐이었다."

"그럼 전쟁이 발발한 후에 그들이 이렇게 엄청난 능력을 가지게 된 것이란 말이야? 단 5년도 안 되는 기간 사이에 말이야?"

자신의 대답을 듣고 에르하트가 놀란 표정을 짓자 미르코는 굳어진 얼굴로 대답했다.

"크리스, 나는 반군이 우리들의 행적을 추적했다고는 생각하지 않는다."

"그럼?"

"아른하임 기지에서 머물고 있을 때 베스트펠트 중령이 구스타프 경이 사살한 저격병의 총을 들고 온 것 봤지?"

"물론 봤지."

에르하트가 대답하자 미르코는 눈길을 돌려 옆에 앉아 있는 구스타프에게 질문을 던졌다.

"구스타프 경."

"예."

"어제 베스트펠트 중령이 들고 왔던 저격총이 어디서 생산한 것인지 아시겠습니까?"

"물론 알지요. 그 저격 소총은 신성 폴센 제국군의 제식 저격 소총인 PR—4SR이었습니다."

구스타프의 대답을 들은 미르코는 에르하트에게 다시 눈길을 주면서 말했다.

"구스타프 경의 말을 듣고 뭐 느껴지는 것 없냐?"

미르코가 질문을 던져 오자 에르하트는 무엇인가 느껴지는 것이 있는지 눈을 동그랗게 뜨면서 말했다.

"그럼 신성 폴센 제국이 무기를 제공하는 것은 물론 반군들에게 정보까지 제공하고 있단 말이야?"

에르하트가 그렇게 외치자 미르코는 고개를 끄덕이더니 다시 입을 열었다.

"현재로서는 그렇게밖에 볼 수 없다. 우리가 그뤼네발트 내에 도착하는 날을 정확히 알 정도로 그런 세밀한 정보력을 가진 나라는 몇 안 된다. 그리고 현재 그뤼네발트의 반군들에게 그런 정보를 제공할 정도로 관심이 많은 나라는 단 한 곳뿐이다."

"그것이 신성 폴센 제국이다 이거냐?"

에르하트가 자신의 말을 끊고 질문을 던져 오자 미르코가 심각한 표정을 지으면서 입을 열었다.

"그래, 신성 폴센 제국뿐이다. 비정규전 능력이 얼마나 되는지는 잘 모르겠지만 아무리 전쟁 기간 동안 다른 강대국의 지원을 받았다고 하더라도 반군들이 순수하게 자신들만의 역량으로 제국군을 이렇게 몰아붙일 수 있을 정도로 단기간 내에 그 전술적, 전략적 능력을 향상시켰다고는 믿을 수 없다. 그리고 제국군 내부에 반군들을 침투시킬 정도의 공작은 아무나 할 수 있는 것이 아니다. 그래서 결론을 내려보자면 내 생각으로는 그뤼네발트 반군 내부에 신성 폴센 제국의 그림자가 상당히 섞여 들어가 있는 것 같다."

"뭐야? 그럼 우리가 그뤼네발트의 반군들뿐만 아니라 신성 폴센 제국까지 상대로 싸워야 한단 말야?"

"뭐, 그렇다고 볼 수 있지. 신성 폴센 제국이 직접적으로 그뤼네발트에 개입하지는 않겠지만 말이야."

미르코의 대답을 듣자마자 에르하트가 이를 갈았다.

"신성 폴센 제국은 개뿔, 이제부터 마성 폴센 제국이라고 불러주마! 땅덩이도 넓은 나라가 뭐 먹을 게 있다고 남의 땅에다 관심을 두는 거야?”

미르코는 에르하트가 하늘을 보면서 고래고래 고함을 지르는 모습을 가만히 지켜보다가 뭔가 의문을 느낀 듯 다시 입을 열었다.

“에르하트, 그런데 반군하고 신성 폴센 제국이 왜 너를 암살하려고 그 난리를 피웠을까? 간신히 기지에 침투한 공작원들과 우수한 저격병들을 그렇게 버려가면서까지 말이야.”

“글쎄?”

그렇게 세 사람이 마지막에 떠오른 의문을 가지고 고민을 하고 있을 때 그들이 타고 있던 장갑차가 멈추더니 바깥에서 시끄러운 소리가 들려왔다. 그리고 에르하트가 궁금함을 이기지 못하고 고개를 내밀었을 때 그는 자신들이 어느새 아델의 성문 앞에 도착했다는 것을 알았다.

“충성! 그뤼네발트의 신임영주이신 크리스티안 폰 에르하트 남작님을 환영합니다!”

고개를 내민 에르하트는 커다란 목소리와 함께 절도있는 자세로 군례를 보내는 성문 앞 검문소의 병사들을 보았다. 에르하트가 제국군들의 경례에 마찬가지로 절도있는 자세로 거수경례를 하자 지휘관으로 보이는 장교가 병사들에게 명령을 내렸다.

“영주님이 도착하셨다! 바리케이드를 열어라!”

그렇게 에르하트는 검문소를 통과해 그뤼네발트의 중심 도시 아델에 첫 발자국을 내디뎠다. 그리고 조금씩 벌어지는 성문 틈 사이로 보이는 아델의 시가지를 향해 그뤼네발트의 신임영주 크리스티안 폰 에르하트는 날카로운 시선을 던지면서 나직한 목소리로 말했다.

“모략과 음모, 그리고 무엇이 나를 기다릴지는 모르겠지만 여기까지

온 이상 물러설 수는 없지. 내가 바로 그뤼네발트의 주인 크리스티안 에르하트니까 말이야."

마우저 강을 건너 서쪽에서 맨 처음 방문할 수 있는 도시가 아델이라면 동쪽으로 처음 볼 수 있는 도시는 바로 바란트 시였다. 또한 바란트는 현재 하멜 해방 연맹이라고 불리는 반군들의 집결지이자 마우저 강을 경계로 한 전선의 최전선이기도 했다. 그리고 지난 전투의 흔적이 아직도 남아 있는 바란트 시의 중앙 도로를 통과하는 수많은 전투 차량과 병사들 사이로 피아노의 아름다운 음악 선율이 스며들었다. 병사들은 폐허 속 어딘가에서 들려오는 피아노 소리에 의아함을 느끼면서도 오랜만에 듣는 아름다운 소리에 귀를 기울였다.

"마리아."

"예, 선생님."

아직 젖살이 채 가시지도 않은 어린 여자 아이가 피아노 앞에 앉아 자신의 이름을 부르는 남자에게 대답했다.

"라인트님의 음악은 우리 하멜 인들의 슬픔을 표현하는 것이기 때문에 우리 마리아에게는 어울리지 않아요."

"하지만……."

남자는 자상한 미소를 지으면서 아쉬워하는 표정을 짓고 있는 마리아의 머리를 쓰다듬어 주었다.

"내 말 잘 들으세요, 마리아. 마리아는 어려서 이런 슬픈 음악을 아직 이해할 수 없어요. 그리고 마리아에게는 아직 이런 음악이 어울리지 않아요. 마리아같이 어린 여자 아이가 칠 곡이 아니랍니다. 라인트님과 형제 분이신 브란트님의 경쾌한 곡이 더 어울릴 거예요."

"하지만……."

"왜요?"

마리아가 계속 아쉬워하면서 말을 끌자 남자가 물었다.

"하지만 마가트 선생님이 이 곡을 연주하시는 것을 들었는데 너무 아름다운 곡이라서 꼭 연주해 보고 싶어요."

마리아의 말을 들은 마가트는 쓴웃음을 지었다. 그리고 마리아의 옆에 앉아 건반 위로 손을 올려놓았다.

"마리아, 이 음악을 듣고 싶으면 선생님한테 말을 하세요. 언제든지 들려줄 테니까요. 그리고 마리아는 어려서 아직 잘 모르겠지만 이 곡을 잘 연주하는 것이 결코 좋을 일은 아니랍니다."

마가트가 말을 마쳤을 때 그들이 있던 가옥의 문이 열리면서 한 남자가 들어왔다.

"마가트 선생님!"

자신을 부르는 소리에 마가트는 마리아에게서 시선을 돌려 방문자를 쳐다보았다.

"무슨 일입니까?"

"회의에 참석하시라는 전언을 가지고 왔습니다."

남자의 말이 끝나자 마가트의 표정이 어두워졌다.

"일이 잘 안 됐나 보군요?"

"예."

"돌아오신 분은 계십니까?"

마가트의 물음에 방문자는 눈을 감으면서 고개를 가로저었다.

"알았습니다. 곧 가겠습니다."

마가트가 대답을 마치자 방문자는 아무 말 없이 고개를 숙이고는 건물 밖으로 나갔다. 좋지 않은 분위기를 느꼈는지 어두운 표정을 짓고 있는 마리아에게 마가트가 말했다.

"라인트님의 음악을 듣고 싶나요, 마리아?"

아이가 고개를 끄덕이자 마가트는 자신의 푸른 눈동자 속에 미소가 가지는 원래 의미에 어울리지 않는 감정을 넣으면서 자신의 손가락을 건반 위에 올려놓았다. 잠시 후, 피아노에서 너무나 아름답지만 그만큼이나 애절하고 슬픈 선율이 흘러나오기 시작했다.

화창한 하늘 아래 아델의 중심부에 위치한 그뤼네발트 영주관 앞에는 수많은 사람들이 밖으로 나와 이야기를 나누면서 서로 의견을 교환하고 있었다. 물론 이 사람들은 성문에 설치되어 있는 검문소로부터 신임영주가 도착했다는 연락을 받고 에르하트를 마중하기 위해 나온 그뤼네발트의 정부 사람들과 신임영주의 도착 소식을 듣고 환영 나온 아델의 시민들이었다.

"새로 온 영주도 안됐군. 이렇게 상황이 안 좋을 때 오다니……."

"상황이 안 좋을 때가 언제 따로 있었나? 항상 그랬지. 이번에는 얼마나 버티려나."

"뭐, 그래도 전쟁 영웅이라고 하던데 호락호락하게 물러날 것 같지는 않은데?"

영주관 앞에 모인 사람들이 서로 의견을 교환하면서 이야기를 나누고 있을 때 누군가가 소리를 질렀다.

“영주님께서 도착하십니다!”

그리고 곧 일단의 장갑차 행렬이 영주관 앞 도로에 보이기 시작했다.

“헉!”

신임영주를 마중하기 위해 나왔던 사람들은 의외의 광경에 놀라고 말았다. 신임영주가 장갑차를 타고 그대로 영주관으로 올 것이라고는 아무도 생각하지 못했기 때문이다.

“망할, 멋진 오픈카를 타고 열렬한 환영의 꽃다발을 받지는 못할망정 이렇게 장갑차나 타고 영주관으로 향할 줄이야……”

에르하트를 기다리던 사람들이 장갑차 무리를 보고 놀란 것과는 반대로 에르하트 본인도 현재의 상황이 마음에 들지 않기는 마찬가지였다. 그것도 그나마 개방되어 있는 장갑차의 병력 운송 칸에 탄 것이 아니라 운전석 바로 옆에 있는 조수석에 앉아서 말이다.

“야, 임마! 미르코! 너, 나한테 무슨 원한이라도 있냐? 왜 마중 나온 멋진 승용차를 그냥 보내고 장갑차를 타고 오게 만들어?”

조수석에 앉아서 오는 내내 볼을 부풀리고 있던 에르하트가 결국은 울화를 참지 못하고 아직도 뒤에서 서류를 뒤적이고 있는 미르코에게 고함을 내질렀다.

“어이! 누군 이렇게 비참하게 장갑차 뒷자리에서 쪼그려 있고 싶은 줄 알아?”

에르하트가 불평을 하자 미르코는 기다렸다는 듯이 그렇게 고함을 버럭 질렀다.

“그럼 왜 자동차를 보냈는데? 우리 주제에 언제 그런 멋진 차를 타

보겠냐? 엉? 그리고 영주가 왔다고 구경 나온 그뤼네발트 시민들에게
왜 얼굴도 못 보이게 하는 건데?"

미르코가 마중 나온 메르데스 사의 멋진 리무진을 그냥 보낸 것에
대해 아직도 꽁해 있는지 에르하트가 집요하게 불평을 쏟아냈다.

"크리스티안 폰 에르하트! 이제 너는 말이다, 널리고 널린 제국군의
하급 장교가 아니란 말이다. 아델에 도착했다고 반군들이 널 그냥 놔
둘 것 같냐? 우리가 지나가고 있는 이 건물들 어디에선가 누군가가 너
를 노리고 총을 겨누고 있을지 누가 알겠냐? 그뤼네발트 역사상 최단
기 영주로 기록되고 싶냐? 꽃다발 사이로 날아오는 총알을 피할 자신
있으면 아까 보낸 차 다시 불러주마."

"끙……!"

결국 에르하트는 논리적이면서도 다분히 감정적인 미르코의 말을
듣고는 리무진을 타고 입성한다는 계획을 포기하고 말았다. 그리고 드
디어 에르하트가 탄 장갑차가 영주관에 도착했을 때, 조용히 자리에 앉
아 있던 구스타프가 먼저 자리에서 일어나더니 입을 열었다.

"주위를 살필 겸해서 제가 먼저 나가보겠습니다."

"아직 부상도 다 완쾌되지 않으셨을 텐데 괜찮으시겠습니까?"

에르하트가 그렇게 말을 건네자 구스타프는 살며시 웃음을 지으면
서 말했다.

"아델은 요새를 기초로 만들어진 도시라 에르하트님을 노리기 위한
위치는 한정되어 있을 수밖에 없습니다. 그렇지만 지금까지 많은 영주
들이 이 아델에서 반군들의 암살로 운명을 달리했으니 조금 다쳤다고
그냥 손을 놓고 있을 수는 없겠지요."

말을 마친 구스타프는 장갑차에서 그대로 뛰어내렸다. 그리고 장갑차에서 구스타프가 맨 먼저 나오자 영주관 앞에서 신임영주를 기다리고 있던 사람들이 입을 모아 탄성을 지르기 시작했다.

"이야! 전쟁 영웅이라더니 진짜 다르긴 다르구나!"

"저 거대한 체구와 날카로운 눈빛, 그리고 여기까지 느껴지는 저 위엄있는 기상을 보라고! 역시 전쟁 영웅이시다!"

밖에서 흘러들어 오는 뜻밖의 소리를 듣고 에르하트가 당황하고 있을 때 미르코가 오랜만에 에르하트가 그렇게 진저리치는 입가에 걸리는 미소를 지으면서 말했다.

"크리스, 나가기 진짜 무안하겠다. 사람들이 구스타프 경이 너인 줄 알고 있는데?"

"으윽! 닥쳐라, 이놈!"

에르하트와 미르코가 그렇게 투덕거리고 있을 때 밖에서 구스타프의 음성이 흘러들어 왔다.

"소대장!"

"예, 말씀하십시오, 구스타프님!"

구스타프의 부름을 받고 호위 병력을 이끌고 따라온 소대장이 재빨리 뛰어오자 구스타프가 손짓으로 영주관 주위를 감싸고 있는 건물들을 가리키면서 지시를 내렸다.

"병력을 보내서 왼편에 있는 건물들을 수색하고 특히 옥상이나 영주관을 바라보고 있는 방들을 수색하시오. 그리고 나머지는 저기 정면에 보이는 5층 건물에 파견하시오. 확실히 해야 합니다."

"예!"

구스타프에게 존경의 눈빛을 보내면서 경례를 마친 소대장이 부리나케 장갑차에 분승한 자신의 부하들에게 지시를 내리자 구스타프는 잠시 동안 눈을 감고 제자리에 가만히 서 있었다. 그리고 잠시 후 다시 눈을 뜬 구스타프는 에르하트가 타고 있는 장갑차로 다가와서 말했다.

"주위에서 느껴지는 살기는 아직 없습니다. 나오셔도 될 것 같습니다."

에르하트가 구스타프의 말을 듣고 조수석에서 장갑차의 문을 열고 나오자 그전부터 구스타프가 하는 행동을 보고 신임영주가 아니라는 것을 눈치챈 사람들이 다시 탄성을 연발하기 시작했다.

'이야! 대단한데! 하긴 한눈에 봐도 대단해 보이는 저 기사가 호위하는 분이라 그런지 뭔가 대단한 분위기가 느껴진다' 라고 말하는 사람들부터 '전쟁 영웅답게 엄청나게 잘생기셨구나. 아아, 영주님만 아니라면 매일같이 러브 레터를 보낼 텐데' 라고 묘한 표정으로 말하는 아가씨들까지 그야말로 각양각색의 반응이 환영 인파로부터 쏟아져 나왔다.

에르하트는 환영 인파가 보내는 탄성을 들으면서 뿌듯해지는 가슴을 주체하지 못하고 있다가 어느 순간 인파들의 시선이 자신을 향하고 있지 않다는 것을 깨달았다. 그리고 사람들의 시선을 따라 고개를 돌린 에르하트의 인상이 곧 구겨지고 말았다. 고개를 돌린 에르하트의 시선에 잡힌 인간이 바로 평생의 라이벌—에르하트 혼자만의 생각이지만—미르코였기 때문이다.

"미르코, 네 녀석이 왜 손을 흔들고 있는 게냐?"

"사람들이 나를 보고 꽃다발을 흔들면서 환영하는데 그냥 지나갈 수 있냐? 특히 아가씨들이 보내는 열렬한 환영을 어떻게 그냥 지나치냐?"

미르코가 사람들에게 손을 흔들면서 미소를 띤 얼굴로 대꾸하자 에르하트는 할 말을 잃고 말았다.

"망할……. 평범하게 생긴 놈은 전쟁 영웅 되지 말라는 법이라도 있냐? 아니면 영주는 잘생긴 놈들이 해야 한다는 법이라도 있는 거야? 평범하게 생긴 놈은 그냥 평범하게 살다 평범하게 죽으라는 거냐?"

에르하트가 자조가 깊이 묻어나는 혼잣말을 흘리더니 열광적인 환영을 보내고 있는 인파들에게 아직도 미소 띤 얼굴로 손을 흔들고 있는 미르코의 손을 잡아끌고는 인파들을 헤치고 영주관 안으로 들어가려고 했다. 그리고 그때 에르하트는 듣고 말았다.

"저기 오만 가지 인상을 다 쓰면서 영주님을 끌고 가는 저 인간은 뭐냐?"

'어이, 청년! 영주님하고 비교되니까 떨어져서 가게! 보아하니 비서인 모양인데 앞으로 영주님을 잘 모시게나!' 라는 소리들을 말이다.

에르하트는 성질 같아서는 사람들에게 화라도 벌컥 내고 싶었지만 영지민들과 처음 마주친 자리에서 그런 무모하고 무식한 짓을 차마 할 수 없어서 이를 부득부득 갈면서 무거운 발걸음을 이끌고 영주관의 계단을 올라갔다. 신임영주를 환영하기 위한 환영식은 신임영주인 에르하트의 가슴에 그렇게 상처를 남기면서 끝이 나고 말았다.

에르하트가 아델에 도착한 이후 영주를 대신해 그뤼네발트의 각 지방을 다스리던 행정관들은 분주해졌다. 에르하트가 도착함으로써 그뤼네발트는 이제 더 이상 제국의 직할령이 아니었기 때문에 제국에서 파견한 행정관들은 별다른 일이 없다면 다른 임지를 찾아 떠나야 했기 때문이다.

따라서 행정관들은 자신들이 다스리던 각 도시나 촌락에 대한 자세한 정보와 함께 현재 그뤼네발트 전역에서 벌어지고 있는 수많은 공공사업들에 대한 자료를 에르하트에게 인수인계하기 위해서 밤낮을 가리지 않고 일하고 있었다. 그리고 이러한 상황은 에르하트와 일행이 머물고 있는 영주관이라고 해서 다르지 않았다. 특히 에르하트와 미르코, 그리고 구스타프가 머물고 있는 영주실은 에르하트가 도착한 일주일 동안 단 한 번도 불이 꺼지지 않았다. 행정관들이 인수인계하는 수많은 서류들을 하나하나 직접 검토해 봐야 했기 때문이다.

사실 영지를 받으면 영주들은 영지로 가기 전에 미리 각 부서에서 일할 행정관들을 파견하고 사전에 전임 행정관들에게 영지에 대한 상세한 정보를 인수인계받는 게 보통이다. 하지만 에르하트는 그런 사전 작업이 전혀 없었기 때문에 그뤼네발트에 도착하자마자 각 지방에서 쉴 새 없이 올라오는 서류 뭉치들과 사투를 벌여야만 했다.

영지가 일반적으로 도시 한두 개를 포함한 몇 개의 촌락으로 이루어진 데 반해 에르하트가 영지로 받은 그뤼네발트는 그 엄청난 면적만큼이나 다른 영지들과 비교할 수 없이 많은 도시와 촌락을 포함하고 있었다. 때문에 그에 대한 자료들 역시 다른 곳과 비교할 수 없이 엄청났는데 그것이 에르하트를 영주실에서 떠나지 못하게 하는 가장 큰 이유 중 하나가 되었다.

또한 서부통합전쟁 이후 그뤼네발트에 불어닥친 정세 변화 역시 이제 막 부임한 신임영주에게 엄청난 중노동을 선사했는데 각 도시에 파

견된 행정관 이외에도 마우저 강을 경계로 반군들과 대치하고 있는 제
국군들이 보내오는 서류들 역시 엄청났기 때문이다.

에르하트가 그뤼네발트에 도착한 지 일주일이라는 시간이 흐른 뒤
슈펠만이 영지의 업무를 분담해 줄 일단의 사람들과 함께 그뤼네발트
에 도착하지 않았다면 제국군의 영웅 에르하트와 제국대학의 수재 미
르코, 그리고 슈트룸나이트 구스타프는 서류들의 틈바구니에서 장렬히
산화했을 것이다.

"이제야 오셨군요. 목이 빠지게 기다리고 있었습니다. 살려주셔서
고맙습니다, 슈펠만 남작님."

슈펠만이 먼저 와 있는 에르하트 일행에게 인사를 하기 위해 영주실
의 문을 열었을 때 눈밑에 다크 서클을 만들어놓고 있던 에르하트가
푸석푸석한 얼굴로 맨 처음 건넨 인사말이었다. 그리고 슈펠만이 느닷
없는 에르하트의 인사말과 수많은 서류들로 둘러싸인 영주실 내부의
참담한 광경을 보고 놀라고 있을 때 인사를 마치고 어느새 침실로 발
걸음을 옮기던 에르하트의 뒤를 유령처럼 따라가던 미르코가 반쯤 졸
면서 말했다.

"미카엘 선배님, 이틀만 고생하십시오. 이틀 뒤에 다시 오겠습니다.
그럼."

그리고 인사 같지도 않은 인사말을 건네면서 어딘가로 흐느적거리
면서 떠나가는 두 사람을 혀를 차며 지켜보던 슈펠만에게 마지막으로
의형제인 구스타프가 악수를 건네면서 말했다.

"미카엘 형님, 오셨군요."

"오, 클라우스! 반갑구나! 먼저 나간 두 사람 상태를 보아하니 그동

안 고생이 심했나 본데 너는 멀쩡하구나! 역시 소드 마스터라서 체력이 남다른 것이냐?"

손을 마주 잡으면서 슈펠만이 가볍게 농담을 건네자 구스타프는 멋쩍은 웃음을 흘리면서 말했다.

"먼저 나간 두 분만큼은 아니지만 조금 피로하긴 하군요."

구스타프의 말을 들으면서 슈펠만은 영주실 여기저기를 둘러보더니 앞에 서 있는 구스타프의 어깨에 손을 올리면서 말했다.

"클라우스 너도 어서 가서 쉬는 게 좋겠다. 남은 일은 내가 알아서 처리하마."

미소를 지으며 슈펠만이 휴식을 권하자 구스타프가 고개를 끄덕였다.

"그럼 잠시 쉬겠습니다. 그동안 수고해 주십시오."

말을 마치고 영주실을 나선 구스타프가 다시 영주실에 얼굴을 비춘 것은 미르코와 마찬가지로 이틀이라는 시간이 지난 후였다. 소드 오러(검기)를 일으키는 소드 마스터조차도 일주일이라는 기간에 걸쳐 가해진 서류들의 맹공을 견디기는 힘들었던 것이다.

한편 슈펠만은 에르하트 일행이 영주실을 비우고 떠나가자 밖에서 대기하고 있던 사람들을 영주실 안으로 불러들였다. 그들은 슈펠만이 뮈니히부르크 후작의 비서실장으로 일했을 때 그의 밑에서 일하던 사람들이었다. 그리고 뛰어난 실력과 안목을 지닌 슈펠만이 고른 사람들답게 그들은 그뤼네발트 전역에서 올라오는 수많은 서류들을 슈펠만의 진두 지휘 아래 빠르게 처리해 나갔다. 슈펠만이 도착한 지 이 주가 지나고 태양이 그 열기를 더해가던 줄라이의 달 4일, 아델에 있는 영주관에서 그뤼네발트의 유력자들에게 초대 메시지를 보낸다. 에르하트가 영주로 부임한 이후 처음으로 영지 운영에 관한 회의를 연 것이다. 용건만 전한 간단한 메시지와는 달리 에르하트의 부름을 받은 회의 참석자들은 긴장된 모습을 감추지 못했다. 에르하트가 여는 회의의 결과에 따라 앞으로의 행보가 달라지리라는 것을 알고 있었기 때문이다.

대지를 뜨겁게 달구면서 맹렬하게 불타오르던 여름의 태양이 오랜만에 검은 구름들 사이로 그 모습을 감춘 날이었다. 거리를 나섰던 사람들이 바쁜 걸음으로 하늘에서 조금씩 떨어져 내리는 빗방울을 피하고 있을 때 오히려 빗속을 분주히 뛰어다니고 있는 사람들이 있었다.

그들은 인근 지역에 배치되어 있는 발렌슈타인 제38군단 142사단 소속 병사들이었는데 판초우의를 걸친 채 소총을 들고 중앙의 도로를 따라 늘어서 있는 건물들로 흩어진 제국군들은 도로를 향해 바라보는 각 건물의 방들과 옥상들을 하나하나 세밀하게 수색하면서 영주관으로 이어진 도로를 중심으로 삼엄한 경계를 펼치기 시작했다. 제국군이 빗속을 뛰어다니면서 경계를 펼치는 이유는 물론 에르하트가 연 회의의 참석자들의 보호를 위해서였고 이렇게 많은 제국군이 동원되어 경비를 하고 있다는 것은 회의 참석자들의 위치가 그만큼 중요하다는 것을 의미했다.

제국군의 삼엄한 경계 속에서 비에 젖어 있는 도로 위를 수많은 차량들이 지나가고 있었다. 회의 참석자와 호위 병력이 타고 있는 차량들이었다. 기능적으로 설계된 제국의 장갑차와 군용 차량들 사이로 보이는 고급 세단 차량들의 행렬은 쏟아져 내리는 비와 경비를 서고 있는 제국군들의 시선을 가르면서 빠르게 영주관을 향해 달려갔다. 그리고 이런 차량 행렬은 회의가 열리기로 예정된 오후 4시 무렵까지 계속되었다.

회의 개최 장소인 영주관은 전시 상황이라고 봐도 될 만큼 엄청난 경계가 이루어지고 있었다. 평상시에는 영주의 산책 장소로 활용되던 영주관 앞 정원에는 어느새 기관총좌가 설치되어 있었고, 영주관 옥상과 여러 건물들 사이에는 수많은 저격수와 경계병들이 비가 내리고 있는 영주관 곳곳을 살피고 있었다.

환하게 불이 밝혀진 영주관 1층의 로비에서는 많은 사람들이 모여 이야기를 나누고 있었는데 그들은 바로 에르하트가 연 회의의 참석자들이었다.

"이렇게 대규모로 회의를 연다고는 하지만 솔직히 무슨 뚜렷한 방도가 나오지는 않을 것 같군요."

비가 내리고 있는 창밖의 풍경을 보고 있던 에펜베르그에게 그뤼네발트 제일의 항구 도시인 베른의 시장 야반 룰프스가 말을 걸어왔다. 에펜베르그는 창밖에서 시선을 떼면서 옆에서 찻잔을 들고 대답을 기다리고 있는 룰프스에게 말했다.

"글쎄, 신임영주도 무슨 생각이 있으니까 이렇게 그뤼네발트의 유력 인사들을 초청한 것 아니겠나?"

발렌슈타인 제국의 백작이자 발렌슈타인 제국 그뤼네발트 주둔군 사령관인 에펜베르그 대장이 조심스러운 대답을 하자 룰프스는 이제 흰머리가 조금씩 나기 시작하는 자신의 머리카락을 손가락으로 긁적이더니 장난기가 묻어 나오는 눈빛을 하면서 말했다.

"하긴 그뤼네발트 각지에서 올라오는 그 수많은 서류들을 한 달도 안 되는 시간에 처리하고 회의를 열다니 비행 기술밖에 모르는 하급 장교 출신의 영주라는 평이 무색해질 정도로 행정 능력은 있는 것 같습니다. 아니면 항간의 평대로 일단 회의부터 열고 보자는 생각을 했는지도 모르겠지만 말이죠."

말을 마친 룰프스는 자신의 앞에 서서 묵묵하게 이야기를 듣고 있는 에펜베르그에게 찻잔을 건네면서 주위를 둘러보더니 다시 말을 이었다.

"그러나저러나 회의 때문이라고는 하지만 이렇게 그뤼네발트에 있는 유력자들이 모두 다 한자리에 모인 것은 처음인 것 같군요. 베른의 시장인 제가 명함을 내밀 수 없을 정도로 말입니다. 아무리 영주의 초대가 있었다고는 하지만 뭐 기대하는 것이 있으니까 이렇게 모인 것 아니겠습니까?"

룰프스가 은근슬쩍 질문을 던져 오자 에펜베르그는 룰프스가 건네준 찻잔을 이리저리 돌리면서 말했다.

"뭐, 나야 그뤼네발트에 주둔한 제국군의 수장으로서 신임영주의 초대에 응해 회의에 참석한 것도 있지만 개인적인 관심이 없는 것도 아니네. 아무튼 신임영주인 크리스티안 폰 에르하트 남작은 제국에서 몇 안 되는 다이아몬드 검 기사장의 수여자이니까 말이야. 그리고 들리는 말에 따르면 에르하트 남작의 측근들이 보통내기가 아니라고 하더군."

"그 이야기는 이곳에 도착해서 저도 얼핏 들었습니다. 슈트룸나이트 구스타프 경과 뮈니히부르크 후작의 비서실장이었던 슈펠만 남작이 이곳에 와 있다고 하더군요.”

룰프스가 맞장구쳐 주자 노년의 장군 에펜베르그의 엄격한 인상 속에 미소가 살짝 감돌았다.

“내가 비록 이제 60을 바라보는 노인이 다 됐다고는 하지만 아직 기사로서의 열정이 사라진 것은 아니네. 난 20만의 제국군을 이끄는 그뤼네발트 주둔군 총사령관이기도 하지만 소드 마스터라는 칭호를 달고 있는 한 사람의 기사이기도 하니까 말이야. 전설적인 부대 팔슈름야거의 지휘관이자 20대의 나이로 소드 마스터의 경지에 오른 천재 기사 구스타프를 볼 수 있다는 것만으로도 이곳에 온 보람을 느끼고 있네.”

“역시 그뤼네발트의 호랑이 에펜베르그 장군님다운 말씀이시군요. 그런 의미에서 보면 정치 문제에 개입하는 것을 꺼려하시는 벡크만 장군님이 이곳에 오신 것도 이해가 가는군요.”

에펜베르그의 말을 받아 룰프스가 멀리서 다른 인사들과 이야기를 나누고 있는 벡크만을 눈짓으로 가리키자 에펜베르그는 화통하게 웃음을 터뜨리면서 말했다.

“하하! 그렇겠군. 내가 회의에 참석하기 위한 목적 이외에도 슈트룸나이트 구스타프를 보기 위해 여기 왔듯이 벡크만도 신임영주를 보기 위해서 왔겠구먼. 벡크만은 그뤼네발트의 공군 사령관이니까 말이야.”

에펜베르그와 룰프스가 잡담을 나누면서 회의의 시작을 기다리고 있을 때 영주관의 정문이 열리면서 몇몇 사람이 로비 안으로 들어왔다. 문이 열리자 무심결에 고개를 돌리던 사람들은 놀라움을 금치 못한 표정을 지으면서 새로 들어온 인물들을 쳐다보았다.

그것은 이야기를 나누고 있던 에펜베르그와 룰프스 역시 예외가 아니어서 룰프스는 하마터면 입 안에 머금고 있던 차를 내뿜을 뻔했다.

"신임영주가 저 사람들까지 불러들이다니……."

룰프스가 로비 구석에서 이야기를 나누고 있는 인물들을 가리키자 에펜베르그는 잠시 표정을 굳히더니 입을 열었다.

"나도 의외로군. 설마 반야르들을 불러들일 줄이야."

반야르. 반야르란 그뤼네발트가 발렌슈타인 제국에 통합되기 전부터 그뤼네발트에서 살고 있던 하멜 인들을 다스리던 사람들을 일컫는 말이었다. 발렌슈타인 제국이 병합하기 이전의 그뤼네발트에는 왕이라는 존재가 없었다. 대신 타 지방의 눈으로 보자면 귀족과 같은 위치를 가진 몇몇 유력자들이 자신의 독립 세력을 가지고 일정한 몇 개의 도시나 촌락을 다스리면서 서로 항쟁을 벌이고 있었다. 그리고 이러한 기나긴 투쟁의 결과에 따라 그뤼네발트의 선주민인 하멜 인들은 그뤼네발트가 제국에 병합되기 이전에 대륙 남부의 도시 국가들과 비슷한 규모의 거대 부족을 형성하였고 하멜 인 고유의 사회 제도를 확립하게 되었다.

그것이 바로 그뤼네발트 특유의 전통 체제인 반야르—칼라브로 체제였다. 반야르—칼라브로 체제란 씨족에서 시작한 하멜 인의 사회 제도가 고스란히 묻어 있는 체제로 반야르인 씨족의 수장이 자신의 칼라브로인 씨족의 구성원들을 다스리는 체제였다.

그런데 대륙의 다른 국가들의 사회적 관계가 지배—피지배 관계가 명확하고 계약적인 관계인 데 반해 그뤼네발트의 반야르—칼라브로 체제는 앞서 언급한 바와 같이 혈연이 중심이 된 가족과 같은 관계였다. 반야르는 칼라브로를 다스림과 동시에 그들의 청원을 듣고 문제를 해결해 주었고, 이와는 반대로 칼라브로는 수장인 반야르에게 자신의 고민이나 근심 같은 것을 청원을 넣어 해결하는 대신 반야르의 지시에 따라 행동을 같이했다.

여기까지는 이 반야르—칼라브로 체제가 다른 국가의 주종 관계에 비해 조금 느슨하다고는 하지만 지배—피지배 관계라는 점에서는 크게 다를 바가 없었다.

하지만 반야르—칼라브로의 지배 관계는 아주 이질적이면서도 독특한 것이었다.

국가에 속한 국민이 왕이 마음에 안 들더라도 망명 이외에는 국가를 떠날 수 없었던 것과는 달리 칼라브로는 반야르가 마음에 들지 않으면 다른 반야르를 찾아 떠날 수 있었던 것이다. 즉, 반야르가 자신의 역할을 다하지 못한다면 그가 다스리는 씨족은 곧바로 수많은 칼라브로들의 이탈을 겪어야만 했던 것이다. 이에 따라 그뤼네발트에서는 반야르 밑에 속한 칼라브로의 수만큼 그 명성이 비례할 수밖에 없었고, 거대한 세력을 가지기 위해서는 많은 수의 칼라브로를 가져야 했기에 반야르들은 칼라브로들을 성심성의껏 다스려야만 했다.

그래서 예전부터 그뤼네발트에서는 '반야르를 하고 싶은가? 그렇다면 그대의 곳간과 대문과 족보를 열어라' 라는 말이 있었던 것이다. 반야르를 하기 위해서는 칼라브로의 경제적 어려움을 해결해 줄 수 있을 만큼의 재산을 가지고 있어야 하고, 칼라브로의 청원과 어려움들을 언제나 들을 수 있도록 집 안의 문을 활짝 열라는 소리였다. 그리고 마지막인 '족보를 열어라' 라는 말은 그뤼네발트의 반야르—칼라브로 체제를 확실히 해주는 말로 하나의 반야르에 속한 칼라브로들은 자신의 이름에 미들네임을 넣었는데 그 미들네임은 자신이 속한 반야르의 이름을 넣는 것으로 대신했던 것이다. 반야르와 칼라브로는 이렇게 같은 미들네임을 공유함으로써 공동체 의식을 더욱 공고히 하였고, 다른 곳과는 다르게 지배—피지배 관계를 떠나 둘 사이에 혈연적인 요소를 포함할 수 있었던 것이다. 그리고 대를 이어 이어진 이러한 관계는 칼라브로가 반야르를 떠나기 전까지 계속되었기 때문에 반야르들의 위치는 칼라브로들에게는 아버지나 마찬가지였다.

반야르—칼라브로 체제는 결코 강제적이지 않았다. 칼라브로의 가입과 탈퇴가 자유로운 만큼 반야르의 절대적인 명령이란 없었다. 어디까지나 아버지가 자식에게 지시하듯이 권유라는 방법을 통해서 반야르는 칼라브로를 다스렸다. 얼핏 보면 이러한 관계는 너무나 느슨하게 보였지만 사실은 그렇지 않았다. 가족이라는 개념 속에서 볼 때 아버지라는 위치가 가족 구성원들에게 국가의 왕에 버금가는 크나큰 존재감을 가지고 있는 것과 마찬가지로 반야르 역시 칼라브로들에게는 한 가정의 아버지와 같은 위치를 차지했던 것이다.

'우리는 한 가족' 이라는 절대적인 연대감과 법적 강제성을 띠지는 않았지만 도덕적, 사회적인 강제성을 띠고 있는 반야르의 이른바 '권유' 는 그뤼네발트가 제국에 병합된 이후에도 하멜 인들에게 그 어떠한 법보다도 상위의 위치를 차지하고 있었던 것이다.

발렌슈타인 제국은 그뤼네발트를 병합한 순간부터 이 반야르들을 일급 감시 대상자로 분류하고 그들이 그뤼네발트의 내정에 관여하는

것을 경계하고 있었고 실제로 끊임없이 일어났던 반제국 운동의 선봉
에는 항상 이러한 반야르들이 있었다.

따라서 에르하트가 부임하기 이전까지 반야르들은 제국군이나 제국
에서 파견되어 온 영주나 관리들에게 감시하고 억압해야 할 대상에 지
나지 않았다. 그런데 에르하트는 그뤼네발트에서 처음 열린 정무회의
에 이러한 반야르들을 오히려 대거 초대한 것이다. 비록 제국군이 차
지하고 있던 그뤼네발트 서부의 반야르들이었지만 말이다.

에르하트의 초대는 그렇게 로비 안에 있던 제국의 귀족과 관리들은
물론 초대를 받고 영주관에 도착한 반야르들까지도 경악시키기에 충분
했던 것이다. 반야르들 역시 영주의 초대가 자신들을 영지회의에 참여
시키기 위한 것이라고는 생각지도 못했기 때문이다.

"무슨 생각이지, 신임영주는?"

로비에 모여 있는 발렌슈타인 제국인들의 시선을 느끼면서 초대받
은 반야르들 중 최연장자인 로이젤 하이로넨 빌렘이 말했다.

"글쎄요. 저도 잘 모르겠지만 아무튼 아주 재미있는 인물인 것 같군
요."

최연장자의 말을 받아 반야르들 중 나이가 제일 어린 이스카야르 이
슬란 운터바움이 주위를 돌아보면서 가볍게 대꾸했다.

"이스카야르, 비록 우리 반야르들 중에서 자네가 제일 나이가 어리
다고는 하지만 자네의 운터바움 일족은 규모는 그렇게 크지 않을지 모
르지만 제일 강한 세력을 가지고 있는 일족일세. 영주가 우리를 부른
것을 그렇게 가볍게 생각하지는 말게."

이스카야르 이슬란 운터바움. 현재 운터바움 일족을 이끌고 있는 29세의 젊은 울란, 그뤼네발트 제일의 무력을 가진 '크나이젤의 검'을 이끌고 있는 수장, 그리고 서부 그뤼네발트의 핵심 지역인 항구 도시 베른과 공업 지대인 베르게펠트의 반야르가 그를 소개하는 말이었다.

언제나 여유가 흐르는 미소를 얼굴에 띠면서 길게 자란 검은 머리를 가죽 끈으로 묶어놓은 180섹트 정도의 신장에 날렵한 몸매를 가진 이 젊은 지도자는 이곳에 초대된 반야르들 중에서도 제일 핵심적인 인물이라고 할 수 있었다. 그리고 그의 신상명세서 중에서도 특히 주목할 것은 그가 '크나이젤의 검'을 이끌고 있다는 것과 그 자신이 울란이라는 사실이었다.

크나이젤의 검이란 운터바움 일족이 운용하고 있는 사병 부대의 이름이었다. 운터바움 일족을 그뤼네발트 제일의 무력 집단으로 만든 라파엘 크나이젤 운터바움의 이름을 따서 만들어진 이 무력 집단은 제국에 병합되기 이전부터 서부 그뤼네발트는 물론 동부에 이르기까지 그 명성을 자랑하고 있었다.

제국에 병합된 이후에는 이전과 같이 공식적으로 활동하지는 못하고 있었지만 서부통합전쟁 이후 그뤼네발트의 치안이 극도로 혼란해진 것을 틈타서 이스카야르가 재빨리 자신의 영역을 관리한다는 주장을 내세우면서 운터바움 민병대라는 이름으로 내세우면서 공식적으로 그 활동을 시작하고 있었다.

물론 운터바움 민병대라는 공식적인 호칭 대신 하멜 인들이나 제국 민들을 막론하고 이스카야르의 이 민병대를 언제나처럼 크나이젤의 검이라는 이름으로 부르고 있었지만 말이다.

또한 울란이란 앞서 말한 바와 같이 공식적인 정부가 없이 끝없는 항쟁의 역사를 가진 그뤼네발트 지역에서 전사 민족 하멜 인들이 가장 자랑스럽게 여기고 있는 전통적인 호칭이었다. 울란이란 무술의 경지가 완벽에 가까울 정도로 숙련된 전사들을 일컫는 하멜 인들의 존경이 담겨져 있는 호칭이었다. 그리고 울란의 경지에 도달한 사람을 제국을 비롯한 다른 곳에서는 소드 마스터라는 칭호로 불렀다.

"어찌 되었든 간에 제국에서 파견된 영주나 관리라는 작자들이 우리 반야르들을 이 영주관에 초대한 적은 없지 않습니까? 회의 결과야 어떻게 되었든 간에 이번 영주에 대해서는 일단 호감이 가는군요. 우리 민병대원들 몇 명 보내서 살아 돌아갈 수 있게 보호해 주고 싶다는 착한 마음이 들 정도로 말이죠."

운터바움 직계에서 나타나는 에메랄드 빛 눈동자를 장난스럽게 빛내면서 이스카야르가 로이젤에게 말했다. 이스카야르의 말을 듣고 로이젤이 무엇인가 말을 하려는 순간 옆에 있던 반야르들 중 한 명이 입을 열었다.

"회의가 시작할 것 같습니다, 빌렘님, 그리고 울란 운터바움."

그의 말이 끝나기가 무섭게 로비에서 이어진 2층 계단으로 영주관의 시종장인 토마스 지클러가 나와서 로비에 모여 있는 인사들에게 큰 소리로 외쳤다.

"이제 곧 회의가 시작됩니다! 2층에 있는 회의실을 향해 차례대로 올라가 주시길 바라겠습니다! 그리고 입구에서 안전과 보안을 위해 송구스럽게도 몸 수색을 실시할 예정이오니 다소 불만스럽더라도 참아주

시면 감사하겠습니다! 그럼 한 분씩 차례대로 올라와 주십시오!"

로비에 모여 있던 사람들은 시종장의 말에 따라 차례대로 계단을 오르기 시작했다. 그리고 그렇게 계단을 오르는 사람들을 유심히 살피는 눈이 하나 있었는데 바로 그뤼네발트의 신임영주 크리스티안 폰 에르하트였다.

"애구……."

에르하트는 2층 영주실 벽에 배치되어 있는 가구들 사이로 난 조그만 창문을 통해서 로비의 광경을 살피더니 그렇게 한숨을 내쉬면서 뒤로 물러났다.

"뭘 그리 한숨이냐?"

미르코가 에르하트의 한숨을 들으면서 그렇게 말을 걸어왔다.

"너도 로비 안의 풍경을 보면 내가 왜 이러는지 알 거다."

미르코는 에르하트의 대답을 듣고 곧바로 그가 방금 내다본 창문으로 조심스럽게 로비 안을 살펴보았다. 그리고 잠시 뒤 미르코는 입꼬리를 말아 올리는 특유의 웃음을 지으면서 말했다.

"이야! 배울 대로 배우고 나이 먹을 대로 먹은 사람들이 애들처럼 저게 뭐냐? 계단 올라가는 것도 편 가리면서 올라가네?"

미르코의 말대로 지금 계단 위로 올라가는 사람들은 제국인 출신뿐이었다. 하멜 인들은 아직도 로비에서 제국인들이 다 올라가는 것을 기다리는 듯 우두커니 서 있었다.

"재미있냐, 미르코?"

에르하트가 맥없는 표정으로 툭하니 질문을 던져 오자 미르코는 양팔을 벌리면서 말했다.

"물론 재미있지. 이것이 남의 일이라면 말이야."

미르코 역시 에르하트와 마찬가지로 결국 맥 빠진 표정을 짓고 말았다.

"결국 무슨 일이든 하기 위해서는 하멜 인과 우리 제국인들 사이에 놓여 있는 저 마음의 벽부터 없애야 된다는 결론이구먼."

에르하트가 앉아 있던 자리에서 턱을 괴고 그렇게 말을 하자 미르코가 살짝 미소를 지으면서 말했다.

"뭐, 지난 한 달 동안 우리가 제일 고심하던 문제가 그것이니까 말이야. 일단 어찌 되었든 간에 이렇게 첫발을 디뎠으니 앞으로 잘되겠지. 힘내라, 크리스."

미르코의 위로를 듣고 에르하트는 다시 창문을 내다보았다. 그리고 창문을 내다본 에르하트는 재미있는 모습을 볼 수 있었다.

"야, 미르코! 저기 좀 봐라!"

"응?"

미르코가 에르하트가 가리키는 방향을 보았을 때 미르코는 몸 수색 때문에 길게 늘어진 줄 사이에서 유독 눈에 띄는 인물을 볼 수 있었다. 그도 그럴 것이, 제국군의 군복이나 정장 차림의 제국인들 사이로 하멜 인의 전통 무사복을 입고 있는 인물이 끼어 있었기 때문이다.

"저자가 그뤼네발트의 신임영주인가?"

이스카야르는 어딘가에서 느껴지는 시선을 따라 고개를 돌리다가 2층 창문에서 자신을 가리키면서 서 있는 갈색 머리의 남자를 보았다. 그리고 이스카야르는 창문으로 보이는 사람과 칼라브로가 보여준 신임영주 크리스티안 폰 에르하트의 사진 속의 모습이 똑같다는 것을 바로 알아차렸다. 이스카야르는 에르하트가 자신과 눈을 마주치자 약간의 살기를 실어 보내면서 웃었다.

"저 녀석 보게? 어디다가 살기를 흘려? 거기다가 웃어? 이빨도 제대로 안 박혔지만 나름대로 용썼다. 나도 같이 웃어주마!"

에르하트는 이스카야르에게서 살기 같은 기운이 날아오자 그렇게 혼잣말을 내뱉더니 이빨을 빠드득거리는 것만 다를 뿐 웃고 있는 이스카야르에게 나름대로 웃음을 지어 보냈다. 아무리 이스카야르가 울란이었지만 에르하트 역시 수많은 사선을 넘나들었던 역전의 용사였기에 이스카야르가 보내는 절제된 살기는 아무런 영향을 주지 못하고 오히려 에르하트의 잠재된 호전성을 촉발시키고 말았던 것이다.

"아무리 봐도 오늘은 너무 재미있을 것 같단 말이야?"

이스카야르가 에르하트에게 보내던 시선을 거두면서 말했다.

영주관의 시종장인 토마스 지클러는 귀빈들이 모두 모여 있는 회의장을 바라보면서 뒷목으로 흐르는 식은땀을 연신 닦아내고 있었다. 그도 그럴 것이, 지클러가 영주관을 관리해 온 지난 20년 동안 이곳에 제국인과 하멜 인을 막론하고 이렇게 많은 권력자들이 한자리에 모인 것은 처음이었기 때문이다.

일주일 전 그동안 얼굴도 제대로 못 보았던 신임영주인 에르하트가 자신을 불러 큰 회의가 열릴 것이라는 말을 전한 뒤 지클러는 지난 일주일 동안 쉴 사이 없이 바빴다. 회의 도중 내올 다과를 준비하는 주방과 영주관 앞에 있는 넓은 정원, 그리고 영주관 내부 곳곳을 돌아다니면서 하인들을 닦달해야만 했다.

회의가 열리기 전까지만 해도 일주일 동안의 결과물에 내심 만족해하던 지클러였지만 실제로 이 영주관에 도착한 사람들의 면면을 보자 마음속에 조바심이 생기는 것은 어쩔 수 없었다.

회의장 안에 놓여 있는 직사각형 모양의 커다란 회의용 탁자를 중심으로 자리를 잡고 앉아 있는 참석자들은 최소한 그뤼네발트 내에서는 그 명성이 드높은 인물들이었다. 반군이 점령하고 있는 마우저 강 동부를 제외하고는 그뤼네발트의 유력자들이 전부 이곳에 모였다고 해도 과언이 아니었다.

일단 주요 인물들을 보자면 먼저 그뤼네발트의 제국군을 대표해서 회의장의 상석인 영주석 바로 앞으로 그뤼네발트 주둔군 총사령관인 슈페나우 율리히 폰 에펜베르그 대장이 앉아 있었고, 그 옆으로 육군 사령관인 알브레흐트 폰 호엔슈타인 중장과 공군 사령관인 케멜른 드라우프 폰 벡크만 중장이 나란히 앉아 있었다. 그리고 해군을 대표해서 발렌슈타인 제국 외양 함대인 크리그스 마린의 그뤼네발트 분함대 지휘관인 브라인트 폰 프링스 소장이 그 뒤를 이어 있었다.

또한 민간을 대표하는 사람들로 그뤼네발트 제일의 항구 도시 베른의 시장인 야반 룰프스와 그뤼네발트 제일의 공업 도시인 베르게펠트의 시장인 마르크 휘세네게가를 비롯한 그뤼네발트의 서부에 위치한 핵심 도시의 시장이나 부시장 등 총 여덟 명의 고위 공직자들이 회의에 참석하고 있었다.

마지막으로 제국인들로 구성된 참석자들의 맞은편으로 하멜 인들의 정신적 지주이자 발렌슈타인 제국 제일의 경계 대상인 서부 지역의 반야르 여덟 명이 모여 앉아서 무엇인가를 의논하는 듯 얼굴을 맞대고 조용히 이야기를 나누고 있었다.

반야르들을 바라보던 지클러는 그 속에서 한 사람의 모습을 발견하고는 불안감이 엄습해 오는 것을 느꼈다. 운터바움 일족의 반야르 이스카야르 이슬란 운터바움의 모습을 발견했기 때문이다.

울란이자 반야르인 이스카야르는 절대 회의에 초대해서는 안 되는 사람이라고 지클러는 생각했다. 나이는 비록 회의에 참석한 반야르들 중 가장 어렸지만 그 위험성은 다른 반야르들을 다 합한 것보다도 더 컸기 때문이다.

영주관 관리를 평생의 업으로 삼아온 지클러가 알 수 있을 정도로 검은 머리의 청년 반야르 이스카야르의 악명은 그뤼네발트 전역에 알려져 있었다. 이스카야르는 명망있는 울란이자 반야르이기도 했지만 검은 머리의 마족 이스카야르라는 다른 이름으로 불리기도 했다. 이스카야르는 영주의 의도를 몰라 우려 섞인 표정으로 의견을 나누고 있는 다른 반야르들과 다르게 에메랄드 빛 눈을 빛내면서 미소 띤 얼굴로 회의장 곳곳을 둘러보고 있었다. 지클러가 그런 이스카야르를 불안한 표정을 하면서 지켜보고 있을 때 지클러는 누군가가 자신의 어깨 위에 손을 올려놓는 것을 느꼈다.

고개를 돌린 지클러의 눈에 보인 것은 영주와 같이 온 붉은 머리칼을 지닌 장신의 미남 청년이었다. 지클러와 눈을 마주친 미르코는 매력적인 웃음을 지으면서 말했다.

"이제 곧 영주님께서 나오십니다."

불안감으로 표정이 굳어져 있던 지클러는 미르코의 말을 듣자마자

순식간에 20년 이상의 세월로 다져진 노련한 시종장 그 본래 모습으로
돌아왔다.

그는 문 옆에 위치해 있는 자리에서 나와 회의장 상석 쪽으로 걸어
가더니 이야기를 멈추고 자신을 바라보는 많은 인사들에게 시선을 주
며 큰 목소리로 입을 열었다.

"그뤼네발트의 영주이신 크리스티안 폰 에르하트 남작님께서 입장
하십니다!"

지클러가 말을 마치자마자 기다렸다는 듯이 회의장의 문이 열리면
서 에르하트가 걸어 들어왔다. 그리고 회의장에 앉아 있던 사람들이
보내는 호감과 적의, 그리고 호기심과 무료함 등 여러 가지 감정들이
한꺼번에 어우러져 있는 수많은 시선들을 느끼면서 에르하트는 자신의
자리를 향해 걸어갔다. 자리 앞에 선 에르하트는 자신을 지켜보고 있
는 좌중을 둘러보면서 미소 지었다.

"안녕하십니까, 여러분? 만나뵙게 되어 반갑습니다. 저는 그뤼네발
트의 신임영주인 크리스티안 폰 에르하트 남작입니다. 공사 다망하신
와중에도 초대에 응해주셔서 감사합니다. 그럼 이제부터 그뤼네발트
의 장래를 의논하기 위한 회의를 시작하겠습니다."

신임영주 크리스티안 폰 에르하트의 첫번째 영지회의가 그 막을 열
었다.

"먼저 회의에 참여하신 여러분을 한 분 한 분 소개해야 하는 것이 맞
겠지만 시간적인 문제도 있고 또한 여기 참여하신 여러분이라면 서로
에 대해 저보다 더 잘 알고 계시리라고 믿고 안건으로 바로 넘어가겠
습니다."

에르하트가 말을 마치고 자리에 앉으면서 옆에서 대기 중이던 미르코에게 눈짓을 주자 미르코가 회의석상 앞으로 나와 인사했다.

"저는 이번 회의의 진행을 맡은 미르코 요하임 카스퍼입니다. 그럼 먼저 회의에 참여하신 여러분께서는 지금 나누어 드리는 서류들을 한 번 읽어주십시오."

미르코의 말에 따라 서로를 경계의 눈빛으로 바라보던 제국의 인사와 하멜의 반야르들은 자신들 앞에 두터운 서류가 놓이자 신중하게 서류의 내용을 하나하나 읽기 시작했다. 그리고 그들의 모습을 살펴보면서 미르코가 다시 입을 열었다.

"아시다시피 이번 회의는 신임영주인 에르하트 남작과 저를 비롯한 수행 인원들이 그뤼네발트를 운영하는 데 필요한 여러분의 조언과 도움을 얻기 위해 연 것입니다. 에르하트 영주님께서는 여러분의 의견과 충고가 앞으로 그뤼네발트의 운영에 있어서 크나큰 도움이 될 것이라 믿고 계시기 때문에 영지 운영에 대한 설명이 담긴 서류를 참고하시면서 반론이나 기타 의견이 있으시다면 기탄없이 말씀을 해주시면 감사하겠습니다."

미르코가 말을 마치자, 참석자들은 자기 앞에 놓인 서류를 세심하게 살펴보았다. 잠시 후, 한 사람이 손을 들었다. 그리고 그것을 발견한 에르하트가 눈짓을 주자 미르코가 손을 든 사람에게 눈길을 주면서 말했다.

"예, 말씀하십시오."

손을 든 남자는 자리에서 일어서더니 에르하트에게 날카로운 눈빛을 던지면서 입을 열었다.

"나는 스바인 일족의 반야르인 파벨 짐머만 스바인이오! 회의에 들어가기에 앞서 영주에게 물어볼 것이 있소!"

"뭡니까?"

에르하트가 오랫동안 쌓아온 감정의 골을 그대로 드러내면서 자신을 노려보고 있는 스바인에게 대답하자 그는 기다렸다는 듯이 에르하트가 나눠 준 서류를 들어 올리면서 말했다.

"영주가 이렇게 앞으로의 영지 운영에 대해 미리 계획을 짜놓았다면 우리들을 따로 부를 필요가 있습니까? 그것도 지금까지 제국에서 탄압해 왔던 우리 반야르들을 말입니다! 혹시 영주는 제국에 협조를 거부하는 우리 서부 지방의 하멜 인들을 붙잡아두기 위해 우리들을 들러리로 이곳에 초대한 것 아닙니까? 제국군이 철수한다면 우리들의 도움이 필요할 테니까요! 그것이 아니라면 회의를 본격적으로 시작하기 전에 지금까지 참석시킨 적이 없는 우리 반야르들을 초대한 이유부터 말씀해 주시오!"

스바인의 말은 무례할 정도로 과격하고 직설적이었지만 회의에 참가했던 사람들이 궁금하게 여긴 점을 정확하게 짚어낸 것이기도 했다. 반야르는 항상 반제국 운동의 정점에 선 인물들이었다. 따라서 그런 반야르들을 그뤼네발트의 운영에 관한 회의에 참석시킨 영주는 제국이 통합된 이후 수백 년의 세월이 지난 지금까지 단 한 번도 없었다. 따라서 스바인과 마찬가지로 에르하트의 의도를 전혀 파악하지 못하고 있는 회의 참석자들은 반야르들을 회의에 참석시킨 이유를 궁금해하고 있었다.

"질문에 답하기에 앞서서 한 가지만 물어봅시다, 스바인님."

에르하트는 스바인의 말을 듣고 오히려 반문을 던졌다.

"뭡니까?"

"그뤼네발트에서 가장 많은 사람들이 누굽니까? 그뤼네발트로 이주해 온 제국인들입니까, 아니면 이곳에서 자란 하멜 인들입니까?"

"……."

스바인은 뭔가 느껴지는 것이 있는지 아무런 말도 하지 않았다. 에르하트는 스바인에게서 아무런 대답이 없자 그의 대답을 기다리지 않고 바로 앞에 있는 서류를 들었다.

"지금까지 그뤼네발트를 다스렸던 영주들이 어떻게 영지를 운영했는가는 저하고 상관없는 이야기입니다. 스바인님 말씀대로 저는 이곳 아델에 도착한 이후 근 한 달간에 걸쳐 그뤼네발트를 조사했고, 믿을 수 있고 능력있는 분들의 도움을 얻어 이렇게 앞으로의 운영 계획을 짤 수 있었습니다. 하지만 그뤼네발트의 영주인 저는 비록 유능하다고는 하지만 이곳 그뤼네발트를 잘 모르는 저의 일행이 단지 등록되어 있는 서류만 검토해서 만든 이 계획서가 완벽할 것이라고 생각하지 않습니다. 따라서 이 그뤼네발트라는 땅에서 오랜 시간 동안 그뤼네발트 인들을 다스려 온 여러분의 조언과 도움을 얻기 위해 이곳에 초대한 것입니다. 그리고 도움을 얻는 데 여러분의 말마따나 제국인이고 하멜 인이고가 무슨 필요가 있다는 말입니까? 여러분은 어떻게 생각하시는지 모르겠지만 그뤼네발트의 영주인 저 크리스티안 폰 에르하트에게는 그뤼네발트에 사는 모든 사람들이 그저 같은 그뤼네발트 인으로 보일 뿐입니다. 그렇다면 800만 그뤼네발트 인 중 다수의 인구를 차지하는 하멜 인들에게 영주로서 그 책임을 다하기 위해서는 무엇이 필요한 것 같습니까? 지금까지 그뤼네발트를 다스려 왔던 저와 같은 제국인들의 도움입니까, 아니면 제국에서 조사해서 만든 이 서류들입니까?"

에르하트는 탁자 위에 서류를 내려놓으면서 잠시 동안 말을 끊고 반야르들의 얼굴을 하나하나 주시했다.

"저에게 필요한 것은 하멜 인들을 다스리는 반야르 여러분의 적극적인 도움입니다!"

에르하트가 강한 어조로 그렇게 말을 마치자 스바인은 얼굴을 붉히면서 조용히 자리에 앉았다. 그리고 회의에 참석한 사람들은 신임영주에 대해 한 가지 사실을 깨닫게 되었다. 신임영주인 크리스티안 에르하트의 마음속에는 제국인이냐 하멜 인이냐 하는 구별 대신 그뤼네발트에 사는 사람들은 그뤼네발트 인 그 자체로 존재하고 있다는 사실을……

과연 이것이 이방인의 무지에 의한 무모함인지 아니면 대담한 지배자의 모습인지는 알 수 없었지만 오랫동안 갈등의 세월을 보내온 그들에게는 충격에 가까울 정도로 신선한 모습이었다. 에르하트의 발언은 몇몇에게는 감탄의 눈빛을, 또 몇몇에게는 의심의 눈초리를 보이게 하면서 회의장 안을 침묵에 휩싸이게 만들었다. 그리고 회의의 맥이 끊어지자 미르코가 다시 앞으로 걸어나왔다.

"자, 그럼 나눠 드린 서류들을 다 읽어보셨으리라 믿고 말씀드리겠습니다. 혹시 앞으로의 운영 계획에 대해 추가할 것이나 수정해야 할 것이 있다면 말씀해 주십시오."

미르코가 말을 마치자 이번엔 베른의 시장인 룰프스가 자리에서 일어나 말을 하기 시작했다.

"일단 서류를 보아하니 오랜 기간 베른 시의 시정을 운영해 온 제가 보더라도 흠잡을 데 없이 완벽합니다. 자금의 효율적인 운용이나 예산 책정 부분에 대해서는 읽는 제가 황송할 정도입니다. 그런데 서류를 다 읽고 나서 내내 몇 가지 의문이 제 머리 속을 떠나지 않더군요. 그에 대한 설명을 부탁드리겠습니다."

룰프스가 말을 맺자 미르코가 고개를 끄덕였다. 그러자 룰프스가 서류의 페이지를 넘기면서 말을 이었다.

"우선 서류의 예산 배정이나 영지 운영에 대한 범위가 서부 그뤼네발트에만 맞춰져 있더군요. 물론 이 부분이야 마우저 강 동부 지역이 반군의 세력권이 됐다는 것을 생각한다면 충분히 이해할 수 있습니다. 그런데 제일 중요한 문제인 군사 부분이 빠져 있더군요. 제국군들이 조만간 이곳 그뤼네발트에서 철수할 텐데 말입니다. 그리고 영주님께서 제국 이주민들과 하멜 인들 간의 갈등에 대해 관심이 많으신 것 같은데 영지 운영이 담겨 있는 이 서류에는 그 부분에 대해 전혀 언급을 하고 있지 않습니다. 또한 반군을 지원하고 있는 신성 폴센 제국에 대한 외교적 대처도 언급되지 않았고요. 물론 신성 폴센 제국에 대해 일개 영지로 그 위치가 격하된 그뤼네발트에서 이렇다 할 만하게 대책을 세우기는 어렵겠지만 말입니다. 결론적으로 이 서류만 봐서는 앞으로 그뤼네발트가 어떻게 운용될지 전혀 알 수가 없습니다. 제일 핵심적인 부분이 빠져 있으니까요. 그에 대한 설명을 부탁드리겠습니다."

룰프스의 지적대로 에르하트가 나누어 준 서류에는 마우저 강 유역까지 밀려나 있는 현재의 군사적 상황을 타개할 해결 방안은 물론 현재 그뤼네발트에 얽혀 있는 외교적 상황에 대한 간략한 설명만이 들어 있을 뿐 어떠한 군사적, 외교적 타결책도 들어 있지 않았다. 그리고 서부 그뤼네발트는 물론이거니와 나아가 그뤼네발트 지방의 역사적 과제인 선주민인 하멜 인과 이주민인 제국인들 사이에 쌓인 오랜 갈등을 해결하기 위한 어떤 해결책도 제시되어 있지 않았다. 룰프스가 던진 말의 의미는 한마디로 제일 중요한 문제가 빠져 있는 미완성의 영지 운영 서류라는 의미였다. 미르코는 룰프스의 말을 듣고 살며시 미소를 떠올렸다. 그리고 자리에서 일어나 자신을 바라보고 있는 사람들에게 말했다.

"저희가 나눠 드린 서류의 미완성 부분은 바로 여기에 오신 여러분과 에르하트 영주님을 비롯한 이 회의에 참석한 모든 분들이 함께 만들어가야 할 공통 과제입니다. 이 회의의 결과가 그뤼네발트의 장래를 결정한다고 에르하트 영주님이 말씀한 것은 의례적인 말이 아닙니다. 바로 오늘 회의가 열리는 이 자리에서 모인 사람들의 손에서 그뤼네발트의 운명을 놓고 마지막 승부수가 만들어질 겁니다. 그렇지만 무턱대고 이렇게 회의를 열어서 여러분에게 의견을 내놓으라는 것은 아닙니다. 저희 측에서도 어느 정도는 계획을 수립해 놓았지만 보안을 위해 서류로 작성하지 않은 것뿐입니다. 그리고 외교나 군사 부분에 있어서는 조력자 분들의 도움으로 이미 어느 정도 성과를 거두고 있습니다. 그리고 여러분에게 그 성과를 설명해 드릴 두 분의 전문가를 소개하겠습니다. 슈트룸나이트 클라우스 베네딕트 폰 구스타프 경과 미카엘 루슬란 폰 슈펠만 남작입니다."

　미르코의 말이 끝나자 회의실의 문이 열리면서 회의장에 있는 그 누구보다도 거대한 체구를 지닌 구스타프가 압도적인 기세를 보이면서 들어왔다. 그리고 그의 뒤에는 지적인 얼굴 위에 보기 좋은 미소를 떠올리고 있는 슈펠만이 있었다. 에르하르트는 회의에 새로이 참석한 구스타프와 슈펠만 그 두 사람에게 감탄을 흘리고 있는 참석자들을 가만히 지켜보고 있다가 옆에서 남몰래 사악하게 웃음을 짓고 있는 미르코에게 고개를 길게 빼더니 낮은 목소리로 말을 걸었다.

　"야, 회의를 진행하는 것이 아니라 무슨 되지도 않는 사기극에 끼어든 기분이다. 이 억지스럽기 그지없는 등장은 다 뭐냐?"

　"쉿, 조용히 해라. 원래 인간관계의 시작은 임팩트가 중요한 법이다. 슈트룸나이트 구스타프 경은 제국이고 하멜 인이고를 떠나 무를 닦는 사람이라면 꼭 만나보고 싶은 인물 중 하나다. 그리고 미카엘 선배님은 행정 계통으로는 그 이름이 잘 알려져 있고 말이야. 원래 사람과의 만남은 첫 등장부터 강렬해야 다음 이야기가 순순히 풀리는 법이다. 극적인 연출은 나한테 다 맡겨둬라. 그리고 이제부터 본 게임에 들어가니까 항상 신중하게 생각하고 말해라. 알았냐?"

　"끙……."

　"민병대를 해산해 주십시오."

　회의가 본격적으로 진행되면서 에르하르트가 처음으로 한 말이었다. 그리고 지극히 당연하게도 반야르들의 격렬한 반발이 그 뒤를 따랐다.

　"어째서 우리들을 이곳에 부르나 했더니만 결국 그 말을 하기 위해서였소?"

"더 이상 무슨 말이 필요하겠습니까? 그냥 돌아갑시다!"

"민병대를 해산하라고요? 그럼 먼저 치안부터 회복시키시오! 그러기 전에는 절대 민병대를 해산할 수 없소!"

반야르들이 야유를 퍼붓자 그들 중에서 한 사람이 손을 들더니 자리에서 일어났다. 그 사람은 바로 이스카야르였다.

"아직 영주의 말이 다 끝나지도 않았는데 그냥 이렇게 돌아가다니요, 그게 무슨 말씀이십니까? 조금만 더 이야기를 들어보는 것이 좋을 것 같습니다. 영주도 상식인일 텐데 무작정 아무런 대책도 없이 민병대를 해산하라고 하겠습니까? 안 그렇습니까, 영주님?"

말을 마친 이스카야르가 미소를 지으면서 에르하트를 바라보자 에르하트는 어색한 미소를 지으면서 고개를 끄덕였다. 에르하트는 격렬하게 반발하는 다른 반야르들의 분노보다 이스카야르의 미소가 더욱 부담스러웠던 것이다. 누구라도 그럴 것이다. 눈만 웃고 있지 않은 이스카야르의 미소를 본다면.

이스카야르의 말을 듣고 다른 반야르들이 마음을 가라앉혔는지 가만히 앉아서 자신만 바라보고 있자 에르하트는 자리에서 일어나 회의장 창 쪽으로 걸어가 비와 어둠이 머물러 있는 창밖으로 시선을 주면서 입을 열었다.

"아직도 비가 거세게 내리고 있군요. 밖에서 경비를 서고 있는 군인들이 많이 힘들 것 같습니다."

말을 마친 에르하트는 곧 고개를 돌려 자신의 말을 기다리는 사람들에게 하나하나 눈을 마주치면서 말했다.

"지금 밖에서 저렇게 비를 맞으면서 경비를 서고 있는 병력이 얼마나 되는지 아십니까?"

에르하트가 말한 질문의 저의를 알 수가 없었던 참석자들은 아무런 말을 하지 못하고 조용히 에르하트의 다음 말을 기다렸다. 에르하트는 그런 참석자들의 반응을 잠시 동안 살펴보더니 원래 있던 자리로 돌아왔다. 그리고 다시 말을 이었다.

"무려 2,500명입니다. 보병 일 개 연대에 해당하는 병력이지요. 아무리 대규모적인 회의가 이곳에서 열린다지만 일 개 연대나 되는 병력이 도로와 이곳 영주관을 중심으로 경비를 서고 있단 말입니다. 그것도 그뤼네발트의 중심 도시이자 최고 행정 도시인 이곳 아델에서 말입니다. 뭔가 이상하다고 느껴지지 않습니까?"

"그것은 어쩔 수 없는 일이잖소, 영주? 워낙 반군들의 테러 활동이 극심하니까 말이오."

그뤼네발트 주둔군 총사령관인 에펜베르그가 말했다. 그러자 에르하트는 고개를 끄덕이면서 다시 입을 열었다.

"에펜베르그 장군님의 말씀이 맞습니다. 테러 활동으로 인해 어쩔 수 없는 일이지요. 그런데 어째서 이렇게 테러 활동이 극심할까요? 물론 전부터 이곳 그뤼네발트가 문제가 많은 지역이기는 했지만 영주인 저조차도 이곳 아델을 마음대로 돌아다니지 못할 정도로 테러가 극심하지는 않았을 거라고 생각합니다만……."

"물론 예전부터 그뤼네발트 전역에 걸쳐 반정부 운동이 있어왔지만 근래와 같이 심하지는 않았던 것이 사실이오. 그렇지만 이미 마우저강 동쪽 지역 전체가 반군의 손에 들어가 있는 이상 이런 테러 활동은 당연한 것 아니겠습니까?"

에펜베르그가 다시 말했다.

"그렇습니다. 그래서 영주인 저와 옆에 있는 제 동료들은 이러한 테러 활동을 조금이라도 억제시키고자 많은 고심을 했고, 결국 한 가지 방법을 떠올리게 됐습니다. 그것은 군이나 경찰 병력이 아니면 총기나 일반 무기류를 휴대할 수 없게 하는 것이었습니다!"

에르하트의 말이 끝나자 회의에 참석한 그뤼네발트의 인사들은 놀라움을 금치 못했다. 그뤼네발트가 어떤 지역인가? 명실 공히 발렌슈타인 제국의 지배 지역 중 최고의 분쟁 지역이다. 따라서 그뤼네발트 내에서의 무기 휴대는 발렌슈타인 제국이 이곳을 병합한 후 이주민들이 몰려들면서 하멜 인들과의 분쟁이 잦아진 이후부터 지극히 당연시되었던 것이다. 그런데 신임영주는 이러한 민간에서의 무기 휴대를 전면적으로 금지하는 법안을 만들려 하고 있다. 에르하트와 그의 동료들을 제외하고 회의에 참석한 사람들은 모두 에르하트의 말을 듣고 경악할 수밖에 없었다.

"무리입니다, 영주!"

초대를 받고 회의에 참석한 반야르들 중 제일 연장자인 로이젤이 강경한 어조로 반대 의견을 내놓았다.

"무기 휴대를 금지하다니요? 그러면 우리들은 반군들이 쏘는 총을 그냥 맞고만 있으라는 말입니까? 그리고 일반인들이 무기를 휴대하지 않는다고 해서 테러 활동이 근절될 것이라고는 생각되지 않습니다. 너무 쉽게 생각하신 것 아닙니까?"

로이젤이 말을 마치자 에르하트를 대신해 미르코가 앞으로 나와 회의장에 있는 사람들을 돌아보면서 말했다.

"물론 무기 휴대에 관한 문제는 여기 있는 에르하트 남작님과 저희
들이 그렇게 대책없이 꺼내 든 것이 아닙니다. 그리고 그에 대한 사전
조치 중의 하나로 민병대의 해산을 요구한 것이지요."

"무기 휴대 문제와 민병대의 해산이 무슨 관계가 있소?"

로이젤의 질문을 들은 미르코는 살짝 웃음을 보이면서 대답했다.

"해산된 민병대를 경찰 병력으로 활용해야 하기 때문입니다. 그리고
그 능력이 우수한 민병대 대원들을 선발해 곧 창설될 그뤼네발트 영지
군에 투입할 것이기 때문입니다."

미르코의 말에 회의에 참석한 인물들은 놀라움을 금치 못했다. 그의
말은 한마디로 하멜 인의 지도자 반야르들의 영향을 강하게 받는 민병
대의 대원들을 공식적으로 인정한다는 말이나 다름없었기 때문이다.
지금까지 하멜 인들이 그뤼네발트 내에서 그 영향력을 확대하는 것을
극도로 억제하려 했던 것과는 반대로 신임영주인 에르하트는 오히려
하멜 인들을 적극적으로 그뤼네발트의 통치 체제에 끌어들이려 하고
있는 것이었다.

주위의 반응을 살펴보던 미르코는 사람들이 충격에서 벗어나 어느
정도 평상심을 유지하는 것을 보고는 다시 말을 이었다.

"그리고 경찰 병력으로 통합된 민병대의 대원들은 자신이 속한 각
지역의 치안을 담당할 것입니다. 그렇게 된다면 각 도시를 목표로 테
러 행위를 일삼는 반군들의 게릴라 부대를 색출하는 데 지금보다 훨씬
효과적으로 대처할 수 있을 것입니다. 또한 지금까지 무기를 휴대했다
고 해서 테러가 없었던 것은 아니지 않습니까? 지금도 저 거리를 나서
는 그뤼네발트의 일반 영민들이 얼마나 불안해하고 있습니까? 아이들

은 거리에서 마음껏 뛰어놀지 못하고 저녁을 준비해야 하는 주부들은 목숨을 걸고 시장을 나서야 하는 이 상황이 얼마나 아이러니합니까? 지금까지는 어땠는지 모르지만 이렇게 테러가 극심할 바에는 차라리 마음대로 무기를 들고 다니지 못하게 하는 것이 훨씬 효과적입니다. 설사 테러를 저지르려는 사람이 있더라도 앞으로 무기를 들고 거리에 나설 수 없는 상황이 된다면 최소한 지금보다는 테러를 일으키는 것이 어려워질 것입니다. 그리고 자기 고장을 잘 아는 하멜 인과 제국인이 경찰에 함께 투입돼서 자신의 고향을 한마음으로 지킨다면 이러한 테러 행위가 상당히 감소할 것이라는 것은 누구라도 쉽게 예상할 수 있을 것입니다."

말을 마친 미르코가 질문할 것이 있으면 물어보라는 식으로 회의장에 있는 사람들을 둘러보자 한 사람이 자리에서 일어서서 질문을 던졌다.

"무기 휴대 금지와 우리 반야르들의 민병대를 군과 경찰 부대에 투입해서 치안을 담당하게 한다는 생각은 정말 감탄을 금치 못할 정도로 훌륭합니다만 곧 이 그뤼네발트에서 제국군이 철수한다면 어떻게 반군에게 대항할 생각입니까? 우리 민병대의 대원들을 영지군으로 투입한다고 해도 20만에 이르는 제국군들이 빠져나간 자리를 메울 수는 없는데 말이오. 또 우리 서부 지역의 반야르들이 동부의 하멜 인들에게 배신자란 오명을 얻어가면서까지 영주인 에르하트 남작을 도와야 할 이유가 뭡니까?"

미르코는 입가에 걸리는 웃음을 지어 보이면서 질문을 던진 사람에게 말했다.

"제국군의 철수 이후에 대한 대책은 잠시 후 여기 있는 군사 부분 보좌관인 구스타프 경이 설명할 것입니다. 그리고 어째서 서부의 반야르들이 영주를 도와야 하냐고 물으셨습니까? 그럼 제가 다시 한 번 되묻겠습니다. 그럼 그뤼네발트 서부의 반야르 여러분께서는 동부 지역의 하멜 인들이 그뤼네발트를 차지하기를 원하십니까?"

미르코의 말이 끝나자 박수 소리와 함께 커다란 웃음이 터져 나왔다.

"하하하! 대단하군! 당신들 정말 대단해! 진짜로 감탄했어! 하하하!"

질문을 던졌던 운터바움 일족의 수장이자 울란 이스카야르가 터뜨리는 통쾌한 웃음이었다.

환경이 인간의 성향을 좌우한다는 말이 있다. 자연 환경이 자극[Stimulus]을 제공하고 인간은 거기에 반응[Response]한다는 S—R패러다임을 채택한 이 말은 인과에 따라 인에 해당하는 환경, 즉 인간을 둘러싸고 있는 외부 요인들에 의해 과에 해당하는 인간의 내적, 외적 자아 형성이 큰 영향을 받는다는 것이었다. 이러한 환경결정론적인 말은 한 개인이라는 최소 단위의 객체를 넘어 민족이나 국가 같은 사회의 최상위 구성 요소에까지 이르는 넓은 범위를 자랑하고 있었다. 그리고 이러한 이론에서 파라얀 대륙 최강의 강국 발렌슈타인 제국의 치를 떨게 만든 하멜 인들이라고 해서 벗어날 수는 없었다.

실제로 베링 해에 면한 그뤼네발트 서부 해안 지대의 하멜 인들과 아우렐리우 산맥의 험준한 지형에서 살아가는 동부의 하멜 인들은 그 생활양식이나 사고, 정치적 입장 등에서 대체적으로 많은 차이를 보이고 있었고 그러한 차이는 결정적으로 발렌슈타인 제국에 대한 태도에서 극명하게 드러났다.

바다를 생활 터전으로 삼는 민족은 개방적 확장주의적 경향을 나타내고 대륙 내부에, 특히 폐쇄적인 지형에 사는, 예를 들면 산악 부족 같은 경우에는 폐쇄적 고립주의적인 경향을 나타낸다고 한다. 물론 이 말이 전적으로 옳은 것은 아니었지만 최소한 그뤼네발트의 서부 하멜 인과 동부의 하멜 인의 경우에 놓고 한정된 시각으로 바라본다면 일리 있는 말이라고 할 수 있었다.

발렌슈타인 제국에 합병되기 이전부터 서부 지역의 하멜 인들은 베링 해를 통해 주변의 다른 국가들과 많은 교류 관계를 유지해 왔다. 그리고 교류를 통해서 서부의 반야르들은 그뤼네발트의 발전을 위해서 많은 노력을 기울여 왔다. 서부의 반야르들은 베링 해에서 들어오는 외부의 문물을 통해서 그뤼네발트가 대륙의 다른 지역에 비해 사회, 정치, 문화, 경제 등 거의 모든 분야에서 낙후되어 있다는 사실을 너무나 잘 알고 있었기 때문이다. 그러한 노력의 일환으로 서부의 하멜 인들은 새로운 문물에 대해서 항상 관용적인 태도를 취하고 있었다. 새로운 문물이 자신들의 전통적인 가치와 충돌할 때조차 항상 타협점을 찾아내려고 할 정도로 말이다.

그에 반해 마우저 강 동부에 위치한 아우렐리우 산맥을 중심으로 그 삶을 영위하고 있는 하멜 인들은 서부의 하멜 인들과 달랐다. 그들의 교역 대상은 하멜 어로 웨드세아린, 즉 서부의 바닷가 사람들이라고 불리는 서부의 하멜 인들뿐이었다. 아우렐리우 산맥의 험준한 지형은 사람들의 발길과 더불어 동부 하멜 인들의 시야까지 가리고 있었던 것이다.

　동부 하멜 인들은 같은 민족인 마우저 강 서부의 하멜 인들을 웨드 세아린이라는 다른 말로 따로 부를 정도로 폐쇄적이었다. 또한 동부의 하멜 인들은 전통적인 가치를 무엇보다도 우선시하는 경향이 강했다. 이런 외부 자극에 대한 산악 민족 특유의 배타성은 그들이 그뤼네발트의 병합 이후에도 항상 반제국 운동의 선봉에 서게 만드는 요건이 되곤 하였다.

　따라서 이 두 집단은 그뤼네발트를 자신이 독점하고 있던 과거부터 제국이 지배하는 지금에 이르기까지 이러한 성향의 차이로 말미암아 그다지 사이가 좋지 못했다. 실제로 발렌슈타인 제국이 그뤼네발트에 진출하기 이전의 그뤼네발트 전쟁사는 일족 간에 벌어진 소규모 전투를 제외한다면 마우저 강에 위치한 나이메겐 평원을 두고 벌어진 서부와 동부 일족 간의 전투들로 채워져 있었다.

　발렌슈타인 제국이 그뤼네발트를 병합한 직후 하멜 인들이 일으킨 반제국 운동이 그뤼네발트 전역에 걸쳐 일어난 것은 앞서 말한 바와 같다. 그런데 서부의 반야르와 동부의 반야르들이 벌인 반제국 운동에서도 두 집단은 극명한 성향 차이를 드러냈다.

　서부의 하멜 인들도 제국이 그뤼네발트를 병합한 직후에는 동부와 마찬가지로 치열하기 그지없는 반제국 투쟁을 벌였었다. 하지만 세월이 흘러 200년의 시간이 지난 지금에 이르러서는 제국에 대한 무조건적인 반발에서 벗어나 어느 정도 융통성있는 태도를 취하고 있었는데 그 이유는 제국이 들어오자 정체된 땅 그뤼네발트에 격렬한 변화의 물결이 몰려들고 있다는 것을 깨닫게 되었기 때문이다. 조그만 항구 마을이었던 베른이 어느덧 해군 기지를 가질 정도로 엄청난 크기의 항구 도시가 되었고, 울창한 삼림과 초지가 있던 땅에는 커다란 도시와 마을들이 생겨나기 시작했다. 그리고 수입에만 의지해 오던 여러 가지 물자들을 그뤼네발트에서 직접 생산할 수 있게 된 것이다.

그렇게 200년이라는 긴 시간과 시간의 흐름에 따라 나타난 변화들은 예전부터 교역을 통해 성장해 온 서부의 반야르의 태도를 제국에 대한 절대 불가에서 인정으로 바꿔놓았다.

물론 병합 초기에 반야르들이 주도한 반제국 운동에서 쓴맛을 본 제국이 반야르들을 제국 귀족에 준하는 태도로 우대하고 그뤼네발트를 안정화시키려는 노력의 일환으로 하멜 인들의 전통을 존중하고 정책적으로 많은 우대를 한 것 역시 큰 영향을 미쳤지만 말이다(일반 제국인들이 소득의 20% 정도를 세금으로 내는 데 반해 하멜 인들은 단지 10%의 세금만 내었다. 그리고 제국의 공식 기관, 예를 들면 공무원, 군인, 기타 국영 사업체 등에 근무하는 하멜 인들은 제국인들과 비교되지 않는 많은 특혜를 받았다. 하멜 인들을 어떻게든 제국에 복속하게 만들려 했던 발렌슈타인 제국의 역대 황제들의 노력은 눈물겨울 정도였다).

결국 서부의 반야르들은 그뤼네발트의 독립에서 그뤼네발트의 자치를 제국에 요구하게 되었다. 물론 두 가지 모두 제국으로서는 들어줄 수 없는 요구임에는 마찬가지였지만 이러한 태도의 변화는 실제로 그뤼네발트의 서부 지방을 안정화시키는 데 큰 밑바탕이 되었다. 그리고 이러한 서부 반야르의 태도 변화에 따라 마우저 강 서부 지역에서는 하멜 인들과 제국군들 간의 전투가 사라지게 되었다.

하지만 동부의 하멜 인들은 달랐다. 아우렐리우 산맥은 척박한 지역이었다. 막대한 지하자원과 삼림이 있었지만 광공업이나 임산업을 발전시키기 위해서는 완성된 제품을 운송할 수 있는 수단이 필요했는데 아우렐리우 산맥의 험준한 산줄기가 그것을 막고 있는 것이 문제였다. 거기에 더해 그뤼네발트의 항구에서 아우렐리우 산맥은 거리가 너무 멀었다. 결국 마우저 강 동부 지역으로는 제국이 가져온 급격한 산업화의 물결이 비껴나고 말았던 것이다.

또한 설사 제국에서 동부 지방에 무엇인가를 하려고 해도 동부의 하멜 인들 자체가 그것을 완강하게 거부했다. 그 거부가 폭연과 피를 동반할 정도였으니 제국도 그뤼네발트 동부 지방에 대한 투자를 거의 포기하고 말았다.

그리고 서부의 반야르들이 무장, 무력 투쟁을 포기하고 대화를 통한 평화적 투쟁으로 반제국 운동의 성격을 변화시키자 동부의 반야르들은 서부의 반야르들을 백안시하면서 서부의 하멜 인들에게조차 적대감을 감추지 않았다. 물론 역사적으로 동부와 서부의 반야르들이 가까운 사이를 유지한 적은 단 한 번, 제국이 그뤼네발트를 병합했던 시기뿐이지만 말이다.

결국 동부와 서부 이 두 지역 하멜 인들 간의 불안한 갈등 관계는 서부통합전쟁으로 폭발하고 말았다. 그뤼네발트 제2의 항구 도시 안할트에서 무장 봉기를 일으킨 동부의 하멜 인들이 발렌슈타인 제국과 전쟁을 벌이고 있던 연합국들의 지원을 받아 제국군을 마우저 강 서쪽으로 몰아낸 것이다.

서부의 하멜 인들은 이러한 급격한 사태 변화를 우려가 섞인 눈으로 바라보았다. 동부의 하멜 인들이 제국과 더불어서 배신자 서부의 하멜 인들을 증오한다는 사실을 잘 알고 있었기 때문이다.

그리고 서부 하멜 인들에 대한 동부 하멜 인들의 공격이 시작되었다. 마우저 강 서쪽 지역은 동부인들의 시각에서 볼 때 이미 제국의 영역이었다. 한마디로 그곳에 사는 사람들은 제국인, 하멜 인을 막론하고 동부의 반야르들에게는 타도할 대상이었다는 것이다. 동부 반야르들의 전사들이 마우저 강을 넘어 그뤼네발트 서부 전역에 걸쳐 광범위하고 무차별적인 테러 공격을 가한 것은 이때부터였다.

서부 지역의 사람들은 하멜 인, 제국인들을 막론하고 이러한 테러 공격에 엄청난 피해를 입게 되었다. 길을 가다가 난데없이 날아온 총탄에 무수한 민간인들이 쓰러졌고, 거리 한복판에서 폭탄이 터져 수많은 사람들이 죽어나가기 시작했다.

동부 하멜 인들의 공격에 서부의 반야르들이 분노한 것은 당연했다. 지금까지 제국의 요청에도 불구하고 같은 하멜 인들을 공격할 수 없다는 생각으로 동부의 하멜 인들과 싸우길 거부했던 서부의 반야르들이었으나 제국인과 하멜 인, 그리고 군인과 민간인을 가리지 않는 이러한 무차별 공격에는 더 이상 참을 수가 없었다.

결국 서부의 하멜 인들 역시 민병대라는 이름 아래 자신들의 전사들을 규합하기 시작했고, 동부의 하멜 인들과 마찬가지로 마우저 강을 넘어 동부 지역 곳곳에서 테러 공격을 감행하기 시작했다. 또한 이러한 공격으로 인해 동부와 서부 양쪽 모두 지도자인 반야르들이 조금씩 희생당하면서 어둠 속의 싸움은 나날이 더욱더 격렬해져 갔다.

그러나 서부의 반야르들은 이러한 외중에도 공식적으로 제국군에게

자신들이 거느린 민병대를 합류시키지 않았다. 서부의 반야르들에게
는 동부의 하멜 인이나 제국군 모두 자신들이 상대할 적이라는 것에서
는 마찬가지였기 때문이다.

"그렇지만 제국군이 철수하면 어차피 우리 서부 반야르들이 거느린
민병대 대원들이 에지크매그너린—동부의 하멜 인들이 서부의 하멜 인들
을 서쪽 바닷가 사람들이라는 의미의 말인 웨드세아린이라고 부르듯이 서부 하
멜 인들 역시 동부 하멜 인들을 에지크매그너린이라고 불렀다. 동쪽의 산사람
들이란 말이었다. 어느 쪽이나 좋은 의미는 아니었다—녀석들과 싸우는 것
은 마찬가지 아닙니까? 왜 우리가 제국의 영주인 에르하트 남작과 함
께 싸워야 합니까? 물론 당신들의 도움을 조금 얻을 수 있겠지만 지금
까지 제국과 함께 싸워오기를 거부한 우리들이 지금까지의 태도를 바
꾸어가면서 당신들과 운명을 함께할 정도로 매력적이지는 않군요. 그
리고 어찌 되었든 간에 이 자리에 참석한 반야르들은 제국의 지배를
부정하지는 않지만 그렇다고 좋아하지도 않습니다. 그리고 제국군과
함께 싸워야 할 명분이 없습니다. 제국군과 힘을 합쳐 같은 민족인 에
지크매그너린들을 죽여야 한다고 일족의 칼라브로들을 설득할 명분이
없습니다. 뭐, 이 싸움이 동네 건달들의 싸움이라면 상관없겠지만 우
리 정도 자리에 있는 사람들에게는 이 명분이라는 것이 상당히 중요합
니다. 어디, 우리가 여러분과 함께 싸울 수 있도록 설득 좀 해보시겠습
니까?"

이스카야르가 웃음기가 가득한 얼굴로 자신들이 함께 싸울 수 있게
설득해 달라는 농담의 탈을 쓰고 협력의 당위성에 대해서 노골적인 질

문을 해오자 미르코는 옆에서 심각한 표정으로 자신의 얼굴만 보고 있는 에르하트에게 잠깐 시선을 주었다. 그리고 구스타프와 함께 뭔가 이야기를 나누고 있는 슈펠만을 불렀다.

"슈펠만 남작님, 여기 있는 운터바움 일족의 반야르께서 설득 좀 해달라는데요? 설득 좀 해주시겠습니까?"

미르코가 도움을 요청해 오자 슈펠만은 주위를 살피더니 자리에서 일어섰다. 그리고 자신을 응시하고 있는 회의 참석자들에게 정중하게 목례를 하면서 말했다.

"안녕하십니까? 저는 미카엘 루슬란 폰 슈펠만 남작이라고 합니다."

정중하고 짧게 인사말을 마친 슈펠만은 자신의 동그란 안경의 테두리를 손가락으로 가볍게 짚으면서 흥미진진한 눈으로 자신을 바라보는 좌중을 한 번 훑어보더니 다시 입을 열었다.

"그럼 이제부터 어째서 반야르 여러분이 그뤼네발트의 영주인 에르하트 남작을 도와야 하는지 자세히 설명해 드리겠습니다."

슈펠만은 웃음을 지어 보이면서 말했다.

"거두절미하고, 우선 저희가 곧 벌어질 전투에서 여러분에게 요구할 것은 여러분이 거느리고 있는 민병대 전체가 아닙니다. 저희가 원하는 것은 단지 어느 정도 이상의 능력을 가진 숙련된 전사들 천 명가량입니다. 그리고 그 속에 포함되지 않은 민병대원들은 그전에 말한 바와 같이 테러 활동 때문에 후방에 배치된 제국군 병력과 그 임무를 교대할 뿐입니다. 따라서 여러분의 전사들이 동부의 하멜 인들과 직접적으로 싸울 일은 없을 것입니다."

슈펠만이 잠시 말을 마치고 동의를 구하려는 듯이 입을 다물고 있자 에펜베르그 장군이 질문을 던졌다.

"그런데 제국군들이 조만간 철수할 텐데 그에 대한 대비책은 있는 것입니까? 설마 후방의 제국군이 반야르들이 거느린 민병대와 임무 교대를 하면 마우저 강 너머로 공격하라고 요구하는 것은 아니겠지요? 작년까지였으면 모르겠지만 현재의 상황으로는 단기 결전으로 그뤼네발트의 반군들을 물리치는 것은 불가능하다고 노파심에서 미리 말씀드리겠습니다."

에펜베르그는 에르하트가 반야르들의 민병대들을 끌어들이려는 것을 제국군의 총공세를 위한 사전 작업이라고 여겼는지 에르하트에게 제국군이 철수하기 이전의 공격이 무리라는 것을 미리 강조해서 말했다. 그리고 그렇게 느낀 것이 비단 에펜베르그만은 아니었는지 에펜베르그가 말을 마치자마자 옆에 있던 그뤼네발트 육군 사령관인 알브레흐트 폰 호엔슈타인 장군이 총사령관의 말을 거들면서 지금까지 다물고 있던 입을 열었다.

"현재 우리 제국군은 3개월 이내에 그뤼네발트에서 철수하라는 명령을 받았습니다. 따라서 제가 지휘하고 있는 육군은 물론 여기 있는 다른 장군들이 이끄는 공군과 해군까지 현재 각 제대별로 철수 준비에 들어간 지 오래입니다. 또한 마우저 강 동쪽은 이미 완벽하게 요새화된 상태입니다. 이런 상황에서 철수를 앞둔 부대가 무엇을 할 수 있겠습니까? 그리고 반야르들이 거느린 민병대를 끌어들인다고 해도 이곳에서 철수해야 하는 우리 제국군이 할 수 있는 일은 아무것도 없습니다."

그뤼네발트 주둔 제국군을 이끌고 있는 최고 지휘관들이 이렇게 부정적인 의견을 내놓자 이번엔 이스카야르가 나서서 말했다.

"슈펠만 남작, 우리 민병대를 굳이 이렇게 정식으로 그뤼네발트 영지군 소속으로 끌어들이려는 이유가 궁금하군요. 후방에서 반군의 게릴라 책동을 막는 것은 우리가 이미 예전부터 해온 일인데 말입니다. 굳이 이렇게 공식적으로 그 활동을 인정하려는 이유가 무엇입니까? 또 우리가 에르하트 영주의 요청을 받아들여서 협력한다면 굳이 민병대 병력을 후방에 그대로 모셔둘 필요가 없지 않습니까? 에펜베르그 장군의 말대로 제국군이 철수한다면 마우저 강 동쪽에 웅거하고 있는 반군은 적극적으로 공격을 가해올 것입니다. 그런 상황이 온다면 앞으로 어떻게 전선을 유지하시려고 그러는 겁니까? 무슨 대책이라도 있습니까?"

회의 참석자들이 앞 다퉈서 부정적인 의견들을 쏟아내자 이야기를 가만히 듣고 있던 에르하트가 자리에서 일어나더니 주위를 돌아보면서 말했다.

"운터바움 일족의 반야르이신 이스카야르님의 이야기는 잘 들었습니다. 솔직히 민병대 병력을 정식 영지군 소속으로 만들자는 의견을 내놓은 것은 저입니다. 그리고 만일 반야르 여러분이 저의 의견을 받아들여 정식으로 민병대를 해체한 후 그 대원들을 영지군 소속으로 만들어도 소수를 제외하면 거의 모든 인원을 후방 경계에 투입하자고 주장한 사람 역시 저입니다."

"어째서입니까? 그 이유를 자세히 설명해 주시겠습니까?"

회의 참석자 중 최고 연장자이자 빌렘 일족의 수장인 반야르 로이젤 하이로넨 빌렘이 질문을 던지자 에르하트는 선언하듯이 말했다.

"여러분은 제가 다스려야 할 그뤼네발트의 영민이고 그것은 마우저 강 동쪽에 있는 반군들 역시 마찬가지이기 때문입니다!"

단정적으로 입을 연 에르하트는 강하게 의혹을 나타내고 있는 인사들에게 눈길을 주면서 오늘의 회의가 있기 전 벌어졌던 동료들과의 토론을 떠올렸다.

영지회의가 열리기 며칠 전 에르하트와 일행이 머물고 있던 영주관에서 입장을 조율하기 위한 사전 회의가 있었다. 참석자들은 영주인 에르하트와 미르코, 구스타프, 그리고 슈펠만뿐이었지만 말이다.

물론 이 사전 회의에서 애송이 영주인 에르하트가 영주로서 한 일은 거의 없었다. 그렇지만 에르하트가 자신의 유능한 고문들에게 단 한 번 강하게 반발한 것이 있었는데 그것이 바로 민병대의 처리 문제였다. 미르코를 비롯한 동료들은 민병대를 영지군으로 끌어들이는 것에 대해 대단히 긍정적으로 생각하고 있었던 데다가 민병대를 끌어들이기 위한 매혹적인 미끼들을 준비해 놓았기 때문에 차후 군사 전략에 대한 구상 회의에서 민병대를 적극적으로 이용하는 몇 가지 방안들을 내놓았다.

그러나 에르하트는 민병대를 영지군으로 끌어들이는 것에는 반대하지 않았지만 민병대 대원들을 주력군으로 삼는 것에 대해서는 그전의 태도와는 다르게 완강하게 거부했다. 그리고 결국 미르코를 위시한 정책 고문들은 에르하트의 이러한 고집을 꺾는 데 실패하고 말았다. 이때 사전 회의를 마치고 나서 미르코가 에르하트에게 말했다.

"쓸데없이 고집만 강한 놈! 쉬운 길을 놔두고 왜 어렵게 돌아가는 거냐? 지금 당장 죽게 생겼는데 앞으로 생길 일들이 눈에 들어오더냐? 무모한 녀석 같으니라고."

말을 마친 뒤 미르코는 에르하트에게 웃음을 지어 보이면서 다시 입을 열었다.

"하지만 그것이 너답다, 크리스티안 폰 에르하트 남작. 넌 멋진 영주가 될 거다."

"그것이 무슨 말입니까, 영주?"

로이젤의 질문을 듣고 상념에서 깨어난 에르하트는 자신의 대답을 기다리는 사람들에게 미르코와 구스타프, 그리고 슈펠만에게 줄기차게 주장했던 이야기를 회의장에서 다시 꺼냈다.

"이스카야르님, 한 가지만 물어봅시다."

"뭡니까?"

"제국이 그뤼네발트를 지배한 200년이라는 세월 동안 동부의 하멜인들과 제국의 지배 이전과 같이 대규모로 싸운 적이 있습니까?"

"지금까지 제국에서 제일 경계하던 것이 우리 반야르들이 무장 세력을 가지는 것이었는데 그런 일이 생겼을 리가 없지 않습니까? 그런데 그것이 이번 일과 무슨 상관입니까?"

이스카야르가 에르하트의 질문에 대답하면서 반문했지만 에르하트는 답을 미루면서 다시 한 번 이스카야르에게 질문을 던졌다.

"그러면 다른 질문을 하나 더 해보겠습니다. 이스카야르 당신은 동부의 하멜 일족을 한민족인 것을 부정할 정도로 증오합니까? 테러로 인해 많은 서부의 하멜 인들이 죽임을 당했으니까 말이죠."

"무슨 의도로 그런 질문을 하는지는 모르겠지만 저는 물론 여기 있는 다른 반야르들도 동부의 하멜 인들을 그렇게 증오하지는 않습니다. 저희들이 증오하는 대상은 어디까지나 자신의 칼라브로들에게 그런 명령을 내리는 동부의 반야르들입니다."

"그럼 다시 하나 묻겠습니다. 누군가가 당신의 가족이나 친구들을 해친다면 당신은 어떻게 하겠습니까?"

에르하트가 물어오자 그전까지 미소 어린 여유만만한 태도로 대답하던 이스카야르의 얼굴에 어느 사이엔가 살기가 물씬 묻어 나오는 살벌한 눈빛이 떠올랐다. 그리고 그 눈빛과 전혀 어울리지 않는 언밸런스한 미소를 지으면서 이스카야르는 대답했다.

"그렇다면 지옥까지라도 쫓아가서 내 손으로 직접 죽여 없애야 하겠지요. 그런데 왜 그런 질문을 하시는 겁니까?"

"그것이 제가 민병대를 영지군에 합류시키지 않으려는 이유입니다."

에르하트가 대답했다. 그리고 그의 말을 듣고 좌중이 놀라고 있을 때 미르코가 재빨리 입을 열었다.

"에르하트 영주는 동부와 서부의 하멜 인들이 싸움을 벌이는 것을 원하지 않습니다. 반군에게 쫓겨서 영지인 그뤼네발트를 잃는 한이 있어도 말입니다. 동부인들에게 미움을 받는 존재는 우리 제국의 지배자들만으로도 충분합니다. 서부의 하멜 인들은 동부의 하멜 인들과 우리 제국인들이 그뤼네발트의 사람들로 거듭 태어날 수 있게 하나의 가교 역할을 해주십시오. 설사 그것이 몇백 년이 걸리더라도 말입니다. 그것이 에르하트 영주가 여러분에게 바라는 것입니다."

미르코가 말을 마치자 회의장에서는 한동안 아무런 말도 나오지 않았다. 그때 이스카야르가 박수를 치면서 말했다.

"에르하트 영주, 고결한 당신의 생각에는 진정으로 감탄했소. 그런데 말이오, 마우저 강 너머의 하멜 인들이 당신의 말을 듣고 공격을 멈출 것 같지가 않다는 게 문제요. 그리고 그것은 여기에 모인 반야르들 역시 마찬가지입니다. 우리라고 피를 흘려가며 동포하고 싸우고 싶은 것은 아닙니다. 당신 말대로 우리 민병대가 후방에서 치안 유지에만 힘쓸 수 있도록 할 만한 능력이 당신에게 있습니까? 그리고 아직 우리가 당신에게 협력할 이유를 말하지 않았소, 에르하트 영주."

말을 마친 이스카야르는 이성적이다 못해 차라리 냉기까지 느껴지는 차가운 눈빛을 보이면서 에르하트의 대답을 기다렸다.

"반야르 운터바움 당신의 말은 잘 알아들었습니다. 당신이 언급한 문제에 대해서는 이미 어느 정도 대비를 세워놓았습니다. 그리고 일단 반야르 여러분에게 당신들이 어째서 우리들에게 협력해야 하는지 제가 설명드리겠습니다."

에르하트는 의문을 얼굴 가득 띠면서 자신을 바라보는 회의 참석자들을 둘러보더니 다시 입을 열었다.

"서부 하멜 인들의 대표자 자격으로 회의에 참석하신 반야르 여러분께 묻겠습니다. 당신들은 그뤼네발트가 제국의 품을 떠나길 바라는 것입니까, 아니면 그뤼네발트의 경영에 당신들이 참여하길 바라는 것입니까?"

"그것이 무슨 뜻입니까, 영주? 우리가 독립보다는 그뤼네발트의 자치를 원하고 있다는 사실은 이미 알고 계시리라 생각합니다만… 설마 우리가 협력하면 그뤼네발트를 우리 반야르들의 염원대로 자치 주라도 만들겠다는 말씀이십니까?"

빌렘 일족의 수장인 로이젤이 질문을 해오자 에르하트는 고개를 가로저으면서 부정의 뜻을 나타냈다.

"제국에서는 그뤼네발트를 자치 주로 만들 생각이 전혀 없습니다. 그뤼네발트는 어디까지나 제국의 귀족인 나 크리스티안 폰 에르하트의 영지로 인정될 뿐입니다."

"그럼 아까 그 질문의 의미는 무엇입니까?"

로이젤이 질문을 해오자 옆에서 대기하고 있던 슈펠만이 에르하트를 대신해 입을 열었다.

"그라드 공화국의 정치 체계를 아십니까?"

"그라드 공화국? 왜 여기서 그라드 공화국의 정치 체계가 나오는 겁니까?"

"그건 그라드 공화국에 아주 재미있는 제도가 하나 있어서 그렇습니다. 들으시면 아주 흥미로우실 겁니다."

"그것이 뭡니까?"

슈펠만의 말을 들은 로이젤이 궁금함을 견디지 못하고 대답을 재촉했고, 그것은 말없이 두 사람의 대화를 듣고 있던 다른 반야르들 역시 별반 다르지 않았다. 그리고 슈펠만은 그런 반야르들에게 웃음을 지어 보이더니 곧바로 입을 열었다.

"그라드 공화국은 아시다시피 귀족이나 왕 같은 지위가 존재하지 않는 아주 특수한 정치 제도를 가지고 있습니다. 소위 민주공화주의라고 불리는 사상에 기초한 이러한 정치 체제는 특수하다 못해 이단적이기까지 합니다. 그래서 그라드 공화국은 서부통합전쟁 이전까지 대륙의 다른 국가들과 외교적으로 고립되어 있었습니다. 왕과 귀족을 부정하는 그들의 정치 사상은 대륙의 왕이나 귀족들에게는 매우 위험했으니까요. 그런데 이 왕과 귀족들을 부정하고 있는 그라드 공화국에서는 어떻게 정부를 구성하고 법을 만들며 국가를 유지할까요?"

질문을 던지면서 잠시 말을 멈춘 슈펠만은 주위를 환기시키려는 듯 다시 한 번 참석자들의 면면을 살펴보았다.

"그들은 선거라는 제도를 통해서 국가의 수반을 뽑고 그 수반은 자신들을 보좌할 정부 인사들을 각 정부 부처에 배치해 나라를 다스립니다. 또한 그라드 공화국의 국민들은 의원들이라고 불리는 자신들의 대표들을 선거를 통해 선출해서 그 의원들로 하여금 정부를 감시하게 하고 법을 제정하게 하여 국가를 유지하고 있습니다. 한마디로 말하자면 왕과 귀족, 관리들이 전부 국민들의 손을 통해서 선출되는 것이지요. 그리고 에르하트 영주는 이 내전을 승리로 이끈다면 이 그라드 공화국의 선거 제도를 그뤼네발트에 정식으로 도입할 것입니다."

슈펠만의 말은 회의장 안에 커다란 파장을 가져왔다.

"그것이 무슨 말입니까? 불가합니다!"

"조용히 하시오! 아직 말이 다 끝나지 않았습니다!"

"더 들을 필요도 없소! 그라드 공화국의 정치 제도를 그뤼네발트에 받아들이겠다니 그것이 무슨 망발이오! 절대 동의할 수 없소!"

"좀 더 구체적으로 설명하시오!"

"에르하트 영주 당신이 무슨 권한으로 그런 위험한 정치 제도를 도입한다는 말입니까? 제국에서 가만히 있을 것 같습니까?"

회의에 참석한 사람들이 이렇게 소란을 피우면서 격렬한 논쟁을 벌이자 그 모습을 지켜보고 있던 에르하트가 자리에서 일어서더니 주먹으로 탁자를 세게 내려쳤다.

쾅!

귓속으로 파고드는 타격음에 참석자들은 서로 언성을 높이면서 벌이던 언쟁을 멈추고 에르하트를 쳐다보았다.

"각 분야의 대표들이면서 귀족이자 반야르들이신 여러분께서 이 무슨 추태들입니까? 남의 이야기를 조금만 듣고 이렇게 시장 바닥마냥 중구난방으로 떠들다니요! 가부를 결정하시려면 조금 더 자세한 설명을 들으십시오! 그러고 나서 가부를 결정하든지 하란 말입니다!"

에르하트의 말은 예의를 벗어나 거칠기 그지없었지만 그때까지 혼란 속에 빠져 있던 회의장을 정리한다는 목적은 충분히 달성했다. 그리고 침묵 속에 휩싸인 회의장의 중심에 서서 에르하트는 사람들에게 선언하듯 말했다.

"나 그뤼네발트의 영주 크리스티안 폰 에르하트 남작은 발렌슈타인 제국의 황제이신 아우구스트스 하이센 폰 발렌슈타인 폐하를 부정하지 않습니다. 또한 제국의 귀족과 현재의 정치 체제를 존중합니다. 그렇지만 그뤼네발트는 저 혼자 모든 것을 처리하기엔 영지의 크기와 영지민들의 수가 너무 많습니다. 따라서 저는 서부의 반야르 여러분을 최소한 이곳 그뤼네발트 내에서는 공식적으로 그 지위를 인정할 것이며, 각 일족의 반야르들과 제국의 귀족 또한 제국민들에게 선출된 각 도시와 촌락의 대표자들로 이루어진 의회를 이원적으로 구성할 것입니다. 이 의회의 범위는 어디까지나 특수한 상황에 있는 그뤼네발트에 유효

할 뿐이고, 마찬가지로 지금까지 중앙 정부의 명령에 따라 부임하던 각 도시의 행정 수반들은 선거를 통해서 각 도시의 시민들 손으로 직접 선출될 것입니다!"

에르하트의 선언에 회의장은 다시 시끄러워졌다. 그 모습을 지켜보던 에르하트는 옆에 서 있는 슈펠만에게 눈짓을 보냈다. 그리고 에르하트의 신호를 본 슈펠만은 정숙을 요구하면서 에르하트를 대신해 좀 더 자세한 설명을 하기 시작했다. 슈펠만의 입에서 나온 앞으로의 그뤼네발트 운영 방식은 이랬다.

그뤼네발트는 그라드 공화국과 같이 귀족과 왕을 부정하는 극단적 공화정 체제는 지양하고 귀족과 귀족에 준하는 반야르의 사회적 신분을 인정했다. 그러나 지금까지 영지 운영이 정부의 관리들이나 영주의 독단으로 이루어져 왔었다면 앞으로 영지의 전반적인 운영을 앞으로 생길 상, 하원의원들의 손에 직접 맡긴다는 것이었다.

물론 그뤼네발트의 주인인 에르하트의 권한이 완전히 없어지는 것은 아니었다. 그뤼네발트의 주민들 손에 선출된 하원의원들이 법을 만들거나 예산 집행안 등 여러 가지 의결 사항을 귀족과 반야르들로 구성된 상원으로 보내고 또한 상원의원들이 하원의 의견을 승낙하면 마지막으로 영주인 에르하트가 가부를 결정한다는 것이 새로운 영지 운영 체제의 요점이었다.

"그렇다면 결국 우리가 무슨 의견을 내더라도 영주인 에르하트 남작이 거부한다면 아무 소용이 없지 않소?"

이스카야르가 질문을 해오자 슈펠만은 고개를 끄덕이면서 말했다.

"그렇습니다. 하지만 상, 하원의 결의를 에르하트 영주가 거부한다면 다시 그 정책은 상원으로 돌아갈 것이고 상원과 하원의원 통틀어 과반수 이상의 찬성이 있다면 영주의 거부에도 불구하고 그대로 시행 될 것입니다."

"그렇다면 각 도시의 시장이나 행정관도 선거로 선출된 하원의원과 같이 직접 시민들의 손으로 뽑는다는 것입니까?"

"맞습니다."

"그렇게 된다면 영지민 수에서 절대적 우위를 점하고 있는 하멜 인 들의 지도자인 우리 반야르들이 그뤼네발트의 대부분을 장악할 텐데 요? 제국에서 그것을 보고 가만히 있겠습니까?"

이스카야르가 날카롭게 질문을 던지자 슈펠만이 고개를 끄덕였다.

"물론 그런 우려가 있는 것은 사실입니다. 따라서 반야르 여러분께 한 가지 부탁 말씀을 드리고자 합니다."

"그것이 뭡니까?"

스바인 일족의 반야르인 파벨이 그전과는 다르게 상기된 표정으로 재촉하듯 슈펠만에게 말했다. 그럴 수밖에 없었다. 잘만 하면 그뤼네 발트를 자신들의 손으로 운영할 수 있게 되니까 말이다. 파벨에겐 서 부 반야르들의 꿈인 그뤼네발트 자치령이 눈앞에 다가온 것처럼 보였 다.

"반야르 여러분은 시장 선거에 참가하지 말고 상원의원 직에 만족하 셨으면 합니다. 또한 각 행정 구역으로 나누어져서 앞으로 행해질 하 원 선거와 시장 선거에 그 영향력을 쓰지 않았으면 합니다."

"그것이 무슨 말이오?"

이번엔 빌렘 일족의 수장인 로이젤이 질문을 해왔다.

"아시다시피 이곳 그뤼네발트에서는 반야르 여러분의 영향력이 너무나 강합니다. 그런 여러분이 각 지역에서 행해질 선거에 개입하신다면 어떻게 되겠습니까? 결국 각 일족들이 각 요직들을 나눌 것입니다. 이것은 유능한 인물을 등용하고 각 계층의 다양한 의견을 수렴하겠다는 에르하트 영주의 뜻에 반하는 일이 될 것입니다. 또한 그뤼네발트의 주요 요직을 하멜 인들이 전부 차지한다면 제국에서도 못마땅하게 여길지 모릅니다. 제국에서 압력을 행사해 온다면 반야르 여러분도 손해를 볼 것이라는 것은 불문가지일 것입니다. 잘못된다면 지금 시행하려고 하는 의원 제도와 선거 제도 자체가 거부될지도 모릅니다. 그뤼네발트는 어디까지나 제국의 한 지역이니까요."

"그렇다면 우리가 어떻게 했으면 좋겠소?"

"반야르 여러분께서 아무것도 안 하시는 게 도와주는 일입니다. 자신들의 시장과 행정관의 자리는 각 도시 시민들의 손에 맡기시는 것이 제일 좋은 것입니다. 굳이 참여하고 싶으시다면 한마디 말씀만 하시면 됩니다. 앞으로 너희들과 제일 밀접한 관계를 맺게 될 사람 중 하나이니 너의 판단에 따라 제국인, 하멜 인 가리지 말고 뽑으라고 말입니다. 그뤼네발트가 제국에 속한 지도 어언 기백 년의 세월이 흘렀습니다. 이렇게 우리 중앙에서는 제국인, 하멜 인 둘로 나눠서 대립하고 있지만 시야를 바꿔서 각 개인들로 본다면 이미 그뤼네발트의 대부분의 사람들에게서 제국인과 하멜 인의 구별이 사라진 지 오래입니다. 그들을 믿고 그들의 손에 그들의 판단을 맡긴다면 그들은 자신들이 신뢰할 수 있는 사람을 뽑을 것이라고 저는 믿습니다. 설사 그렇지 않고 그뤼네발트의 영지민들이 자신의 시장을 하멜 인은 하멜 인이라는 이유로 제국인은 제국인이라는 이유로 부격자를 뽑는다면 그들은 값비싼 수업료를 지불하면서 자신의 선택이 얼마나 중요한 것인지 깨닫게 될 것입니다. 물론 처음에는 여러 가지 시행착오가 생기고 우리의 생각과는 다른 방향으로 정책이 어긋날 수도 있겠지만 어렵더라도 이렇게 한 발을 내디뎌야 다음 한 발을 내디딜 수 있습니다. 그리고 이 처음 한 발은 앞으로 새롭게 나가게 될 그뤼네발트의 앞길에 있어서 제일 중요한 걸음 중 하나가 될 것입니다. 여러분은 앞으로 이곳 그뤼네발트에서 대대로 살아갈 그뤼네발트의 사람들에게 새로운 미래를 가져다줄 수 있는 중요한 위치를 가지게 된 것입니다. 여러분의 선택과 여러분의 행동이 앞으로 이 그뤼네발트의 앞날을 좌우할 것입니다. 올바른 출발을 위해서 여러분의 올바른 판단이 절실한 때인 것입니다.”

“…….”

슈펠만이 말을 마치자 반야르들과 제국의 인사들은 아무 말 없이 깊은 생각에 잠겼다. 그리고 잠시 뒤 베른의 시장인 룰프스가 자리에서 일어서더니 슈펠만에게 질문을 던졌다.

“슈펠만 남작님의 이야기는 잘 들었습니다. 각 도시의 시장을 선거를 통해 뽑는다는 소리는 뭐, 조만간 베른 시장을 그만두고 제국으로 다시 가야 할 저에게는 반가운 소식이군요. 이미 베른은 저에게 고향이나 마찬가지라서 말이죠. 지금까지 제가 일을 잘해왔나 알아보기 위해서라도 시장 선거에 한 번 나가봐야겠군요. 그런데 말입니다. 지금 영주님께서 시행하시려는 이러한 제도들을 제국에서 공식적으로 인정했습니까? 그라드 공화국의 정치 체제를 제일 경계하던 것이 우리 발렌슈타인 제국인데 말입니다."

슈펠만은 룰프스의 질문을 듣자 회의장 옆에 있는 조그만 탁자에서 서류 하나를 들고 오더니 사람들에게 그것을 보여주면서 말했다.

"이것이 우리가 시행하려는 선거와 의회 제도를 인정한다는 황제 폐하의 인장이 찍혀 있는 제국의 공식 인정 서류입니다. 한 번 확인해 주십시오."

황제의 인장이 찍힌 그 서류는 곧바로 참석한 사람들의 손을 분주히 이동했고, 잠시 뒤 서류를 모든 사람들이 확인하자 룰프스가 다시 입을 열었다.

"대단하군요. 어떤 마술을 부렸기에 이러한 허가가 나왔습니까? 한 사람의 정치인으로서도 감탄을 금할 수 없습니다. 대단하십니다!"

룰프스는 진정으로 감탄했다. 발렌슈타인 제국의 고위 귀족들은 좋게 말하자면 보수적이고 나쁘게 말하자면 고루한 인물들이었다. 그런 사람들에게서 새로운 제도를 도입하는 데 대한 승낙을 받아내다니. 그것이 비록 그뤼네발트에 한하는 것이었지만 그것만으로도 신임영주인 에르하트와 그들의 일행은 기적을 연출한 것이나 다름없었다.

에르하트를 따라 그뤼네발트에 나선 슈펠만 남작. 그는 제국대학 시절 제국대학 정치학도들을 대상으로 한 작은 비밀 서클을 이끌었던 경력이 있었다. 그것은 제국에서 금지한 민주공화정 체제를 연구하는 정치학 연구 서클이었다. 새로운 것에 열광하는 많은 젊은이들이 그러하듯이 젊은 정치 지망생 슈펠만도 그라드 공화국에서 출발한 이 새로운 정치학 이론에 빠져 있었던 것이다. 그리고 미르코와 함께 그뤼네발트의 하멜 인들을 규합하기 위한 여러 가지 방안을 논의하던 중 슈펠만은 민주공화정과 군주제를 결합한 자신의 새로운 정치 이론을 그뤼네발트로 적용시켜 보기로 한다. 현재 그뤼네발트의 상황과 제국이 처한 내, 외부의 상황을 고려해 봤을 때 드디어 자신의 연구 성과를 실험해 볼 수 있는 절호의 기회가 찾아왔다는 것을 깨달았다.

슈펠만은 자신이 생각한 방법을 미르코에게 말했고, 미르코의 열렬한 찬성을 얻는 데 성공한다. 공화 정치 체제는 이미 생소한 정치 체제가 아니었다. 그라드 공화국이 그 실효성을 이미 증명했고 수많은 정치학자들에 의해 연구되는 학문이었다. 물론 공식적으로는 그 연구가 부인되고 있었지만 말이다.

에르하트와 미르코가 그뤼네발트로 출발하기 위해 준비를 갖추는 동안 슈펠만의 발걸음이 향한 곳은 제국의 수도 오딘에 새로이 들어선 그라드 공화국의 대사관이었다. 본래 그라드 공화국은 발렌슈타인 제국과 외교 관계를 수립하고 있지 않았었다. 하지만 전쟁 이후 그라드 공화국의 정치 지도자들은 연합국으로 참전한 다른 국가와의 돈독해진 관계를 유지하고 전쟁의 승리로 얻은 이익을 효과적으로 활용하기 위해 고립주의 외교 노선에서 확장주의 외교 노선으로 자신들의 외교 전략을 바꾸었고, 슈펠만이 방문한 그라드 공화국의 대사관 역시 이러한 외교 노선의 변화에 따라 생겨난 결과물이었다.

처음 슈펠만이 그라드 공화국의 신임대사인 알렉산더 이스마일로프 대사에게 면담을 요청했을 때 이스마일로프 대사는 가벼운 마음으로 그의 면담을 수락했다. 외교 정책의 변화로 비록 대사관이 오딘에 들어섰다고는 하지만 제국의 위정자들은 전쟁에 패해서 어쩔 수 없이 그라드 공화국의 대사관의 설립을 허락했을 뿐 다른 국가들과 마찬가지로 공화정 체제에 대해서는 여전히 절대 불가라는 입장을 취하고 있어서 아직까지 제국과 이렇다 할 만한 대화 창구가 열리지 않고 있었기 때문에 그는 무료한 시간을 보내고 있었다.

따라서 이스마일로프 대사는 중요한 일이 있다면서 자신을 찾아온 이 젊은 정치인의 면담 요구를 혹시나 하는 가벼운 마음으로 허락했던 것이다. 그러나 이스마일로프는 슈펠만과 이야기를 나누면서 자신의 정치 경력에 큰 영향을 미칠 결정적인 기회가 온 것을 깨달았다.

슈펠만의 입에서 나온 말은 공화정 체제의 씨앗을 대륙의 중심인 발렌슈타인 제국에 심을 수 있는 좋은 기회이자 최초의 기회였기 때문이다. 비록 그뤼네발트라는 한정된 지역이었지만 말이다.

대륙 전 지역에서 거부하는 자신들의 공화제를 비록 변형되었다고는 하지만 최초로 대륙에 들어서게 할 수 있는 절호의 기회를 이렇게 그냥 날릴 수 없었던 이스마일로프는 즉시 대사관 직속의 마법사를 불러서 바다 건너 본국에 슈펠만의 제안을 보고했다. 그리고 연락을 보낸 지 만 하루가 채 지나지도 않았을 때 그라드 공화국의 통령인 이고르 벨라노프의 명의로 급전이 날아왔다. 그것은 슈펠만의 계획을 적극적으로 지원하라는 명령이었다.

그라드 공화국에서 답신이 온 이후 이스마일로프와 슈펠만은 오딘의 정가를 바쁜 발걸음으로 누비기 시작했다. 그리고 결국 그들의 노력은 보답을 얻어 제국의 황제와 비밀 면담을 가지는 데 성공한다. 황제와의 만남에서 슈펠만은 제국에서 가지는 그뤼네발트의 지정학적 중요성과 그뤼네발트에 적용하려는 정치 제도가 절대 발렌슈타인 제국의 현재 정치 체계를 혼란에 빠뜨리지 않는다는 것을 거듭 설득하였고, 결국 그라드 공화국의 대사인 이스마일로프의 제안을 듣고는 그뤼네발트에 한해서 의회제라는 공화정 제도를 차용하는 것을 허락하고 만다.

발렌슈타인 제국의 황제를 설득시킨 이스마일로프의 제안은 발렌슈타인 제국이 그라드 공화국에게 내놓을 전쟁 배상금의 20% 탕감안이었다. 막강한 제국의 황제도 결국 돈의 힘 앞에서는 무릎을 꿇고 말았던 것이다.

그라드 공화국이 막대한 액수의 금액을 포기하면서까지 이렇게 그뤼네발트 문제에 매달린 것은 결국 사상적인 문제였다. 개혁을 외치는 혁명가보다 더욱 적극적인 개혁 사상으로 무장한 사람들은 그 혁명가의 동조자라는 말이 있다. 그리고 그런 말을 증명이라도 하듯 현재 그라드 공화국의 지도자들은 혁명 전쟁을 일으킨 1세대 지도자들보다 더욱 열렬한 민주공화정의 신봉자들이었다.

전쟁의 승리와 대륙에 대한 물자의 수출로 막대한 재화를 얻은 그라드 공화국의 위정자들에게 돈은 그렇게 큰 문제가 아니었다. 자신들의 선배가 혁명 전쟁을 수행해서 그라드 인들에게 공화정을 선물했다면 자신들은 선배들이 완성한 공화정 체제를 대륙 전체에 퍼뜨려야 한다는 일종의 사명감을 그들은 가지고 있었다.

그런 그들에게 그뤼네발트가 기회의 땅으로 다가온 것이다. 전쟁을 같이 치른 동맹국들에게조차 외면당하는 자신들의 정치 제도가 드디어 대륙에 진출할 수 있는 기회를 얻었기 때문이다. 선대를 능가하는 열렬한 공화정의 신봉자들은 슈펠만에게 적극적으로 지원을 약속하였고, 결국 그라드 공화국의 지원과 슈펠만이 바친 그뤼네발트의 비밀 자금 중 천억 마르크라는 엄청난 양의 뇌물의 힘으로 그뤼네발트의 의회제 도입을 제국으로부터 정식으로 승인받는 데 성공한다(후에 이런 방식의 공화 체제 도입은 역사학자들에게 그 도덕성에 대한 비판을 받게 되었다).

또한 그뤼네발트 문제로 신성 폴센 제국과 갈등 관계를 가지고 있던 엘링턴 왕국의 막후 지원 역시 슈펠만이 이룬 성과에 큰 몫을 차지하였다. 슈펠만은 그뤼네발트 문제에 그라드 공화국과 엘링턴 왕국을 끌어들이는 데 성공한 것이다.

"일단 슈펠만 남작의 말은 잘 알아듣겠소. 그런데 결국 마우저 강 동쪽에 있는 반군을 물리쳐야 에르하트 남작의 공언을 이룰 수 있을 텐데 반야르의 민병대들을 동원하지 않고 어떻게 곧 다가올 전쟁을 수행할 겁니까? 그에 대한 계획이 있을 것 같은데요."

슈펠만이 가져온 충격에서 벗어났는지 그뤼네발트 주둔군 사령관인 에펜베르그 장군이 군사 문제에 대해 질문을 던졌다. 슈펠만은 에펜베르그 장군의 질문을 듣더니 그때까지 가만히 앉아 있던 구스타프에게 시선을 주면서 말했다.

"그것은 여기 있는 구스타프 경이 자세히 설명해 주실 겁니다."

구스타프는 그 거대한 체구를 일으켜 세우더니 자신을 바라보는 사람들에게 기사답게 정중하면서도 절도있는 태도로 인사했다.

"에르하트 영주의 군사 고문을 맡은 클라우스 베네딕트 폰 구스타프라고 합니다. 여러분에게 그뤼네발트의 군사 문제를 설명하도록 하겠습니다."

구스타프가 인사를 마치자 에펜베르그가 먼저 말문을 열었다.

"현재 마우저 강의 동쪽으로는 반군 25만 병력이 이곳 아델을 노려보면서 칼날을 들이대고 있고, 안할트 항을 통해서 들어오는 신성 폴센 제국의 전쟁 물자들은 이미 반군과 우리 제국군과의 전략적, 전술적 역량의 격차를 크게 벌려놨습니다. 이러한 상황에서 그뤼네발트의 미래를 위해 민병대 병력을 후방 경계에만 투입한다는 것은 너무 무모한 결정이라고 생각합니다. 혹시 그뤼네발트의 제국인들을 상대로 군 입대를 강요할 생각입니까?"

에펜베르그가 부정적인 뉘앙스가 강하게 풍기는 질문을 해오자 구스타프는 고개를 가로저으면서 대답했다.

"아닙니다. 그뤼네발트의 젊은이들을 징병하더라도 그들이 마우저 강 동부의 반군들에게 효과적으로 대항하기 위해서는 적어도 1년 이상의 훈련 기간이 필요합니다. 제국군들의 철수가 확실시된 이런 상황 하에서 그런 일을 벌이는 것은 학살극을 연출할 뿐입니다."

"그렇다면 당신들은 대체 어떤 계획을 가지고 있는 것입니까?"

에펜베르그는 결국 구스타프에게 앞으로의 계획을 설명해 줄 것을 요구했다. 그리고 구스타프는 자신을 바라보는 에펜베르그를 보면서 입을 열었다.

"에펜베르그 장군님, 한 가지만 물어보겠습니다. 현재 그뤼네발트 주둔 제국군에 속한 그뤼네발트 출신 제국군은 얼마나 됩니까?"

"글쎄요. 한 5만 명 정도 되지 않을까 합니다만……. 혹시 그들을 영지군으로 끌어들이실 생각입니까?"

"그렇습니다. 현재 주둔군에 속한 그뤼네발트 출신 병력들은 아마도 그뤼네발트를 포기하고 싶지 않을 것이라고 생각합니다."

발렌슈타인 제국은 대륙 중앙에 위치한 강대한 국가였다. 500만 평방 큐빗이 넘는 광대한 크기의 영토 안에는 2억이 넘는 인구와 엄청난 재화가 몰려 있었다. 따라서 발렌슈타인 제국은 다른 국가들이 징병제를 실시해서 군사력을 유지하는 데 반해 전통적으로 모병제를 실시, 직업 군인을 중심으로 한 정예 병력 체제를 유지하고 있었다.

발렌슈타인의 이러한 직업 군인 제도는 발렌슈타인 제국인들에게 큰 호응을 얻은 제도였다. 군 입대를 원하지 않는 사람들은 민간에서 자신들이 하고자 하는 일을 할 수 있어서 좋았고, 군 입대를 원하는 사람들은 일정 기간의 군 복무를 마치면 제국의 정식 시민권을 얻어 정계에 진출할 수 있거나 공직이나 국영 사업체에 들어가는 데 많은 혜택과 함께 과세에서도 군대를 복무하지 않은 사람보다 많은 세제 감면 혜택을 볼 수 있었다.

따라서 발렌슈타인 제국에서는 야망을 가진 젊은이들에게 군은 아주 매력적인 장소였고, 전쟁 전 약 300만의 병력으로 유지되었던 발렌슈타인 제국 정규군은 언제나 지원자들로 넘쳐 나는 곳이었다. 또한 이렇게 수많은 지원자들 사이에서 뽑힌 제국의 젊은 인재들은 엄격한 훈련 과정을 거치면서 발렌슈타인 군이 언제나 세계 최강의 자리에 위치하게 만들었다. 그리고 이러한 상황은 제국의 변경지인 그뤼네발트라고 해서 별반 다르지 않았다.

그뤼네발트에 살고 있는 하멜 인들과는 다르게 그뤼네발트 살고 있
는 제국 출신의 거의 모든 젊은이들은 다른 곳의 많은 젊은이들이 그
러하듯이 발렌슈타인 정규군에 들어가는 것을 제일의 목표로 삼고 있
었다. 4년 기한의 군 복무를 마치면 생기는 여러 가지 혜택은 물론 나
의 가족과 나의 고향은 내 손으로 지킨다는 생각이 그들을 군으로 이
끌었던 것이다.

이런 상황에서 그뤼네발트 출신 제국군들에게 주둔군의 철수는 청
천벽력과 같은 충격이었다. 그뤼네발트 출신자들인 자신들이 상부의
명령에 따라 고향을 버리고 다른 곳에 위치한 국경 지방으로 이동한다
는 것은 그들에게는 말도 안 되는 소리였던 것이다.

그렇지만 그들은 이미 발렌슈타인 국가의 정규군이라는 신분을 가
지고 있었기에 상부의 명령을 어길 수가 없었다. 사병이라 할지라도
최소한 4년의 복무 기간 동안은 상부의 명령에 절대 복종해야 했기 때
문이다.

“무리입니다. 이미 제국군은 이곳 그뤼네발트의 병력을 제외하고
는 협정에 따라 이미 많은 부대들을 해산한 지 오래입니다. 이러한 상
황에서 비록 5만 명이라고는 하지만 제국의 중앙에서 국경선과 치안
의 확보에 필요한 병력인 5만 병력을 쉽게 포기할 리가 없습니다. 아
무리 그뤼네발트 출신 병사들이 이곳에 남고 싶을지는 몰라도 이미
그들은 제국 정규군에 속한 몸, 상부의 허가 없이 마음대로 군을 이탈
할 수는 없습니다. 또한 그것은 영주인 에르하트 남작 역시 마찬가지
입니다. 제국군은 어디까지나 제국을 위해 존재하는 군대입니다. 그

뤼네발트의 영주라 할지라도 제국군을 마음대로 통제할 수는 없습니다."

에펜베르그의 말을 들은 구스타프는 고개를 끄덕이면서 옆에 있는 미르코에게 손을 건네 서류를 한 장 받더니 그것을 에펜베르그에게 건네주면서 말했다.

"이 서류는 국방장관이신 칼린츠 유이젠 폰 리하르트 공작 각하께서 직접 작성하신 명령서입니다. 한 번 읽어보십시오."

에펜베르그는 구스타프가 내미는 서류를 받아 들더니 뚫어지게 살펴보고는 잠시 뒤 그 서류를 옆 자리에 동석하고 있는 장군들에게 넘겼다. 그리고 한동안 말없이 에르하트와 미르코, 슈펠만과 구스타프를 차례차례 쳐다본 이 노령의 장군은 곧 큰 소리로 웃음을 터뜨렸다.

"하하하! 이런 수를 써서 내 부하들을 빼갈 줄은 몰랐군! 무슨 수로 이런 명령서를 받아냈습니까?"

구스타프가 에펜베르그에게 준 서류의 내용은 단순하게 보면 단지 부대에 대한 재편성 명령이 들어 있을 뿐이었다. 그뤼네발트에 속한 부대들이 곧 이동함에 따라 부대들을 새로운 이동지에 맞게 다시 재편성하라는 명령이었다.

그리고 마지막에는 그뤼네발트 주둔군 사령관의 판단에 따라 불필요한 부대는 세 개 사단에 한해 해산해도 좋다는 말이 사족처럼 들어 있을 뿐이었다. 해산한 사단들은 연합국인 그라드 공화국과 엘링턴 왕국의 승인에 따라 다시 편성한다는 설명과 함께 말이다. 노련한 사령관인 에펜베르그는 국방장관이 보낸 이 명령서에 담긴 의미를 바로 알아차릴 수 있었다.

"그렇다면 남은 일은 그뤼네발트에 남고 싶다는 병사들을 세 개 사단 안에 모아두는 일뿐인가요?"

"그렇습니다."

구스타프와 에펜베르그가 미소를 지으면서 나눈 대화였다. 잠시 동안 구스타프를 흐뭇한 눈으로 바라보던 에펜베르그는 일말의 우려를 담으면서 다시 입을 열었다.

"그런데 아무리 이런 수를 써서 그뤼네발트에 병력을 남겨두더라도 아직 반군에 비한다면 그 병력이 턱없이 부족한데 민병대 병력을 쓰지 않고 어떻게 반군에게 대항할 생각입니까?"

에펜베르그가 질문을 해오자 이번엔 슈펠만이 다시 나서서 말했다.

"그것은 지금까지 일급 비밀이었지만 여기에 계신 여러분을 믿고 말하도록 하겠습니다. 뭐, 어차피 조만간 드러날 일이니까요."

슈펠만이 말을 멈추자 회의에 참석한 모든 이들이 그의 입만 바라보면서 다음 말을 기다렸다. 슈펠만은 그런 그들에게 미소를 지어 보였다.

"작센 공국과 인스바하와 쾨니히스베르그 지역이 전쟁 배상에 따라 연합국에 넘어간 것은 익히 잘 아실 거라고 믿습니다. 그런데 이 지역들이 연합국에 넘어가면서 대충 100만에 이르는 제국군이 그대로 해산돼 버렸습니다. 또한 이 지역 출신 군인들은 제대하고 돌아갈 고향을 잃어버렸지요. 물론 현실을 인정하고 고향으로 돌아간 사람들도 상당히 됩니다만 수도인 오딘 외곽 지역에 이 지역 출신의 피난민들이 몰려드는 것 또한 사실입니다. 현실적으로 우리는 영지 자체적으로 당장 반군에 대항할 군대를 만들어낼 시간적 여유가 없습니다. 그래서 저는 이곳 그뤼네발트에 도착하기 전 이 피난민 촌에 모인 전직 제국 군들을 대상으로 그뤼네발트 영지군 창설에 필요한 모병을 실시할 것을 가까운 지인들에게 부탁하였고, 약 10만 명에 이르는 지원자를 받아내는 데 성공했다는 연락을 받았습니다. 물론 심사를 거친다면 줄어들겠지만 무려 10만에 이르는 병력입니다. 그리고 여기 계시는 구스타프 경 휘하의 팔슈름야거 대원들이 실시하는 엄격한 심사를 마치고 일차 선발자들이 사흘 후 베른 항을 통해 수송선 편으로 그뤼네발트에 도착할 것입니다."

　에펜베르그를 위시해 회의 참석자들은 놀라고 말았다. 에르하트가 어째서 민병대 병력을 후방 경계에만 쓴다고 했는지 깨달았기 때문이다. 이미 에르하트는 세계 최고 수준의 정예 병력을 손 안에 쥐고 있었던 것이다. 전직 제국군이라고 했다. 수많은 제국의 젊은이들을 가려 뽑은 제국군 중에서도 전쟁 기간 중 제일 치열한 전투가 벌어졌던 동부와 서부전선에서 귀환한 제국군들을 대상으로 발렌슈타인 제국의 최정예 부대인 팔슈름야거가 직접 심사해서 선발한 병사들이었다. 에르하트가 가지게 될 그뤼네발트 영지군은 세계 최강의 칭호가 아깝지 않을 부대가 될 것이라고 참석한 모든 사람들은 생각했다.

　"그런데 연합국에서 그뤼네발트의 이러한 움직임에 제동을 걸지는 않았습니까? 아무리 일개 영지의 군대라지만 그뤼네발트 영지군의 수준이 이 정도라면 상당한 압력이 들어올 것 같군요. 그리고 앞으로 10만이 넘을 영지군을 무슨 수로 유지하실 겁니까? 그들을 무장시키고 유지하려면 엄청난 자금이 들 텐데요."

다른 참석자들이 슈펠만의 말을 듣고 상기된 표정을 하고 있는 동안 이스카야르가 냉정을 유지하면서 날카롭게 현실적인 문제를 지적했다.

"연합군의 압력과 병력 유지 자금에 대해서는 그렇게 걱정할 것이 없을 것 같은데요?"

그동안 회의에서 소외되었던 그뤼네발트의 영주가 이스카야르가 쉬운 질문을 해오자 재빨리 한마디 말을 던졌다. 그 문제는 에르하트도 잘 알고 있었기 때문이다. 이스카야르는 에르하트의 말을 듣고 그 에메랄드 빛 눈동자에 의문을 떠올리면서 다시 입을 열었다.

"그것이 무슨 말이오, 영주?"

에르하트는 이스카야르의 말을 듣더니 자신만만한 표정을 얼굴 가득 띠우면서 말했다.

"그뤼네발트 영지군을 유지할 자금이 그 연합국에서 내놓을 것이라서 그럽니다. 물론 빌어먹을 신성 폴센 제국 녀석들은 아니지만 말입니다."

"뭐라고요? 그라드 공화국과 엘링턴 왕국이 자금을 지원한다고요?"

에르하트가 처음으로 연 영지회의는 참석자들에게는 놀라움의 연속이었다. 상상도 할 수 없는 일들이 연속적으로 터져 나왔기 때문이다. 참석자들은 으스대는 것이 역력한, 촌스럽게까지 보이는 웃음을 지으면서 자신들 앞에 서 있는 공군 출신 애송이 신임영주를 경악의 눈으로 바라볼 수밖에 없었다.

"그렇지만 말이오, 이렇게 외국의 도움을 받아도 뒤탈이 없겠습니까? 그들이 무슨 성인군자도 아니고 이렇게 무작정 에르하트 남작을 도울 리가 없잖소? 우리가 모르는 무슨 뒷거래가 있는 것은 아닙니까?"

역시 늙은 생강이 맵다고 회의 참가자 중 가장 연장자인 로이젤이 의심의 눈초리를 에르하트에게 보내면서 말했다. 그리고 그런 로이젤의 시선을 받은 에르하트는 이제 원래 있던 자리로 돌아가야 할 시간이 왔음을 깨닫고는 슈펠만에게 눈길을 돌렸다. 그리고 재미있다는 듯이 자신을 보면서 웃고 있는 미르코에게 싸늘한 눈빛을 보인 에르하트는 똑똑하기만한 얄미운 동료들에게 뒤를 맡기고는 다시 자리에 주저앉았다.

에르하트가 다시 자리에 앉자 슈펠만이 에르하트를 대신해 로이젤의 질문에 대답했다.

"글쎄요. 그렇게 뒷거래라고 할 만한 것은 없습니다. 뭐, 아까 말했다시피 그라드 공화국이 우리에게 요구하는 것은 의회제를 도입하고 그뤼네발트가 안정화된 후에도 그 제도를 계속 유지하는 것이니 이것은 반야르들이신 여러분에게 유리한 것이라 뭐 그렇게 문제가 될 것이 없다고 생각합니다. 그리고 엘링턴 왕국이 저희를 지원하는 이유는 신성 폴센 제국 때문이지요."

"신성 폴센 제국이요?"

"예, 신성 폴센 제국의 그뤼네발트 개입이 문제의 핵심입니다."

슈펠만은 대답을 마치고 엘링턴 왕국이 어째서 에르하트를 돕는지에 대해 대략적으로 설명을 해주었다.

본래 엘링턴 왕국은 그라드 공화국과 더불어 베링 해를 중심으로 대륙 각 국가들과 수많은 외교 통상 관계를 유지하고 있던 해상 무역 국가였다. 발렌슈타인 제국이 침략 전쟁을 벌이기 이전에는 이런 엘링턴 왕국에게 있어서 제일의 잠재적 적성국은 신성 폴센 제국이었다.

신성 폴센 제국은 파라얀 대륙 동부에 위치한 동부의 강자였다. 발렌슈타인 제국을 넘어서는 거대한 영토와 풍부한 자원, 그리고 최소 3억 이상이라고 추정되는 그 엄청난 인구는 신성 폴센 제국을 대륙제일의 제국으로 추앙받게 하기에 충분했지만 현실적으로는 신성 폴센 제국은 발렌슈타인 제국에게 대륙제일의 제국이라는 칭호를 넘겨주고 있었다.

그것은 신성 폴센 제국이 대륙의 중심에서 너무 외진 곳에 위치해 있었기 때문이다. 대륙 전체를 놓고 봤을 때 문화와 경제, 그리고 외교의 중심지들을 살펴보면 역사적으로 보거나 현재의 상황을 보더라도 파라얀 대륙은 발렌슈타인 제국을 중심으로 30여 개에 달하는 중소국가와 서부 대륙의 강자 그라드 공화국과 엘링턴 왕국이 그 판도를 양분하고 있었다.

따라서 신성 폴센 제국은 동부에 이렇다 할 만한 경쟁 국가가 없어서 동부라는 한 지역의 패자가 될 수는 있었지만 대륙 전체적으로 보면 너무 동쪽으로 치우쳐 있다는 것이 대륙의 중심 국가라는 타이틀을 차지하는 것을 방해하고 있었다. 따라서 신성 폴센 제국은 교황파가 득세하던 과거에는 서부 진출에 대해서 그렇게 적극적인 열의를 보이지 않았었지만 오랜 내전을 거쳐 황제파가 제국의 권력을 손 안에 쥔 뒤부터는 언제나 서부로 진출하기 위해 노력을 계속해 왔다.

실제로 지난 서부통합전쟁에서 황위 승계 문제로 권력 투쟁이 벌어지고 있던 신성 폴센 제국이 발렌슈타인 제국의 예상을 뒤엎고 재빨리 황제를 옹립하고 전쟁에 참전할 수 있었던 것도 서부 진출을 갈망하던 신성 폴센 제국의 권력자인 여덟 명의 공작이 가진 비밀 합의 때문이었다.

신성 폴센 제국에서 막대한 권력을 가지고 있던 신성 폴센 제국의 서부 지방인 아미앵의 공작인 마르셀러스 피에르 드 아미앵 공작은 발렌슈타인 제국이 엘링턴 왕국을 침공하자 드디어 신성 폴센 제국이 대륙 서부에 진출할 수 있는 절호의 기회가 왔다고 판단했다. 서부 대륙의 정세를 살피던 그는 곧바로 신성 폴센 제국의 수도인 로렐라인으로 향했고 그곳에서 당시 이황자를 황제로 옹립하려고 하던 자신의 지지자들을 만난다. 그리고 다음날 아미앵 공작은 일황자를 옹립하려는 반대 세력의 거두인 필립 가르시아 드 클레르몽페랑 공작을 수도인 로렐라인 외곽에 위치한 한 별장에 초대한다. 그리고 그곳에서 두 공작은 비밀리에 한 가지 정치적 타협을 이루게 된다. 일황자를 황제에 옹립하는 대신 발렌슈타인 제국이 벌이고 있는 서부통합전쟁에 참전할 것과 이황자를 옹립하려고 한 자신과 자신의 지지자들에게 정치적 복수를 하지 않는다는 서약을 요구한 아미앵 공작에게 클레르몽페랑 공작은 다음과 같이 말했다고 한다.

"하루만 늦게 오시지 그랬소? 그랬으면 신성 폴센 제국의 황제위는 이황자 전하에게 돌아갔을 텐데 말이오."

대제국 신성 폴센 제국의 황제 자리를 다른 황자에게 내주는 한이

있더라도 서부에 진출해야 한다는 열망을 가졌던 것은 아미앵 공작만
이 아니었던 것이다. 결국 대립하던 두 공작의 극적인 타협에 따라 일
황자가 황위를 계승하였고, 신임 황제 필립 8세는 대관식을 마치고 열
린 파티에서 그곳에 모인 귀족들에게 한 가지 중대 발표를 한다. 서부
통합전쟁의 참전을 선포한 것이다. 그리고 결국 전쟁에서 승리한 신성
폴센 제국은 자신들의 오랜 염원이 이루어질 것이라고 생각했다. 그렇
지만 대륙 서부에 진출하려는 그들의 노력은 다시 한 번 좌절을 맞게
된다. 그것은 같은 연합국인 그라드 공화국과 엘링턴 왕국의 방해 때
문이었다.

본래 신성 폴센 제국이 전후 협상에서 발렌슈타인 제국에 요구한 지
역은 그뤼네발트와 베링 해 중앙에 위치한 란자트 제도였다. 그뤼네발
트는 남으로는 엘링턴 왕국, 서쪽으로는 그라드 공화국, 동쪽으로는 발
렌슈타인 제국을 잇는 요지였고 란자트 제도는 베링 해 중앙에 위치한
그 지정학적 특성에 따라 베링 해를 신성 폴센 제국의 앞바다로 만들
수 있었다.

신성 폴센 제국은 자신들의 요구가 받아들여질 것이라고 믿어 의심
치 않았지만 결과적으로 오히려 같은 연합국들의 배신으로 신성 폴센
제국과 국경을 마주하고 있던 작센 공국을 얻었을 뿐이다. 발렌슈타인
제국이나 엘링턴 왕국, 그라드 공화국을 중심으로 한 서부의 강국들은
적아를 떠나 신성 폴센 제국의 서부 진출을 전부 우려의 눈으로 보고
있었던 것이다.

신성 폴센 제국은 분노했지만 어쩔 수 없었다. 그들의 정보망에 서

부 대륙의 삼대강국이 어느새 자신들의 서부 진출에 대항해 비밀 조약을 맺었다는 소식이 들어왔기 때문이다. 자국의 이익에 따라 어제의 동지와 친구가 오늘의 적으로 돌변하는 외교의 참혹한 현실을 깨달은 신성 폴센 제국은 절치부심하면서 서부 대륙 진출로의 활로를 다시 찾았고, 그것이 바로 그뤼네발트였다.

국가 간의 외교 관계에서는 명분이 아주 중요했다. 실제적으로 그렇지 않더라도 약간의 명분만 있다면 얼마든지 자신들의 역량에 따라 외교적 성과를 얻을 수 있었다.

그리고 그뤼네발트에는 신성 폴센 제국의 서부 진출을 합리화할 수 있는 명분이 있었다. 그뤼네발트의 독립은 신성 폴센 제국이 서부 대륙에 진출할 수 있는 좋은 기회를 제공할 것이라고 신성 폴센 제국의 권력자들은 판단했다. 그리고 신성 폴센 제국이 그뤼네발트의 반군을 더욱 적극적으로 지원하기 시작한 것은 바로 그때부터였다. 물론 서부 대륙의 삼대강국이 그뤼네발트에서의 이러한 신성 폴센 제국의 움직임에 대해 제동을 걸려고 한 것은 당연한 수순이었다.

"그렇다면 굳이 이렇게 간접적으로 영주를 지원할 것이 아니라 우리 제국과 엘링턴 왕국, 그라드 공화국이 적극적으로 이곳 그뤼네발트의 분쟁에 관여하는 것이 낫지 않습니까?"

크리그스 마린 그뤼네발트 분함대를 지휘하는 프링스 소장이 슈펠만의 설명을 들으면서 느낀 의문을 말했다. 그러자 슈펠만은 쓴웃음을 지어 보이면서 그의 의문을 풀어주었다.

"현재 이곳 파라얀 대륙은 아주 미묘하고 불안정한 외교적 구도를 보이고 있습니다. 그래서 신성 폴센 제국이나 우리 발렌슈타인 제국, 그리고 다른 국가들이 이곳 그뤼네발트에 함부로 개입하지 못하고 있는 것입니다.”

“그것이 무슨 말이오, 슈펠만 남작? 좀 더 자세히 설명해 주시오.”

로이젤이 질문을 던졌다. 그리고 로이젤의 요청을 들은 슈펠만은 짐짓 표정을 굳히더니 다시 입을 열었다.

“쉽게 설명드리자면 전쟁 전 발렌슈타인 제국이 신성 폴센 제국을 충분히 제어할 힘이 있었다면 현재는 엘링턴 왕국과 그라드 공화국의 도움이 있어야 그것이 가능해진 데서 문제가 생긴 것입니다. 그리고 지난 전쟁으로 엘링턴 왕국과 그라드 공화국의 국민들이 가지게 된 발렌슈타인 제국에 대한 반제국 정서는 다른 강국들이 이곳 그뤼네발트를 포함한 발렌슈타인 제국 문제에 적극적으로 개입하는 것을 방해하고 있습니다. 또한 신성 폴센 제국은 서부 대륙 삼대강국이 자신들에 대항해 연합 노선을 이루는 것을 극도로 경계하고 있습니다. 이것이 무엇을 뜻하는지 아시겠습니까?”

“그렇다면 결국 그뤼네발트의 내전은 각국의 이익을 위한 대리전이라는 말씀이십니까?”

룰프스가 슈펠만에게 확인하듯 그렇게 질문을 던지자 슈펠만은 고개를 끄덕이더니 룰프스를 보면서 다시 입을 열었다.

“맞습니다. 그뤼네발트는 더 이상 발렌슈타인 제국의 외곽에 위치한 변경 지역이 아닙니다. 이미 이곳 그뤼네발트는 국제적 역학 관계를 한 번에 뒤집을 수 있는 태풍의 눈으로 바뀌었습니다.”

슈펠만의 확인을 들은 참석자들은 등골이 오싹해져 오는 극도의 긴장감을 느꼈다. 자신들이 세계에서 가장 위험한 곳에 지금 서 있다는 것을 깨달았기 때문이다. 그뤼네발트는 어느새 자국의 이익을 위해 다투는 각 국가들 간의 치열한 투쟁이 그대로 발현되는 장소로 바뀌어져 있었던 것이다.

슈펠만의 말이 끝난 후 회의장 안은 잠시 동안 침묵만이 감돌았다. 회의 참석자 모두 현재 그뤼네발트의 현실을 절감하고 있었기 때문이다. 그리고 잠시 뒤 약간은 주저하는 듯한 모습을 보이면서 그뤼네발트 주둔 공군 사령관인 케멜른 드라우프 폰 벡크만 중장이 회의석상에서 처음으로 말문을 열었다.

"으음, 저기… 여러분, 여러 가지 생각으로 머리 속이 복잡하실 텐데 이렇게 좋지 않을 말을 꺼내서 죄송스럽게 생각합니다만 현재 그뤼네발트의 문제를 해결하는 데 있어서 제일 중요한 문제 중 하나가 거론되지 않는 것 같아서 이렇게 말을 꺼내게 되었습니다."

'소심쟁이 벡크만'. 이것은 방금 전 어렵게 말을 마친 그뤼네발트 주둔 공군 사령관인 벡크만 장군의 별명이었다. 케멜른 드라우프 폰 벡크만 중장은 짙은 밤색 머리에 귀족적인 우아한 자태가 자연스럽게 흘러나오는 젊은 30대 중반의 장성이었다. 다른 사람들 같으면 빨라야 중령 계급장을 달고 있을 나이에 그는 벌써 삼성 장군이 되어 있었다. 누가 보더라도 그의 계급은 나이에 비해 너무나 비정상적이었지만 그의 성을 들으면 누구나 고개를 끄덕일 수밖에 없었다.

벡크만이라는 가문은 발렌슈타인 제국에서도 몇 안 되는 공작이라는 호칭을 소유한 대명문가였기 때문이다. 그것도 발렌슈타인 제국을 건설한 공신 가문이었다. 케멜른 드라우프 폰 벡크만 중장은 이 대귀족 가문의 차남이었고, 벡크만 공작가의 현 가주인 요제프 이스마엘 폰 벡크만 공작의 단 하나뿐인 동생이었다. 그리고 벡크만 공작은 자신의 동생을 매우 아끼는 것으로 유명했다. 벡크만 중장은 어렸을 때부터 비행 클럽에 가입할 정도로 상당한 항공기 매니아였다. 따라서 발렌슈타인 제국 초창기부터 내려온 노블리스 오블리제의 전통에 따라 군에 입대해야 할 시기가 다가왔을 때 벡크만은 가족들의 만류를 뿌리치고 공군에 입대한다.

조종사로 입대한 그는 뛰어난 조종 실력과 지휘 능력을 보이면서 제국 공군 내에서 유망한 장교로 이름을 알리게 되었고, 벡크만 공작가의 차남이자 파렌펠트의 영주, 그리고 백작이라는 신분을 가진 케멜른 드라우프 폰 벡크만 역시 자신의 미래를 공군에 걸기로 결심한다. 유망하고 젊은 공군 장교 벡크만은 어느새 하늘의 매력에 흠뻑 빠져 있었기 때문이다.

그런데 형인 벡크만 공작이 동생을 매우 아낀 것이 아이러니하게도 젊은 공군 장교 벡크만에게 불행으로 다가왔다. 벡크만 공작이 사랑하는 동생이 공군에 미래를 걸자 동생을 제국 공군 제일의 자리에 앉히기로 결심을 한 것이다. 그리고 벡크만의 약혼녀가 당시 총리대신이었던 베르너 아인라흐 폰 베르크트 공작의 막내딸이었던 것 역시 그를 불행하게 만들었다.

형인 벡크만 공작과 미래의 장인 베르크트 공작이 케멜른 드라우프 폰 벡크만을 순식간에 장군으로 만들어 버린 것이다. 이런 상황이 되자 공군 내에서 벡크만을 바라보는 눈이 호의에서 적대로 변한 것은 어쩌면 당연한 것이라고 할 수 있었다.

앞으로 제국 공군을 이끌 유능한 장교라는 찬사가 가문의 힘으로 벼락 출세한 애송이 장군이라는 비아냥거림으로 바뀐 것은 순식간이었고, 이런 말들은 공군을 사랑하고 있던 벡크만에게 너무나 큰 고통이었다. 결국 주위의 싸늘한 시선을 견디지 못한 벡크만은 당시 제국 제일의 문제 지역이었던 그뤼네발트에 전출 희망서를 제출한다.

조금이라도 비난 여론을 무마시키고자 그뤼네발트에 가서 자신의 능력을 입증하려고 한 것이다. 그런데 벡크만이 그뤼네발트에 도착한 지 얼마 지나지 않아서 서부통합전쟁이 발발한다. 벡크만은 재빨리 최전선으로의 전출을 희망했으나 상부에서 전출 명령이 내려오지 않았다. 결국 형이 자신의 안위를 걱정해서 그뤼네발트에 그대로 있게 만든 것임을 알게 된 벡크만은 절망하고 말았고, 이 사실은 패기 넘치고 유능한 젊은 공군 장교를 자신감없고 다른 사람의 눈을 의식하게 되는 소심한 장군으로 전락시키고 말았다.

"무슨 문제인지 말씀해 주시겠습니까?"

미르코가 말했다.

"저는 그뤼네발트의 반군들이 이렇게 마우저 강 유역까지 우리 제국군을 밀어내게 된 이유를 그들의 공군력이 크게 강화된 것 때문이라고 생각합니다. 지난 전쟁 기간 동안 신성 폴센 제국이나 엘링턴 왕국, 혹은 그라드 공화국에서 전폭적인 지원을 받은 반군의 공군 전력은 현재 그뤼네발트에 주둔하고 있는 제국의 공군 전력을 훨씬 상회하고 있습니다. 지금은 우리 제국군의 철수를 기다리면서 재정비 중이라 적의 공중 공격이 이루어지지 않고 있지만 그뤼네발트에서 제국군이 철수한다면 상황이 바뀔 것입니다. 따라서 이러한 공군 전력의 차이를 극복하지 않는다면 설사 지상 병력을 보충하더라도 차후 전투를 치르는 데 있어서 상당한 장애를 겪게 될 것입니다.”

벡크만의 우려는 사실이었다. 실제로 20만의 제국군이 25만의 반군에게 그뤼네발트 동부 지역을 빼앗기게 된 것도 육군의 능력 부족이라기보다는 공군 전력의 압도적인 차이가 원인이었다. 서부통합전쟁 당시 제국군이 만성적인 조종사 부족에 시달렸다는 것은 앞서 말한 바와 같다. 그런 제국군이 후방 지역인 그뤼네발트에 공군을 증원할 여력이 있을 리가 없었고, 실제로 벡크만이 이끌고 있던 그뤼네발트 주둔 제국 공군과 하멜 해방 연맹이라고 불리는 반군 공군의 전력 차는 항공기의 숫자로만 거의 세 배 이상의 차이를 보이고 있었다.

이런 상황 하에서 제국 공군이 무너지지 않고 그나마 버티고 있다는 것은 벡크만의 능력을 잘 보여주고 있었다. 실제로 다른 곳에서는 몰라도 이곳 그뤼네발트 내에서는 벡크만의 능력을 의심하는 사람은 없었다. 하지만 힘든 것은 힘든 것이었다. 그 결과가 제국군의 후퇴였고 말이다.

“그것은 여기 있는 에르하트 영주나 저희들도 매우 심각하게 고민하던 문제입니다. 그에 대한 해결책은 몇 가지 생각해 둔 것이 있습니다만 아직은 여러분에게 밝힐 정도로 진전된 것도 아니고 또한 비밀을 유지해야 하기 때문에 이곳에서 밝히지 못하는 점에 대해서 먼저 사과의 말씀을 드리겠습니다. 벡크만 장군님의 우려처럼 현재 그뤼네발트가 이렇게 반군에게 중대한 위협을 당하게 된 가장 큰 이유 중의 하나가 공군 전력의 차이라는 것은 저희들도 충분히 인지하고 있습니다.
곧 그뤼네발트에서 다른 곳으로 전출하실 벡크만 장군님께서 이렇게
그뤼네발트의 문제를 진지하게 고민해 주시니 고맙기 그지없습니다.
공군 문제는 에르하트 영주의 계획이 성공한다면 차후 통보해 드릴 것
을 약속드리겠습니다."

미르코의 말을 들은 젊은 장군 벡크만은 낯을 붉히면서 다시 자리에
앉았다. 자리에 앉은 벡크만은 아무 말 없이 무엇인가를 골똘히 생각
하는 모습을 보였고 벡크만 장군에게 말을 마친 미르코가 다시 무엇인
가를 말하려고 입을 열려 할 때 그때까지 가만히 있던 이스카야르가
눈을 빛내면서 손을 들었다.

"반야르 운터바움, 무슨 하실 말씀이라도?"

에르하트를 대신해 회의를 주재하던 미르코가 이스카야르의 모습을
보고는 말했다. 그리고 미르코의 말을 들은 이스카야르는 자리에서 일
어서서 회의장 상석에 앉아 있는 에르하트에게 눈길을 주면서 입을 열
었다.

"이 회의에서 나올 중요한 용건은 거의 나온 것 같소만……. 이제
우리들의 결정만 남은 것 같은데 말이오. 에르하트 남작, 그렇지 않습
니까?"

이스카야르가 질문을 던져 오자 에르하트는 묵묵히 고개를 끄덕였
고, 이스카야르는 그런 에르하트의 반응을 보더니 특유의 자신만만하
고 살기가 느껴지는 웃음을 얼굴에 띠면서 다시 말을 이었다.

"당신들의 제안은 우리 반야르들에게도 상당히 매력적인 제안이라
는 것은 부정할 수 없소. 그리고 이곳에서 보여준 당신들의 능력 역시

충분히 알 수 있었고 말이오."

말을 마친 이스카야르는 어느 순간 몸을 날리더니 커다란 회의용 탁자 위에 올라가 회의장 상석에 위치한 에르하트를 향해 성큼성큼 빠른 걸음으로 다가갔다. 그리고 이스카야르는 어느새 자신을 겨누고 있는 구스타프의 차가운 칼날을 목 언저리에 느끼면서도 자신의 바로 앞에 있는 에르하트를 뚫어지게 쳐다보면서 몸을 숙여 그의 얼굴 가까이에 자신의 얼굴을 들이대면서 말했다.

"그런데 아무리 달콤하고 유혹적인 말이라도 그것을 실천해야 할 사람이 그럴 의지가 없다면 사막의 신기루처럼 치명적이고 무의미한 것일 뿐이지요. 그렇지 않소, 에르하트 영주?"

말을 마친 이스카야르는 에르하트에게 이를 드러내며 웃었다.

"나는 크리스티안 폰 에르하트! 그뤼네발트의 영주! 그뤼네발트의 주인은 바로 나입니다! 그리고 이곳 그뤼네발트는 나의 땅! 그리고 여러분은 나와 함께 이 땅에서 살아가야 할 나의 백성입니다! 그리고 나는 나의 백성들을 보호하는 기사이자 지배자입니다! 그것이면 충분하지 않습니까? 운터바움의 반야르이자 울란인 이스카야르! 나의 의지는 나의 것이오! 그리고 나의 의지는 그 무엇으로도 꺾을 수 없소! 내가 살아 있는 한!"

마주한 이스카야르의 에메랄드 빛 눈동자에 자신의 모습을 투영시키면서 에르하트가 단호한 어조로 말했다. 그리고 이스카야르는 잠시 동안 에르하트와 눈빛을 교환하더니 그전의 삭막한 웃음과는 다르게 상쾌한 느낌이 드는 웃음을 지어 보이면서 말했다.

"나는 운터바움 일족의 수장인 반야르이자 하멜 제일의 전사 울란

이스카야르 이슬란 운터바움이오. 그뤼네발트에 오신 것을 환영하
오, 크리스티안 폰 에르하르트 남작, 그리고 그뤼네발트의 새로운 영
주."

　이스카야르는 자신의 거친 손을 에르하르트에게 내밀었고, 에르하르트
는 이스카야르의 손을 마주 잡았다. 굳게 다잡은 두 사람의 두 손을 보
면서 회의장에 있던 모든 사람들은 전란과 갈등의 땅 그뤼네발트에 새
로운 바람이 불어오리라는 것을 느낄 수 있었다. 사방에서 몰아치는
거센 폭풍들 사이로 들어온 한줄기 바람, 즉 에르하르트라는 이름을 가
진 새로운 변화의 바람이 이곳 그뤼네발트에 휘몰아칠 것이라고 말이
다.

#6

길을 나선
그뤼네발트의 영주

그뤼네발트의 영주 에르하트가
자신이 머물고 있는 영주관에서 제일 마음에 들어했던 장소는 영주관
뒤뜰에 만들어진 영주 전용의 조그만 정자였다. 떡갈나무를 잘라 사방
이 탁 트인 개방형 구조로 세워진 이 정자는 그뤼네발트 전통의 물결
무늬 세공으로 건물을 장식했고 거기에 하얀색 페인트를 발라 아름답
고 시원한 느낌이 드는 멋진 건물이었다.

또한 정자 주위를 둘러싸고 있는 기화요초들과 온갖 조각상들은 그
뤼네발트의 영주로 부임해 오던 제국의 고위 귀족들의 까다로운 취향
을 충분히 만족시킬 수 있을 정도로 아름다웠다. 그리고 지금 이 아름
다운 정원의 중앙에 한 폭의 수채화같이 아름답게 세워져 있는 정자
안에는 그뤼네발트의 영주인 에르하트가 정원 내부에 흐르는 고요한

침묵 속에서 가만히 제자리에 서 있었다.

한낮의 햇살을 피해 기다랗게 늘어진 처마의 그늘 아래에 앉아 있던 에르하트는 부드럽게 수풀들 사이를 통과해 얼굴 주위를 스치듯이 지나가는 초여름의 상쾌한 바람을 눈을 감은 채 즐기고 있었다. 그리고 시원하게 불어오던 바람이 멈추자 에르하트는 다시 눈을 뜨고는 정자 중앙에 놓여 있는 책상으로 걸어가 넝쿨이 기다랗게 엮여 있는 밧줄을 묶어 정성스럽게 다듬어진 나무 의자에 앉아 책상 위에 있던 펜을 집어 들었다. 에르하트가 펜을 들고 무엇을 쓸까 고민하는 듯한 모습을 하고 있을 때 그뤼네발트의 영주 에르하트를 상념에서 일깨우는 누군가의 목소리가 들려왔다.

"어이, 크리스!"

물론 영주 전용의 이 자그마한 공간을 서슴없이 침범하고 그뤼네발트의 주인에게 이렇게 무례에 가까운 말을 할 수 있는 인물은 그뤼네발트의 고문이자 영주인 에르하트의 절친한 친우인 미르코 카스퍼밖에 없었다.

자신을 부르는 목소리를 들은 에르하트가 의자에 앉은 채로 소리가 들려온 방향으로 고개를 돌리자 그의 눈으로 두 손에 잔을 하나씩 들고 정자 안으로 들어서고 있는 붉은 머리의 잘생긴 청년이 들어왔다. 그리고 정자 안에 들어온 미르코는 한 손에 들고 있던 잔을 에르하트에게 건네면서 말했다.

"영주관에 안 보이길래 어디 갔나 했더니만 여기 있었구나. 마셔라. 시원한 아이스티다."

투명한 얼음이 가득 들어 있는 유리 잔을 에르하트에게 내민 미르코는 정자 주위를 돌아보더니 에르하트의 앞에 놓여 있는 조그만 책상 위에 그대로 앉으면서 말했다.

"뭐 하는 거야?"

미르코는 자신이 엉덩이로 깔고 앉아 있는 책상 위에 가지런히 놓여 있는 한 장의 편지지를 발견했다.

"편지를 쓰려고 여기에 와 있었구나?"

편지지를 집어 든 미르코가 미소를 지으면서 말했다.

"뭐, 부모님하고 헤어진 지도 꽤 됐으니까 말이야. 이렇게 서신이라도 보내야 조금이라도 덜 서운하시겠지."

미르코의 말을 들은 에르하트가 미르코의 손에서 편지지를 낚아채면서 말했다.

"그런데 이곳엔 웬일이냐? 회의가 끝나고 이것저것 준비하느라 바쁘실 텐데 말이야."

에르하트의 말대로였다. 에르하트가 영주로 부임하고 처음으로 열었던 영지회의는 그뤼네발트에 큰 변화를 가져왔다. 철수 준비로 바쁜 제국군들은 그 와중에도 에르하트와 그의 동료들의 요구 사항들, 즉 제국군을 대신해 후방을 지키게 될 반야르들이 동원한 민병대 출신 하멜인들에게 여러 가지 사항을 인수인계하고 전방 지역으로 재배치되었고, 또한 그뤼네발트에 그대로 남고자 하는 그뤼네발트 주둔군의 제국군들이 내놓은 퇴역 신청 등을 순조롭게 처리하기 위해 말 그대로 눈코 뜰 새 없이 바빴다.

또한 서부의 반야르들 역시 지금까지 보여왔던 관망적인 태도를 버리고 에르하트의 공약을 이행시키기 위한 전제 조건들, 즉 민병대의 해

산을 통한 영지 직속의 경찰 조직의 재편성과 그에 따른 각 도시의 시
장이나 행정관들과의 정치적 연계 활동, 그리고 제국군이 철수한 다음
만들어질 영지 직속의 특수군에 보낼 일족의 전사들을 분류 등 자신들
에게 해당되는 사항들을 시간 내에 달성하기 위해 역시 바쁜 것은 마
찬가지였다.

에르하트의 도착과 동시에 그뤼네발트 전체에 불어닥친 이런 상황
하에서 브레인 역할을 담당하는 그뤼네발트의 영주인 에르하트와 그의
동료들 역시 예외일 수는 없었다. 실제로 회의가 끝난 뒤 에르하트를
비롯한 슈펠만과 미르코, 그리고 구스타프는 서로 얼굴을 볼 시간도 없
을 만큼 업무에 갇혀 지내왔던 것이다.

"뭐… 이렇게 바쁜 시간을 쪼개서 오셨는데 그냥 놀러 왔겠냐?"

에르하트의 질문을 들은 미르코가 유리 잔에 담긴 얼음을 흔들면서
말했다.

"야, 뜸 들이지 말고 용건만 간단히 말해 봐라. 얼른 편지 쓰고 또
결재하러 가야 하니까 말이야."

에르하트가 질렸다는 표정으로 책상에 팔을 걸치더니 얼굴을 받치
면서 말했다.

"알았다, 알았어. 용건만 간단히 말할 테니 잘 들어라, 크리스. 여기
에서 서류 결재는 우리가 알아서 할 테니까 말이야, 대륙 남부에 위치
한 남부국가연합에 다녀와라. 할 수 있겠지? 그럼 편지 잘 써라. 난 이
만 가보마."

미르코는 손을 들면서 어려울 것 없다는 표정으로 그렇게 말을 내뱉
고는 책상에서 일어나 뒤돌아서서 정자 밖으로 나가려고 했다. 물론

에르하트는 그렇게 받아들이지 않았지만 말이다.

"야, 이 망할 녀석아! 남부국가연합에 다녀오라고? 남부국가연합이 무슨 우리 옆집이냐, 그렇게 간단하게 말하게?"

에르하트가 자리에서 벌떡 일어나 정자 밖으로 걸어나가려는 미르코의 멱살을 움켜쥐더니 버럭 고함을 질렀다.

"시간없다고 간단하게 말하라면서?"

물론 그뤼네발트의 신임영주 말마따나 너구리같이 능청스러운 미르코가 이런 에르하트에게 밀릴 리 없었고 말이다. 미르코의 말을 들은 에르하트는 곧 멱살을 움켜쥔 손을 떼어내더니 의자에 앉아 이마를 짚으면서 힘없는 목소리로 말했다.

"알았다. 간단하게 말하라고 해서 미안하다. 그럼 왜 내가 그곳에 가야 하는지 좀 자세히 말해 봐라."

에르하트의 말을 들은 미르코는 옷매무새를 잠시 동안 정리하더니 자신을 보고 있는 에르하트와 눈을 마주치면서 말했다.

"에르하트, 그뤼네발트의 내전에서 우리 제국군이 이렇게 마우저 강 유역까지 반군에게 밀린 가장 큰 이유 중 하나가 공군력의 열세라는 것은 잘 알고 있겠지?"

"물론 잘 알고 있지."

"그래서 말이야, 이 공군력의 열세를 만회하기 위해서 구스타프 경이나 공군 사령관인 벡크만 장군과 쭉 이야기를 나눠봤는데 이 공군력의 열세를 군사력이 약화된 제국의 암묵적인 도움만으로는 해결할 수가 없겠더라고. 또 엘링턴 왕국이나 그라드 공화국에게 무기 지원 같은 직접적인 지원을 기대할 수도 없고 말이야. 그래서 마지막으로 생각한 것이 있는데…….”

“그것이 남부국가연합이다 이거냐? 그럼 내가 그 머나먼 남부국가
연합에 직접 가야 하는 이유가 뭔데?”

자신의 말을 끊고 에르하트가 자신이 남부국가연합에 가야 하는 이
유를 물어오자 미르코는 보일 듯 말 듯한 미소를 얼굴에 떠올리면서
다시 입을 열었다.

“네가 그 유명한 붉은 18번기의 주인공이니까. 그것이 그뤼네발트
의 영주인 네가 직접 남부국가연합에 가야만 하는 이유지.”

남부국가연합. 파라얀 대륙의 중소왕국들과 도시 국가, 그리고 몇몇
공국들이 모여 이루어진 국가 연합체이다. 그리고 파라얀 대륙과 아드
리안 해를 사이에 두고 있는 이슬라한 대륙을 연결하는 대륙 간 해상
무역의 중심지였다.

남부국가연합에 가입한 도시 국가이자 아드리안 해를 연한 항구인
베를로니치의 부둣가를 두 남자가 걷고 있었다. 아드리안 해를 건너
이슬라한 대륙에서 전해진 가벼운 실크 옷감에 화려한 원색으로 염색
한 의상이 대유행하고 있던 이곳 베를로니치의 사정과는 다르게 두 사
람은 상당히 유행이라는 단어와는 동떨어진 옷을 걸치고 있었다.

굳이 말한다면 남부국가연합 사람들이 말하는 북부 촌놈들의 분위
기가 물씬 풍긴다고나 할까? 그리고 불행하게도 남부국가연합 사람들
의 냉정하기만한 이러한 평가를 인정할 수밖에 없도록 만드는 이 두
사람은 남부국가연합 사람들이 흔히 말하는 북부의 촌놈, 즉 발렌슈타
인 제국 사람들이 맞았다.

대륙 남부의 작열하는 태양 아래로 하얀 무명 셔츠 차림에 검은색 면바지를 입고 외투를 어깨에 걸친 채 터벅터벅 걷던 청년이 수많은 선박들과 갈매기들이 모여 있는 부두에 시선을 주면서 짜증스러운 목소리로 말했다.

"아, 망할! 명색이 영주인데 이 초라한 모습은 도대체 뭐란 말인가?"

"어쩔 수 없잖소, 에르하트 남작? 아드리안 해 중앙에 위치한 바랑기스 공국까지 무사히 가려면 말이오. 뭐, 일을 보시는 동안 제국의 귀족 대접을 받고 싶으시다면야 지금 당장이라도 이곳에 위치한 발렌슈타인 제국 대사관에 가시면 됩니다만……. 물론 그 뒤에 무수히 이어질 암살 위협은 책임져 드리지 못하겠지만 말입니다."

갈색 머리의 젊은 영주 크리스티안 폰 에르하트가 자신의 처지에 대해 비관하는 말을 늘어놓자 옆에서 동행하고 있던 남자가 유들유들한 어조로 말했다. 그리고 남자가 하는 말을 들은 에르하트는 대륙 남부의 뜨거운 여름 햇살에도 불구하고 두터운 양모를 원단으로 한 갈색 로브를 그대로 입고 있는 자신의 동행자를 띠꺼운 표정으로 바라보면서 말했다.

"그것이 호위랍시고 여기까지 따라붙은 사람이 할 말입니까, 반야르 운터바움?"

"뭐, 나름대로 열심히 경호를 해드리기는 하겠지만 뭐, 안 되면 어쩔 수 없다는 말일 뿐입니다. 우리 하멜 인들에게는 '모든 것은 신의 뜻대로' 라는 약간 무책임하지만 나름대로 좋은 의미를 가지고 있는 격언이 있거든요?"

이스카야르가 녹색 눈동자에 장난기를 떠올리면서 대꾸하자 에르하트는 한동안 이스카야르의 밉살맞은 얼굴을 노려보다가 고개를 들어 한숨을 내쉬면서 몸을 돌려 다시 어딘가를 향해 걸어갔다. 다음과 같은 말을 마지막으로 남기고 말이다.

"세상은 요지경이라더니 그 말이 딱 맞구나. 하멜 인들 중에도 미르코 녀석 같은 사람이 있을 줄이야."

에르하트와 이스카야르 그 두 사람이 그뤼네발트에서 한참 떨어진 이곳 베를로니치에 방문한 목적은 그뤼네발트의 공군 전력을 강화시키기 위해서였다. 그리고 미르코의 계획에 따라 에르하트가 대륙 남부에 위치한 남부국가연합을 방문하려고 했을 때 그뤼네발트의 천재들에게 가장 큰 고민거리로 떠오른 문제가 이 그뤼네발트의 영주인 크리스티안 폰 에르하트 남작이 비행기를 탈 때 빼고는 도무지 전투력이라는 것을 찾을 수 없다는 것이었다.

물론 180섹트의 장신에 단단한 체구를 한 에르하트였지만 주먹다짐 같은 뒷동네 건달패 싸움이라면 모를까 도검이 난무하는 살벌한 어둠의 세계 안에서 그 목숨을 부지할 수 있으리라고는 자칭 다이아몬드 검 기사장을 수여받은 용맹한 발렌슈타인 제국 장교 출신 군인 에르하트 남작 이외에는 아무도 믿지 않았다.

에르하트라는 인물이 그뤼네발트에서 가지고 있는 의미와 그가 해야 할 임무의 중요성을 생각한다면 에르하트 남작의 호위를 위해서 한 개 사단도 아깝지 않을 상황이었지만 비밀리에 임무를 수행해야 한다는 문제가 결정적인 걸림돌로 작용한 것이다.

따라서 뛰어난 실력을 지닌 소수의 인원을 동원해서 에르하트의 경호를 맡겨야 했는데 문제는 유사시 신성 폴센 제국이나 동부의 하멜 전사들을 적으로 둔 에르하트의 목숨을 책임지고 지켜줄 만한 인물이 그뤼네발트 내에 매우 드물다는 사실이었다. 굳이 들자면 슈트룸나이트 구스타프를 에르하트의 호위로 보낼 수도 있었지만 구스타프는 제국군을 재편성하고 그뤼네발트 주둔 제국군의 장성들과 의논하면서 차후 제국군의 철수 후 전략을 수립해야 하는 몸이라서 에르하트의 호위로 남부국가연합에 보내기는 너무나 부담스러웠다.

결국 미르코가 팔슈름야거의 대원들 중 실력이 뛰어난 몇 명을 차출해서 조금 불안하기는 하지만 에르하트의 호위로 보내려고 했을 때 미르코와 그의 동지들에게는 천만다행으로 반야르이자 하멜 최고의 전사, 즉 울란 이스카야르가 에르하트의 호위를 자청하고 나섰다.

"뭐, 개인적인 호기심이라고나 할까요? 이제 우리는 같은 배를 탄 동지가 아닙니까? 일족을 다스리는 사람으로서 앞으로 이 땅을 이끌어가게 될 에르하트 영주를 좀 더 가까이에서 지켜보고 싶어서 말입니다."

미르코가 지원의 이유를 물었을 때 두 눈을 빛내면서 이스카야르가 대답한 말이었다.

"망할! 이스카야르 그 인간이 호위냐? 암살자라면 모를까! 그 살벌한 눈을 보고도 그 인간을 내 호위로 붙일 생각이 들더냐? 남부국가연합까지 가서 칼 맞을 생각 없으니까 다른 사람이나 알아봐라! 이스카야르 저 인간하고 둘이서 여행을 떠나느니 그냥 혼자 가는 게 낫겠다!"

그리고 이건 에르하트가 이스카야르와 함께 여행을 떠나야 한다는 사실을 알았을 때 미르코에게 한 말이고 말이다.

결국 힘없는 영주는 자기 말마따나 영주의 목숨을 길바닥 껌 딱지처럼 여기는 부하들의 압력을 못 이기고 이스카야르와 함께 이곳 남부국가연합 최남단 베를로니치 항구까지 비밀리에 무수하게 많은 공군 기지를 거치면서 여행을 해야만 했고, 그뤼네발트를 떠난 지 일주일이라는 시간이 흐른 뒤에 아드리안 해의 항구 도시에 도착했다.

"그런데 대체 세이렌의 노래라는 술집은 어디에 붙어 있는 거야?"

부둣가에 쏟아지는 뜨거운 뙤약볕을 누비고 다니던 에르하트가 결국 길을 걷다 말고 불평을 터뜨렸을 때 옆에서 약도를 보고 있던 이스카야르가 부둣가 골목들 사이로 보이는 조그만 주점 간판을 가리키면서 말했다.

"저기인 것 같군요. 슈펠만 남작이 준 약도대로라면 말입니다."

이스카야르의 말에 따라 고개를 돌린 에르하트의 눈에 세이렌의 노래라는 항구마다 하나씩은 꼭 있는 전형적인 주점 이름이 적혀 있는 간판이 보였다. 그리고 전형적인 항구 주점 이름을 가진 가게답게 몰개성하게 여느 주점과 다름없이 만들어진 미닫이문을 열어젖히고 에르하트와 이스카야르가 주점 안으로 들어왔을 때 맨 처음 그들의 눈에 뜨인 것인 역시나 전형적인 항구 주점들의 장식물들인 작살과 그물, 그리고 조타키 등으로 장식한 내부 인테리어였다.

"나참, 이렇게 온몸으로 '이 술집은 항구 전용 술집이오' 라고 표현할 필요는 없잖아?"

세이렌의 노래에 들어선 에르하트가 맨 처음 내뱉은 말이었다. 그도 그럴 것이, 모든 것이 항구의 주점다운 이 세이렌의 노래라는 주점은 그 손님들까지도 항구의 주점답게 거칠고 우락부락한 인상을 가진 선원들이 대부분이었던 것이다.

그리고 원목을 잘라 대충 모양만 낸 탁자에 삼삼오오 모여 독한 럼주를 들이키고 있던 선원들이 보내는 호기심에 찬 눈빛을 가르면서 에르하트와 이스카야르는 카운터로 향했다.

"이것을 한번 봐주시겠습니까?"

카운터에 서서 컵을 닦고 있는 무성하게 턱수염을 기른 초로의 사내에게 에르하트가 출발하기 전 슈펠만이 내준 동전 하나를 보이면서 말했다. 동전을 유심하게 살펴보던 남자는 잠시 후 카운터에서 열쇠 하나를 꺼내 들더니 에르하트에게 건네면서 무심한 어조로 말했다.

"2층 청상어의 방에서 머물고 계시면 내일 아침까지 연락을 드리겠습니다."

열쇠를 받아 든 에르하트는 주인에게 고개를 끄덕이더니 이스카야르와 함께 나무 계단을 오르면서 2층으로 향했다. 어둠침침한 2층 복도에서 청상어의 방이라는 문패를 확인한 두 사람은 곧 낡은 나무 문을 열고 방 안으로 들어갔다.

세이렌의 노래에서 연락을 기다리던 에르하트에게 사람이 찾아온 것은 다음날 아침이었다. 은밀하게 찾아온 방문자에게서 메모지 한 장을 받은 에르하트와 이스카야르는 곧바로 여관을 나서 메모지에 적혀 있는 주소지를 찾아 나섰고, 정오가 막 지난 무렵에 자신들이 찾으려던 곳을 눈앞에 두게 되었다.

"이곳인가?"

에르하트가 베를로니치 외곽에 위치한 한 건물 앞에 서서 말했다.

그리고 에르하트는 자신의 눈앞에 보이는 건물을 살펴보았다. 베를리니치 외곽에 있는 이름도 없는 작은 언덕 위에 전통적인 흰색 회벽으로 지어진 이 건물은 베를로니치의 부둣가에서 보았던 창고들과 같이 단가 절감을 위한 사각형의 단순한 구조로 이루어져 있었다. 그리고 실용성에만 충실한 설계에 따라 몰개성하게 지어진 이 건물을 외부와 유일하게 잇고 있는 철문을 향해 두 사람은 걸어갔다.

하얀 회벽들 사이로 난 검은색 철제문 앞에 선 두 사람은 곧 문 옆으로 설치되어 있는 초인종으로 보이는 버튼을 발견할 수 있었고, 그대로 치그시 눌렀다. 두 사람이 예상한 대로 그 버튼은 초인종이었는지 요란하게 울리는 벨 소리가 문 안쪽에서 들려왔다. 역시나 잠시 뒤 철문에 난 두 눈만 보일 정도로 작게 만들어진 창이 열리면서 한 사람의 두 눈동자가 보였다.

"누구십니까?"

경계의 빛을 띠면서 창 사이로 보이는 두 눈동자의 주인이 질문을 던지자 질문을 받은 에르하트는 아무 말도 없이 들고 있던 메모지를 창 안으로 밀어넣었다. 그리고 메모지를 받은 그 사람은 잠시 기다리란 말을 남기고는 창을 닫았다.

"이야! 내가 무슨 정보원이라도 된 것 같은 느낌인데?"

안에서의 연락을 기다리던 에르하트가 철문에 등을 기대면서 들뜬 목소리로 말했다. 그렇게 혼잣말을 마친 에르하트는 자신의 옆에서 주위를 경계하면서 말없이 서 있는 이스카야르에게 눈길을 주면서 말했다.

"이보세요, 형씨. 댁은 덥지도 않습니까, 이런 날씨에 그런 두터운 로브를 걸치고 있게? 보는 내가 숨이 다 막힐 지경입니다! 제발 옷 좀 한 벌 사세요! 저 보세요. 얼마나 산뜻한 모습입니까?"

어제까지 에르하트에게서 반야르 운터바움이라고 불리다 여관에 같이 머물면서 베를로니치 특산 아드리안 럼주를 마셔보고 싶다는 에르하트의 투정을 못 이기고 술자리를 같이한 죄로 형씨라는 호칭으로 불리게 된 이스카야르는 살며시 미소를 지으면서 말했다.

"나라고 이런 날씨에 이런 로브를 걸치고 싶겠소? 다 에르하트 남작 당신 때문에 그런 것 아닙니까? 로브를 입지 않으면 들고 있는 무기들을 숨길 수가 없잖소? 내가 가지고 있는 검 두 자루와 권총 두 정을 이곳 베를로니치의 치안관들이 의심스럽게 생각하지 않는다면 모를까."

"그렇다고 굳이 그런 양모로 만든 로브를 걸칠 것까지는 없잖아요? 그냥 좀 얇은 로브를 걸칠 수도 있고요. 거기다 촌스럽게 검은색 로브를 걸치다니, 그것도 세계제일의 패션 도시 베를로니치에서 말입니다. 이러니까 우리 발렌슈타인 제국 사람들이 남부연합 사람들에게 촌놈이라고 불리는 것 아닙니까?"

어제 여관에 투숙하자마자 옷을 사기 위해 길을 나섰던 에르하트가 부띠끄 주인에게서 들었던 말을 그대로 인용하면서 이스카야르에게 말하자 이스카야르는 에르하트의 말에 긍정하듯 고개를 끄덕였다.

"얇은 로브가 과연 내 무기들을 숨겨줄 수 있을지는 잘 모르겠지만 발렌슈타인 제국 사람들이 촌스럽다는 말은 인정하겠습니다."

그렇게 말을 마친 이스카야르는 에르하트의 모습을 위아래로 살펴보고는 묘한 웃음을 지었다. 그러자 이스카야르의 말과 시선에서 뭔가를 느낀 에르하트가 울컥하는 표정으로 이스카야르의 얼굴을 가리키면서 말했다.

"그… 그 웃음, 어디선가 많이 본 것 같은 그 웃음. 어째서 미르코의 재수없는 웃음이 당신 얼굴에 떠올라 있는 거요?"

이스카야르는 앞으로 유행을 선도하게 될 옷이라는 옷 가게 주인의 유혹에 넘어가 버린 그뤼네발트의 영주가 입고 있는 남부의 정열을 의미한다는 노랑과 빨강으로 이루어진 불꽃 무늬 실크 셔츠와 화사하게 수놓아진 꽃 무늬 백바지를 아무 말 없이 음충맞은 웃음을 지으면서 바라보았다. 물론 그 앞의 관용 어구들이 옷 가게 주인과 에르하트의 지극히 개인적인 의견이라는 것은 당연한 사실이었고 말이다.

말없이 웃음만 짓고 있는 이스카야르에게 다시 에르하트가 입을 열려고 할 때, 철문의 창이 다시 열리더니 아까 전에 들렸던 목소리가 흘러나왔다.

"기다리시게 해서 죄송합니다."

남자의 말이 끝나기가 무섭게 문 안쪽에서 걸쇠가 열리는 소리가 들리더니 곧 쇠가 긁히는 소리와 함께 철문이 열렸다. 그리고 에르하트와 이스카야르는 문 안쪽에서 보이는 광경을 보고는 눈에 이채를 띠었다. 에르하트와 이스카야르에게 총을 겨누고 있는 세 사람 중 구스타프와 비견할 만한 커다란 체구를 가진 근육질의 남자가 두 사람의 앞으로 나서더니 입을 열었다.

"무례를 끼쳐서 죄송합니다만 아무래도 여러분이 만나시려는 분의 현재 상황이 그렇게 좋지 못해서 그런 것이니 이해해 주십시오. 무기나 위험한 도구 같은 것은 저희들에게 넘겨주십시오."

남자의 눈짓에 따라 다른 두 사람이 에르하트와 이스카야르의 몸 수색을 하기 위해 다가왔을 때 이스카야르가 웃음을 보이면서 말했다.

"아직 잘 모르고 있는 것 같은데……."

말꼬리를 흐리면서 웃음을 지어 보이는 이스카야르의 모습에서 왠지 모를 불안감을 느낀 거한이 마른침을 삼키면서 반문했다.

"뭘 말입니까?"

"하멜의 전사들은 함부로 자신의 무기를 남에게 내주지 않습니다. 울란이라는 칭호를 얻은 전사는 특히 말이죠."

그렇게 말을 마친 이스카야르는 자신이 입고 있던 로브를 곧바로 벗어 던지더니 허리 양쪽에 걸려 있는 두 자루의 검을 섬전과 같은 속도로 빼 들었다. 그러자 120섹트의 길이에 일족의 반야르를 의미하는 특유의 문장이 새겨져 있는 진묵의 날을 가진 두 자루의 아름다운 곡도에서 은은한 빛이 흘러나왔다.

"그리고 제가 여러분을 죽이려고 마음먹었다면 곧바로 저 문을 가르고 안으로 난입해 들어갔을 거라는 생각은 들지 않으십니까?"

자신에게 말을 거는 이스카야르의 웃음 속에서 아련하면서도 위협적인 살기를 느낀 거한은 그때까지 겨누고 있던 총구를 밑으로 내리더니 길게 기른 자신의 금발을 긁적이면서 말했다.

"하긴 소드 마스터의 수준에 이른 검사를 우리들이 막을 수는 없을 것 같군요. 그럼 일단 안으로 들어가시지요."

남자의 안내에 따라 에르하트와 이스카야르는 건물 안으로 들어섰다.

"이야, 대단한데!"

에르하트가 창고 같은 이 건물 안으로 들어서면서 자신의 감상을 그렇게 말했다. 물론 실내 인테리어가 지나치게 소박한 외관과는 다르게 귀족의 대저택같이 화려해서 그런 것은 아니었다. 살풍경할 정도로 휑하니 뚫려 있는 이 건물의 내부는 외관과 마찬가지로 미적인 요소라고는 조금도 찾아볼 수 없었다.

"이게 뭐야? 파하렌이잖아? 이게 어떻게 여기에 와 있지?"

그랬다. 에르하트의 감탄은 실내 중앙에 놓여 있던 Fe—121A '파하렌'을 향한 것이었다. 그리고 그렇게 말을 마친 에르하트는 멋진 장난감을 선물받은 개구쟁이 사내아이와 같은 얼굴을 하고 곧바로 파하렌의 곳곳을 살펴보았다. 그때였다, 뒤에서 갈갈한 노인의 목소리가 들려온 것은.

"거기서 스톱! 남의 작품에 멋대로 손대지 마라, 이놈! 네 녀석은 뭐야?"

전쟁 기간 내내 자신이 몰았던 전투기를 의외의 곳에서 발견하고 반가운 마음에 여기저기 살펴보던 에르하트는 난데없는 호통 소리에 놀라 소리가 들려온 방향으로 고개를 돌렸고, 곧 자신을 보면서 성난 표정을 하고 있는 작달막하고 통통하게 생긴 한 노인의 모습을 발견할 수 있었다.

"누굴 도둑으로 아나? 전투기 좀 만졌다고 그렇게 악을 쓸 필요는 없잖아요? 좀 만졌다고 닳아 없어지는 것도 아니고 자신이 너무 쪼잔하다고는 생각되지 않나요?"

에르하트 역시 열혈의 표상답게 곧바로 자신에게 고함을 지른 노인에게 반격탄을 날렸다.

"이 자식이 어디서 되려 큰소리야? 남의 집에 찾아왔으면 용건만 간단히 말하고 꺼질 것이지 어디서 행패를 부려? 그리고 네 녀석은 부모도 없냐? 어디서 새파랗게 젊은 놈이 노인 공경도 할 줄 모르고 눈을 동그랗게 뜨고 쳐다본다냐?"

물론 노인 역시 열혈의 피가 아직도 몸속에 그대로 흐르고 있는지 에르하트 못잖은 기세로 다시 입을 열었다.

"으윽! 아무리 나이가 어려도 처음 보는 사람한테 그렇게 말을 함부로 하면 안 되죠. 가타부타 아무 말도 없이 화부터 내는데 어떤 사람이 화를 안 내겠습니까?"

"아니, 이 녀석이 끝까지 사과할 생각을 안 하네? 저 광대 같은 옷은 또 뭐냐? 네가 무슨 다섯 살배기 꼬맹이냐, 알록달록 색동옷을 입고 다니게?"

"뭐라구요? 색동옷? 최신 유행 패션도 몰라보는 시대에 뒤처진 노인네 같으니라고! 남의 옷차림을 그렇게 비방하기 전에 그 얼굴에 아무렇게 난 염소수염부터 어떻게 치워보라고 권유하고 싶군요!"

이스카야르는 전투기 앞에 서서 갑자기 언쟁을 벌이고 있는 에르하트와 노인의 모습을 지켜보면서 말릴 생각도 나지 않는 듯 황당한 표정을 짓고 있었다. 물론 그것은 둘을 이곳으로 안내한 금발의 거한 역시 다르지 않았다. 그리고 언쟁이 점점 격렬해지면서 서로에게 감자바위와 중지까지 날린 두 사람은 어느 순간 스파크가 사정없이 튀기는 눈싸움을 시작하더니 비행기 주위에 놓여 있던 연장에 손을 대기 시작했다.

가만히 지켜보고만 있다가 그 모습에서 위험 신호를 감지한 이스카야르와 금발의 거한은 서로를 보면서 눈짓으로 신호를 하고는 고개를 끄덕였다. 그리고 커다란 렌치와 스패너를 손에 쥐고 랜스 차지에 버금가는 기세로 서로를 향해 돌진을 시작하려는 에르하트와 노인을 붙들고 진정시키기 시작했다.

"이거 놔! 저 광대 같은 놈, 오늘 여기서 없애 버릴 거다!"

"광대? 우아! 기름때가 꼬질꼬질 묻어 있는 그 작업복이나 어떻게 처리하고 말하시죠, 영감님!"

물론 피가 끓어오르는 열혈의 불꽃에 휩싸인 두 사람이 일행의 제지를 받는다고 해서 그 기세를 누그러뜨릴 리 만무했지만 말이다. 그러나 두 사람의 격렬한 다툼은 그 엄청난 기세와는 다르게 곧 맥없이 끝나고 말았다.

"진정하세요, 에르하트 남작! 이렇게 소동을 피우려고 온 것이 아니지 않습니까!"

"참으세요, 스승님! 마이스터 프라이어라는 이름이 있는데 위신을 지키셔야죠!"

이렇게 이스카야르와 거한의 입에서 흘러나온 지금 싸우고 있는 상대의 이름을 듣고는 말이다.

"에르하트? 자네가 붉은 18번기의 조종사 크리스티안 폰 에르하트 남작인가?"

"마이스터 프라이어? 혹시 항공기 제작 마이스터 팔츠 에리히 폰 프라이어 후작 각하십니까?"

서로를 향해 죽일 듯이 달려들었던 아까 전의 기세와는 반대로 서로의 이름을 조심스럽게 물어본 두 사람은 서로의 질문에 대한 답을 끄덕이는 고개로 확인하고는 서로를 조심스러운 눈으로 살펴보았다. 잠시 뒤 프라이어가 먼저 기름이 잔뜩 묻어 있는 작업용 가죽 장갑을 벗더니 제자인 거한의 두 손에 얹어놓더니 에르하트에게 손을 내밀면서 악수를 청했다.

"반갑네, 에르하트 대위. 자네가 이렇게 나를 찾아올 줄은 정말 몰랐네. 그리고 프라이어 후작 각하라니, 그냥 프라이어라고 부르게나."

그리고 손을 내민 프라이어의 모습을 본 에르하트는 들고 있던 스패너를 던져 버리고는 반가운 얼굴을 하고는 그의 손을 잡았다.

"아닙니다. 베를로니치에서 중요한 분을 만나야 한다는 말만 들었는데 그분이 프라이어님일 줄은 정말 몰랐습니다. 제국 공군의 보배이신 프라이어님이 이곳에 계실 줄이야."

"그것이 무슨 소리인가? 내가 제국 공군의 보배라니?"

그렇게 말을 마친 프라이어는 에르하트를 향해 엄지손가락을 치켜 올리더니 윙크를 하면서 다시 입을 열었다.

"자네야말로 제국 공군 제일의 보물일세, 에르하트 남작!"

"하하! 에르하트 남작이라고 부르시지 마시고 크리스라고 불러주십시오, 프라이어님!"

"알았네, 크리스 군. 자자, 오랜만에 귀한 손님이 찾아오셨는데 이렇게 있을 수는 없지. 내가 아끼는 술이 저기 휴게실에 있으니까 일단 한 잔 마시면서 이야기를 나누도록 하지. 군터, 과일 좀 깎아 와라! 자, 가지, 크리스 군."

"프라이어님이 아끼시는 술이라니 기대가 큽니다. 하하하!"

그리고 휴게실로 향하던 에르하트와 프라이어는 정다운 얼굴을 하고는 파하렌에 대한 이야기로 신나게 떠들어대기 시작했다.

한편, 서로를 향해 연장질까지 하려던 두 사람이 서로의 정체를 확인하고는 언제 그랬냐는 듯이 이렇게 화기애애한 분위기를 물씬 풍기자 이스카야르와 군터는 두 눈을 지그시 감으면서 고개를 절레절레 저었다.

"발렌슈타인 제국 공군의 천재들이 저렇게 단순한 사람들일 줄은 정말 몰랐습니다."

"매드 사이언티스트라고 알려진 우리 스승님만 그런 줄 알았는데 스승님의 전투기를 예술로 승화시킨 에르하트 남작님까지 우리 스승님하고 성격이 똑같다니 놀라울 따름입니다."

발렌슈타인 제국 공군의 대표적인 조종사와 발렌슈타인 제국제일의 항공기 설계가는 이렇게 인상적인 첫 만남을 가졌다.

"그런데 어쩌다가 이곳 베를로니치까지 오셨습니까?"

프라이어에게 에르하트가 던진 질문이었다.

"뭐, 다 멍청한 황제가 전쟁에서 졌기 때문이지. 그리고 내 명성이 너무 높아서이기도 하고."

프라이어가 씁쓸하게 웃으면서 대답했다. 그렇게 서두를 연 프라이어는 자신이 어떻게 베를로니치까지 오게 되었는지 간단하게 설명해 주었다.

앞서 말한 바와 같이 프라이어는 발렌슈타인 제국의 대귀족인 후작이기도 했지만 동시에 마이스터의 칭호를 가진 훌륭한 항공기 설계자이자 프라이어 항공사의 주인이었다. 그리고 항공기를 이용한 교통망이 제대로 활성화되어 있지 않은 현 대륙의 상황에서 항공 회사를 운영하기 위해서는 군에 항공기를 납품해야만 했다.

프라이어 역시 이런 이유 때문에 Fe—121 '파하렌' 시리즈를 제국 공군에 공급해 왔는데 문제는 프라이어가 설계한 이 전투기가 지난 전쟁에서 최강의 전투기로 군림했다는 사실이었다. 프라이어 후작과 그의 회사가 지닌 항공기 제작 능력은 서부통합전쟁 당시 적국이자 전쟁의 승리자인 연합국들에게도 매우 큰 인상을 주고 말았던 것이다. 실제로 연합국들, 특히 전쟁에서 발렌슈타인 제국 공군에게 철저하게 당했던 신성 폴센 제국은 전후 보상을 위한 회의에서 발렌슈타인 제국의 이러한 항공 기술을 상당 부분 요구하였다. 또한 신성 폴센 제국은 은밀하게 발렌슈타인 제국의 항공기 설계가들에게 접근, 협박과 회유를 통해 그들을 포섭하려고 하였는데 신성 폴센 제국이 포섭하려고 한 일순위의 인물이 바로 에르하트와 이야기를 나누고 있는 프라이어였다.

그런데 문제는 프라이어가 신성 폴센 제국으로 갈 생각이 전혀 없다는 것이었다. 결국 신성 폴센 제국은 회유와 협박이 통하지 않는 프라이어를 납치하려 했지만 프라이어는 천신만고 끝에 신성 폴센 제국의 손길을 피하는 데 성공했고, 결국 적의 이목을 피해 대륙 남단의 항구 도시 베를로니치까지 오게 되었다.

"그리고 한 가지 이유가 더 있지."

프라이어가 피오렌티나 특산 레드 와인이 찰랑거리고 있는 크리스탈 잔을 흔들면서 말했다.

"한 가지 이유가 더 있다고요? 그게 뭔가요?"

침침한 전등 불빛을 받아 연한 반사광을 발하고 있는 크리스탈 와인

잔에 눈길을 주면서 에르하트가 질문을 던졌다.

"바로 이곳 남부국가연합이 현재 대륙에서 항공 산업이 제일 발달한 곳이기 때문이지."

프라이어의 말대로였다. 남부국가연합은 스물여덟 개의 크고 작은 국가가 모여 이루어진 국가 연합체였다. 대륙 남부의 이러한 정치적 특성과 아드리안 해를 마주한 이슬라한 대륙과의 무역이 가능하다는 경제적, 지정학적 특성이 결합되어 남부국가연합에는 다른 곳에서는 상상할 수 없을 정도로 많은 회사들이 모여 있었다. 그것은 항공 회사라고 해서 다르지 않았다. 아직 민간에서는 그렇게 수요가 만들어지지 않고 있었지만 항공 산업은 상업에 밝은 남부국가연합 사람들에게는 미래의 핵심 산업으로 인식되고 있었다. 그리고 이러한 상황에서 남부국가연합은 파라얀 대륙과 이슬라한 대륙과의 중계 무역으로 벌어들인 자금을 발판으로 발빠르게 항공 산업을 육성시키고 있었다.

대륙의 다른 국가들이 정부의 대대적인 지원을 받는 국영이나 주식 회사 체제의 소수의 대규모 항공 회사를 운영하는 데 반해 능력만 된다면 언제라도 풍부한 예산을 가지고 있는 남부국가연합에게서 전폭적인 지원을 받을 수 있고 수많은 국가가 모인 무역 국가 연합체라는 특성상 항공기에 대한 민간 수요 역시 다른 곳과는 비교할 수 없을 정도로 많았다. 따라서 이곳 대륙 남부에서는 주식회사나 거대 기업체 외에도 가족 회사나 합자 회사 같은 수많은 중소 항공 업체들이 미래의 성공을 위해 만들어지고 운영되고 있었다. 이러한 중소 항공 회사들은 규모는 작았지만 혁신적인 아이디어나 설계들을 매년 만들어내면서 남부의 항공 산업을 활기차게 하였고, 정부의 지원이나 각 상단으로부터 지원을 받은 이러한 기업들은 특색있고 다양한 항공기들을 많이 개발해 내면서 남부국가연합의 항공 산업을 빠르게 성장시키고 있었다.

그리고 프라이어는 신성 폴센 제국의 손길을 피해 도망다니는 와중에도 마이스터의 칭호를 가진 사람답게 항공 산업이 호황을 누리고 있는 남부국가연합을 향해 발걸음을 옮긴 것이다. 실제로 프라이어는 이곳 대륙 남부에서 만들어지는 다양한 종류의 항공기를 보면서 앞으로 자신이 만들 미래의 항공기들을 머리 속에 그리고 있었다.

"그런데 크리스 군, 자네는 여기에 무슨 일로 왔나? 그리고 내가 있는 곳은 어떻게 알았고?"

프라이어가 자신이 베를로니치에 온 이야기를 마치면서 에르하트에게 질문을 던졌다.

"지금 그뤼네발트가 반군에게 함락될 위기에 처해 있다는 사실을 아시는지요?"

에르하트가 그렇게 반문을 해오자 프라이어는 고개를 끄덕이더니 옆에 앉아서 와인잔을 기울이고 있는 이스카야르에게 잠깐 눈길을 주고는 고개를 끄덕이면서 대답했다.

"물론이네. 나도 제국의 후작이니까 말이야."

"그런데 제가 그뤼네발트의 영주라서 말입니다. 반군에게 대항하려고 생각해 보니까 일단 공군력을 확보해야겠더라고요. 그래서 제 동료들과 의논을 해보았는데 이곳 남부국가연합 이외에는 공군을 강화시킬 방법이 없었습니다."

"결국 공군력을 강화시키기 위해 이곳에 왔다는 것인가? 그럼 나는 어떻게 찾았나?"

"그것은 저하고 같이 일하는 사람 중에 슈펠만 남작이라는 사람이 있는데……."

에르하트가 그렇게 슈펠만에 대해서 말하려고 할 때 이야기를 듣고 있던 프라이어가 고개를 들면서 질문을 던졌다.

"슈펠만? 혹시 뮈니히부르크 후작의 비서실장으로 일했던 그 슈펠만 말인가?"

"엇! 슈펠만 남작을 잘 아십니까?"

프라이어의 말을 듣고 놀란 에르하트가 눈을 동그랗게 뜨면서 말했다.

"슈펠만… 슈펠만이라……."

프라이어는 에르하트의 질문을 듣고도 무엇인가를 생각하는지 아무 말 없이 슈펠만의 이름을 되뇌었다. 그리고 잠시 동안 뭔가를 생각하던 프라이어는 자신을 응시하면서 그때까지 대답을 기다리고 있는 에르하트에게 다시 눈길을 주더니 입을 열었다.

"슈펠만 남작이 어떻게 자네하고 같이 일하게 되었는지는 모르겠지만 중앙 귀족들에게는 그 친구가 꽤 유명했다네. 뮈니히부르크 후작의 수족으로 정치 일선에서 뛴 것도 한 가지 이유겠지만 여기저기 아는 사람들이 많은 친구였지. 그리고……."

"그리고요?"

프라이어가 그렇게 잠시 말을 하다 멈추자 에르하트가 대답을 재촉하듯 질문을 던졌다.

"비밀이 아주 많은 친구라고 해야 하나?"

“비밀이라니요?”

“으음, 어떻게 설명하면 좋을까?”

말을 멈춘 프라이어는 조금 있다 자리에서 일어서서 에르하트에게 얼굴을 가까이 대더니 나지막한 목소리로 말했다.

“자네, 내가 이곳 베를로니치에 있다는 사실을 아는 사람이 얼마나 될 것 같나? 신성 폴센 제국의 손길을 피해 이곳에 숨어들어 온 나를 말이야.”

“……”

프라이어는 생각에 잠긴 듯 아무 말 없이 천장만 바라보는 에르하트에게 웃음을 한 번 지어주고는 다시 자리에 앉았다.

“슈펠만 그 친구는 진짜 모를 사람이지. 사람 좋아 보이는 겉모습에 속지 말게나. 뭐니 뭐니 해도 그 친구는 탐욕밖에 모르는 뮈니히부르크 후작을 제국의 실세로 만들어 버린 사람이니까 말이야. 그리고 그 친구는 한 가지 일을 하더라도 한 가지 목적만을 위해 움직이지는 않는 친구지. 뭐, 슈펠만 남작에 대해 내가 말해 줄 수 있는 것은 이것이 다일세.”

프라이어가 말을 마친 뒤에도 에르하트는 한동안 말이 없다가 어느 순간 자신의 앞에 앉아 있는 프라이어에게 미소를 지어 보였다.

“제가 비록 영주가 됐다고는 하지만 원래는 싸우는 것밖에 모르는 군인이었습니다. 그리고 슈펠만 남작에 대해서도 뭐 그렇게 잘 알지 못하는 것도 사실이구요. 하지만 슈펠만 남작은 제가 제일 좋아하는 친구가 저에게 소개시켜 준 사람입니다. 저는 저를 믿어준 친구가 저와 마찬가지로 믿음을 주고 있는 사람을 믿고 싶습니다. 또 그것이 저를 따라와 준 사람에게 제가 가져야 하는 당연한 마음가짐이고요.”

프라이어는 에르하트의 말을 듣더니 한동안 에르하트의 얼굴을 말없이 살펴보다가 작은 체구에 어울리지 않는 커다란 웃음을 터뜨렸다.

“하하하! 자네, 아주 시원시원한 친구구먼. 역시 마음에 드는 친구야! 그렇지 않나, 군터?”

옆에서 스승의 물음에 고개를 끄덕이면서 긍정의 대답을 하는 군터를 보고 있던 프라이어는 에르하트에게 다시 눈을 돌리더니 은근한 목소리로 말을 건넸다.

“그런데… 자네가 이곳까지 날 찾아온 이유는 뭔가? 아니, 질문을 바꾸지. 신성 폴센 제국에게 쫓겨서 이곳 베를로니치까지 도망친 나에게 바라는 것이 뭔가?’

그리고 에르하트는 프라이어의 질문을 들으면서 드디어 그와의 만남에서 제일 중요한 순간이 왔다는 것을 아는지 앞에 놓인 와인잔을 들어 한 모금 마시면서 잠시 숨을 고르고는 어느 사이엔가 자신을 날카롭게 쏘아보고 있는 프라이어와 눈을 마주치면서 입을 열었다.

“앞서 말한 바와 같이 제가 이곳에 온 이유는 전투기가 필요해서입니다.”

“그러면 왜 나를 만나러 왔지? 내가 운영하던 회사는 이미 망했네. 전쟁이 끝난 것과 동시에 말일세.”

“과연 그럴까요?’

“흐음, 자네 생각은 나와 다른 모양이군. 어디, 말하고 싶은 것을 말해 보게.”

말을 마친 프라이어는 에르하트의 대답을 기다리면서 비어 있는 크리스탈 잔에 와인을 가득 따랐고 에르하트는 프라이어의 손에 잡혀 그의 입술로 천천히 향하고 있는 붉게 물든 크리스탈 와인잔에 시선을 주면서 입을 열었다.

"저는 항공기야말로 인간이 만들어낸 가장 경이로운 발명품이라고 생각합니다. 금속으로 만들어진 그 유선형의 물체는 신기하게도 중력을 이겨내고 순수한 동력의 힘으로 하늘을 자유롭게 유영하니까요. 그래서 인간이 만들어내는 그 어떤 물건보다도 만들어내기 힘들기도 하고요."

"그래서?"

"그런 항공기를 만드는 데 가장 필요한 것이 무엇 같습니까? 자본? 자원? 공장?"

"……."

에르하트는 말없이 와인을 마시고 있는 프라이어의 대답을 기다리지 않고 다시 말했다.

"저는 이렇게 생각합니다. 항공기를 만드는 데는 다른 것도 중요하지만 제일 중요한 것은 역시 사람이라고요."

"……."

"항공기를 만들 자본이나 자원, 공장을 만들 부지 같은 것은 국가 단위에서 생각하면 조금만 노력하면 얼마든지 구할 수 있습니다. 그렇지만 결정적으로 항공기를 만들 사람은 쉽게 구할 수가 없지요. 항공기는 인간이 만들어낸 가장 정밀한 기계 중 하나이니까요. 그리고 그것은 숙련된 인간의 손에서만 만들어질 수 있습니다. 제일 구하기 어려운 것이기도 하고 말입니다. 그렇게 생각하지 않으십니까?"

에르하트가 동의를 구해오자 프라이어는 들고 있던 잔을 내리더니 쓰게 웃으면서 입을 열었다.

"나도 자네 생각에는 동의하네. 비행기를 설계하고 부품을 조립해서 한 대의 항공기를 만들기 위해서는 상당한 숙련 기간을 거친 전문가의 노력이 필요하지. 그런데 말이야. 아까 말했듯이 내가 운영하던 프라이어 사는 이미 연합군에 의해 강제 해산되었다네. 그리고 나 역시 쫓기는 몸이고 말이야. 이제 나에게는 남아 있는 것이 없다네, 젊은 영주."

하지만 에르하트의 생각은 달랐는지 프라이어의 말을 듣고는 고개를 가로저으면서 마주한 프라이어의 눈을 뚫어지게 보더니 다시 입을 열었다.

"아닙니다. 프라이어님은 아직 가지고 계신 것이 많습니다."

"그게 뭐지, 크리스 군?"

프라이어가 재미있다는 표정으로 그렇게 물어오자 에르하트는 자리에 일어서서 휴게실 문을 열더니 밖으로 보이는 Fe-121 파하렌의 모습을 가리키면서 말했다.

"저기 보이는 걸작 전투기인 파하렌을 만들어낸 프라이어님의 기술과 능력이 그 첫 번째이고……."

그리고 말을 마친 에르하트가 이번에는 시선의 방향을 바꿔서 프라이어 옆에서 둘의 대화를 경청하고 있는 군터를 가리키면서 말했다.

"저기 보이는 프라이어님의 제자 군터처럼 프라이어님을 따르는 항공기 전문가들이 두 번째입니다. 지금 제가 제일 필요로 하는 것은 바로 이 두 가지입니다. 그리고 반대로 저는 프라이어님을 지원해 줄 수 있는 의지와 능력이 있습니다.”

에르하트가 말을 마치자 프라이어는 잠시 동안 아무 말 없이 에르하트의 모습을 뚫어지게 쳐다보았다. 군터는 머리를 긁적이면서 스승의 말을 기다리고 있었고, 이스카야르는 재미있다는 표정을 지으면서 와인 병을 들어 자신의 잔을 가득 채웠으며, 에르하트는 문가에 기대 프라이어의 대답을 기다리면서 어두운 조명 빛을 받고 서 있는 파하렌 전투기에 시선을 주었다. 잠시 후······.

짝짝짝!

커다란 박수 소리가 네 남자가 모여 있던 휴게실의 내부를 가득 채웠다. 물론 그 박수 소리의 진원지는 프라이어였다.

“훌륭한 답변이었네, 크리스 군.”

프라이어는 지금까지 보였던 호의와 장난기가 버무려진 표정을 얼굴에서 지워 버리고는 진지한 태도를 취하면서 말했다.

“그런데 나는 신성 폴센 제국에 쫓기는 몸일세. 그런 내가 어떻게 그뤼네발트로 갈 수가 있겠나? 그리고 설사 내가 그뤼네발트에 간다고 해도 다시 항공 회사를 세우기 위해서는 상당한 자본과 인력이 필요하다네. 물론 숙련된 기술자들이야 자네 말마따나 내가 어떻게 채울 수 있을지도 모르지. 그렇지만 그러기 위해서는 충분한 시간이 필요하다네. 그런데 자네가 영주로 있는 그뤼네발트의 상황이 그렇게 여유롭지 않을 텐데? 그리고 설사 공장을 가동하더라도 전투기를 조종할 조종사는 어떻게 구할 것인가?”

프라이어가 에르하트의 현재 상황에 근거해서 하나하나 문제점들을 지적하자 에르하트는 어색한 표정을 지으면서 대답했다.

“글쎄요. 솔직히 말씀드리자면 프라이어님을 제 영지로 모시는 방법은 저도 잘 모르겠습니다.”

“그게 무슨 말인가? 나를 자네 영지로 초빙하려고 하면서 방법을 모르겠다니?”

“사실 제가 이렇게 프라이어님을 만날지는 저도 잘 몰랐습니다. 솔직히 이곳을 가보라고 한 슈펠만 남작도 남부연합에 간 김에 그냥 한 번 가보라고만 했지 뭐 어떻게 하라고는 하지 않았었거든요. 그런데…….”

“그런데?”

에르하트가 말을 잠시 멈추자 프라이어가 질문을 던졌고, 에르하트는 머리를 긁적이면서 순박한 청년의 표정을 하고는 질문에 대답했다.

“꼴에 저도 영주라고 프라이어님을 보니까 제 영지로 끌어들이고 싶더라고요. 일개 남작 주제에 후작님을 말입니다. 조금 염치없는 말이라는 것은 알지만 그냥 인사만 드리고 가기에는 너무 아쉽더라고요.”

“하하하하!!”

에르하트의 대답을 들은 프라이어는 박장대소했다.

“하하! 재미있군, 재미있어! 그러니까 자네 눈에는 이 늙어빠진 늙은이가 인재로 보인다는 말이지? 그것도 일단 찔러놓고 보자는 생각이 들 정도로 말이야. 뒤는 생각도 안 하고 말이지.”

“뭐, 직설적으로 이야기하자면 그렇다고 볼 수 있겠지요.”

에르하트는 그렇게 대답할 수밖에 없었다. 프라이어의 말 그대로 신성 폴센 제국의 감시라던가 프라이어를 그뤼네발트로 데려갈 방법에 대해서는 전혀 생각해 본 적이 없는 것이 사실이니까 말이다. 하지만 에르하트는 프라이어를 본 순간 머리 속에 막연히 머물고 있던 한 가지 생각이 떠올랐고, 그 생각이 떠오른 순간 프라이어를 꼭 자신의 영지로 데려가고 싶다는 열망에 사로잡혔다. 뒤는 슈펠만과 미르코가 알아서 하겠지라는 에르하트다운 무책임하고 단순한 생각을 가지고 말이다.

"그럼 내가 그뤼네발트로 갈 방법은 그렇다 치고 그뤼네발트의 공군력 강화는 어떻게 해결하려고 하는가? 비밀인가?"

프라이어가 미소를 띠면서 질문을 던져 오자 에르하트는 들고 있던 피오렌티나 특산 고급 와인을 무슨 선술집 맥주인 양 훌쩍 들이키더니 어려울 것 없다는 듯이 말했다.

"조종사 문제를 해결하려고 머나먼 이곳 남부연합까지 제가 온 것 아니겠습니까? 조만간 아드리안 해에 있는 바랑기스 공국에 가려고요."

"바랑기스 공국?"

"예, 바랑기스 공국요. 비밀이 많은 남자 슈펠만 남작과 그의 동조자 미르코라는 바람둥이 남자가 그곳에 가서 일하라고 절 이곳에 보내더군요."

"바랑기스 공국이라……. 좋은 생각이긴 한데……."

프라이어는 에르하트의 말을 듣고는 그렇게 말을 흘렸다. 그러면서 고개를 끄덕이더니 앞에 서 있는 에르하트의 얼굴을 이리저리 뜯어보았다. 그리고 얼마간의 시간이 흘렀을까? 그때까지 가만히 앉아 있던 프라이어가 싱긋 웃으면서 커다란 목소리로 말했다.

"좋아, 결정했네!"

"뭘 말입니까? 그뤼네발트로 오시려고요?"

에르하트가 프라이어의 말을 듣고 희색을 띠면서 입을 열자 프라이어는 고개를 가로젓더니 눈을 가늘게 뜨면서 말했다.

"무슨 소리야? 그뤼네발트에 가다니? 자네가 내가 만든 파하렌을 예술의 경지까지 끌어올린 예쁘기 그지없는 멋진 조종사라지만 영주라는 신분을 생각하자면 또 다르지. 거기다 설사 내가 자네 영지에 간다 해도 나를 데리고 갈 방법도 모르지 않는가?"

그렇게 프라이어가 말하자 에르하트는 심통이 났는지 뚱한 표정을 지으면서 약간은 퉁명스러운 목소리로 말했다.

"그럼 뭘 결정했다는 말입니까?"

"뭐긴 뭐야, 일단 자넬 살펴보기로 결정했다는 소리지. 나 같은 노인네들은 중요한 결정을 쉽게 내리지 않는다네. 그래서 일단 자네를 따라 바랑기스로 가기로 했네. 자네랑 같이 다니면서 자네 됨됨이도 살피고 또……."

프라이어에게서 일단 반허락을 받아내자 에르하트는 어느새 뚱한 표정을 풀고 아첨기가 줄줄 흐르는 얼굴을 하고는 말했다.

"또 뭡니까? 말씀만 하십시오."

그리고 그런 에르하트의 모습을 한동안 웃음기를 잔뜩 머금은 장난기 어린 표정으로 쳐다본 프라이어가 말했다.

"그곳에 내가 맡겨둔 것이 하나 있거든. 뭐, 자네하고 연관된 물건이라고도 할 수 있지."

"그게 뭔데요?"

에르하트가 물어오자 프라이어가 웃는 얼굴로 대답했다.

"내 직업이 뭔가? 항공기 제작자 아닌가? 항공기 제작자가 맡긴 물건이 항공기밖에 더 있나?"

"우아! 그럼 혹시 맡겨놓은 것이 새로 개발하신 신형기 아닙니까?"

"어이, 이보게. 그렇게 먹을 것을 발견한 강아지 같은 표정으로 보지 말게나. 부담스럽지 않은가?"

그렇게 프라이어가 말을 했지만 에르하트는 역시나 조종사 출신답게 신형기라는 말에 두 눈을 반짝이더니 그때까지 옆에서 잠자코 앉아 있던 이스카야르에게 고개를 돌리면서 말했다.

"이스카야르 양반, 호위할 사람이 조금 늘어날 것 같은데 상관없지요? 소드 마스터씩이나 되는 양반인데. 안 그래요?"

그렇게 질문의 형식을 갖춘 결정을 에르하트가 제멋대로 내뱉자 이스카야르는 어처구니없다는 표정을 지을 수밖에 없었다. 이스카야르의 반응을 아는지 모르는지 에르하트는 이스카야르에게서 시선을 돌리더니 이번엔 군터를 보면서 입을 열었다.

"뭐 해요, 빨리 짐 싸지 않고? 사나이 대장부가 결정을 내렸으면 바로 행동으로 실천해야죠. 설마 연로하신 프라이어님 혼자 바랑기스 공국까지 보내려는 것은 아니겠지요?"

그리고 그렇게 새로운 동행자들이 에르하트와 합류하게 되었다.

바랑기스 공국은 파라얀 대륙 최남단에 위치한 국가였다. 이슬라한 대륙과 파라얀 대륙을 잇는 아드리안 해의 정중앙에 위치한 바랑기스 공국은 면적이 약 2만 평방 큐빗에 달하는 수도이자 가장 큰 섬인 레지나를 중심으로 약 200여 개의 크고 작은 섬이 모여 이루어진 열도 국가였다. 인구는 약 200만, 그리고 에르하트가 있던 남부연합의 항구 도시 베를로니치에서 배로 달려 약 2주일 정도의 거리에 위치한 이 작은 섬나라가 남부국가연합에서 차지하는 비중은 그 작은 면적과는 반대로 아주 컸다.

그도 그럴 것이, 바랑기스 공국은 이슬라한 대륙과 파라얀 대륙의 중간에 위치한 곳으로 베를로니치가 파라얀 대륙에서 무역선이 출발하는 곳이라면 바랑기스 공국은 이슬라한 대륙과 파라얀 대륙의 물류들이 집결하는 중개 지점이었던 것이다. 바랑기스 공국은 바로 이 중개 무역을 통해 막대한 부를 누리고 있었다. 그리고 그 지정학적 특성상 파라얀 대륙의 문화와 이슬라한 대륙의 문화가 어우러져 특유의 독특한 풍광을 보이고 있는 바랑기스 공국의 수도 레지나의 선착장 한곳으로 한 대의 비행정이 바랑기스 공국인들이 자랑하는 투명한 에메랄드 빛 바다 위로 하얀 포말을 그리면서 착륙했다.

베를로니치에서 출발한 이 장거리 비행정이 무역선들이 모여 있는 선착장 한편에 닿아 출입구의 문을 열었을 때 그 안에서 분주한 발걸음으로 승객들이 짐을 싸 들고 내리기 시작했다. 그리고 그 승객들 사이로는 노소로 이루어진 네 사람의 일행도 끼어 있었다.

"오오, 이곳이 두 대륙의 문화가 어우러지는 화합의 땅 바랑기스 공국이란 말입니까? 역시나 주위의 풍경들부터 다르군요."

그뤼네발트의 영주 크리스티안 폰 에르하트가 이틀간에 걸친 여행에도 불구하고 지치지도 않는지 내리자마자 언제나와 같이 활기 넘치는 목소리로 감탄을 토해냈다.

작열하는 적도 지방의 뜨거운 햇살 아래로 이슬라한 대륙의 영향을 받은 둥근 모스크 형 지붕을 지닌 이슬라한 대륙의 이색적인 건물들과 파라얀 대륙의 나무들과는 다르게 하늘로 길게 뻗어 올라 위에만 진녹색의 커다란 잎사귀들을 달고 있는 독특한 열대 나무들, 그리고 이러한 풍경들 속에 자연스럽게 녹아 있는 거리 곳곳에 보이는 파라얀 대륙인과 이슬라한 대륙인들의 모습이 북부 토박이 에르하트에게는 너무나 신기하고 재미있어 보였던 것이다. 열대 야자수의 그림자 밑에서 얇고 하얀 면 셔츠를 걸친 모습으로 선착장 주위를 이리저리 두리번거리고 있는 에르하트를 향해 프라이어가 퉁명스럽게 말했다.

"화합은 무슨, 탐욕과 무법의 땅 바랑기스 공국이라고 부르게."

"너무 그렇게 네거티브한 사고방식은 지양하세요, 프라이어님. 건강에 안 좋습니다."

프라이어의 말을 듣고 에르하트가 그렇게 대꾸했다.

바랑기스 공국은 앞서 말한 바와 같이 파라얀 대륙과 이슬라한 대륙을 잇는 아드리안 해의 중간 기착지였다. 따라서 그 지정학적 위치 때문에 바랑기스 공국이 위치한 이 200여 개의 섬들은 예전부터 수많은 야심가들의 표적이 되어왔었다.

파라얀 대륙의 정복자들이 이슬라한 대륙을 침략할 때나 이슬라한 대륙의 지배자 술탄의 명을 받은 시파히(영주)들이 중개 무역의 막대한 이익을 노리고 엄청난 함선을 이끌고 아드리안 해를 공포로 물들이며 활보할 때도 항상 이곳 바랑기스 공국은 그 근거지 역할을 해왔었다. 또한 드넓은 아드리안 해의 여기저기에 흩어져 있는 크고 작은 섬들은 일확천금을 노리는 해상 상인들의 무역선이 머무는 휴식처이자 그들을 노리는 해적들의 온상이기도 했다.

바랑기스 공국은 이런 혼란스러운 상황을 강력한 해군력으로 제압한 마르셀리노 바랑기스라는 한 대해적에 의해서 만들어진 국가였다. 바랑기스 공국은 중앙 집권 체제가 시행되고 있는 여타 국가들과는 다르게 외교나 국방 같은 국가의 최소한의 정책을 집행하는 것조차 힘들 정도로 정부의 통제력이 약했다.

물론 처음부터 바랑기스 공국이 이렇게 형편없을 정도로 지배력이 약했던 것은 아니었다. 하지만 초대 건국자 마르셀리노 바랑기스와는 다르게 그의 후손들이 이 땅에서 얻어지는 막대한 중개 무역의 이익을 노리는 각국의 압력과 상인 단체들, 그리고 아드리안 해를 근거지로 한 해적 집단의 위협을 이겨낼 정도의 능력을 지니고 있지 못했던 것이 불행의 시작이었다. 따라서 바랑기스 공국은 건국이 이루어진 지 약 200년이 지난 현재에 이르러서는 거의 정부의 기능을 상실했다고 봐도 과언이 아니었다.

하지만 이렇게 약화된 바랑기스 공국을 노리고 침탈하려는 국가는 없었다. 이곳 바랑기스 공국을 어느 한 국가가 차지한다면 그 국가는 그 순간 두 대륙의 공적이 되고 말 것이기 때문이었다. 특정 국가가 이곳에서 창출되는 막대한 이익을 독차지하는 것을 그대로 보고만 있을 정도로 다른 국가들이 이타심을 발휘하지 않는 한 말이다.

바랑기스 공국민들에게는 불행하게도 바랑기스 공국이 가지고 있는 이 200여 개의 섬은 그냥 이렇게 혼란스러운 상황에 놓여 있는 것이 대륙의 다른 국가들이나 무역 상인, 해적들에게는 가장 이상적이었다. 따라서 에르하트가 도착한 성력 1891년, 이때의 바랑기스 공국은 프라이어의 말 그대로 탐욕과 무법이 난무하는 혼란의 땅이라고 불러도 과언이 아니었다.

"이제 어디부터 갈 거요, 에르하트 남작?"

이스카야르가 질문을 던졌다. 에르하트는 예의 더워 보이던 하멜 식 검은색 모직 로브를 벗고 실크로 만들어진 하얀색 셔츠를 입은 채 두 개의 장검을 두터운 허리띠에 차고 있는 이스카야르를 향해 시선을 돌리더니 어렵게 생각할 것 없다는 표정으로 입을 열었다.

"점심 시간도 지났고 오후도 한참 지났으니까 오늘은 일을 시작하기 힘들 것 같은데요? 오늘은 일단 프라이어님이 가기로 한 곳으로 먼저 찾아가 보죠."

그리고 질문을 한 이스카야르부터 녹색 작업복 차림을 하고 둘의 대화를 듣고 있던 프라이어와 공구와 부품들이 가득 들어 있는 작업용 배낭을 메고 땀을 줄줄 흘리고 있던 군터까지도 에르하트의 대답을 듣고는 헛웃음을 지을 수밖에 없었다. 그도 그럴 것이, 에르하트가 말은 늦어서 오늘부터 일을 시작하기는 힘들 것이라고 했지만 여기 모여 있는 사람들은 모두 알았다. 최소한 이곳 바랑기스 공국에서 사람을 쓰려면 술집으로 사람들이 몰려드는 저녁 시간이 피크 타임이라는 것을 말이다. 거기다 에르하트의 눈을 본다면 사정을 모르는 사람조차도 이 그뤼네발트의 젊은 영주가 거짓말을 하고 있다는 것을 바로 눈치챌 수 있었을 것이다. 대답을 마친 에르하트가 어느새 초롱초롱하게 빛나는 눈으로 장난감을 바라는 어린아이 같은 표정을 지으면서 프라이어를 보고 있었기 때문이다.

"알았네, 알았어. 데려다주면 될 것 아닌가? 그렇게 부담스러운 눈으로 날 보지 말게."

에르하트의 계속되는 눈빛 공격을 이기지 못하고 프라이어가 말했다.

"그럼 오늘은 내가 들르기로 한 곳으로 먼저 가보도록 하지."

프라이어는 말을 마치고 에르하트와 일행을 이끌고 선착장 주변 도로에서 승객을 기다리고 있던 사두마차에 올라탔다. 마부가 행선지를 물어왔을 때 프라이어를 대신해 그의 제자인 군터가 대답했다.

"비안치 거리에 있는 마리오 카스톨티 항공 설계 사무소로 갑시다."

비안치 거리는 바랑기스 공국뿐만이 아니라 남부국가연합은 물론 멀리 파라얀과 이슬라한 대륙에서도 유명한 거리였다. 그리고 비안치 거리로 들어서는 입구에는 하나의 현판이 있었는데 그 현판에는 다음과 같은 문장이 쓰여 있다.

야망을 가진 그대여, 이곳으로.

대단히 짧고 단순한 문장이었지만 그 짧은 문장은 이곳 비안치라는 곳을 제대로 표현한 문장이기도 했다. 파라얀 대륙과 이슬라한 대륙이 만나 수많은 무역이 이루어지는 바랑기스 공국에서 비안치는 그 중심에 서 있었다.

두 대륙이 본격적으로 교류를 시작한 4세기 전부터 이곳 비안치 거리는 수많은 사람들의 성공과 또 그만큼 많은 수의 사람들이 겪어야 했던 좌절들을 하나하나 머금으면서 지금의 모습을 만들어갔다. 그런 비안치 거리 곳곳을 가득 메우고 있는 수많은 상가와 창고, 그리고 멀리 보이는 수많은 공장 굴뚝들, 섬이라는 한정된 공간에 위치하고 있음에도 불구하고 대륙 본토의 산업 도로에 뒤지지 않는 확 트인 넓은 도로와 그 위로 달리는 수많은 짐 마차와 차량들, 그리고 길가를 오가는 각양각색의 복장을 한 사람들의 모습은 이곳이 어떤 곳인지를 잘 설명해 주고 있었다. 그리고 이 활기 넘치는 비안치 시가지의 한복판을 강렬한 남극의 태양 빛을 받아 길게 드리워진 자신의 그림자를 밟으면서 한 대의 사두마차가 바쁜 걸음으로 달리고 있었다. 물론 그 마차는 에르하트와 그의 일행을 태운 마차였다.

"이야! 이 동네는 진짜 사방에 공장하고 상점, 그리고 사람밖에 없군요!"

에르하트가 사방이 확 트인 마차에서 고개를 옆으로 길게 빼더니 비안치 거리에 대한 짤막한 소감을 말했다.

"그럴 수밖에. 이곳 비안치 거리에서 무역의 대부분이 이루어지는데 사람들이 많은 것은 당연하지 않나? 그런데 대륙 무역의 중심지인 이곳 비안치 거리를 보면서 겨우 그런 말밖에 못하나? 군인 출신이라고 감정이 너무 메마른 것 아닌가?"

가만히 눈을 감으면서 여행의 피로를 잠시 풀고 있던 프라이어가 에르하트의 말을 듣고 사람 좋아 보이는 웃음을 지으면서 농을 걸어왔다.

"제가 말을 잘 못해서 그럽니다, 프라이어님. 그런데 역시 문화가 다른 곳이라서 그런지 몰라도 재미있는 것들이 대단히 많이 보이는군요."

"그렇지. 제국에서만 지내온 자네가 보기엔 신기한 것들이 대단히 많겠군. 터번을 두르고 있는 이슬라한 대륙 사람들 하며 저기 저 둥근 모양을 한 모스크 식 지붕을 지닌 건물들도 그렇고 말이야.”

프라이어가 맞장구쳐 주자 에르하트는 고개를 끄덕이면서 말했다.

“예, 프라이어님의 말씀대로 낯선 것들이 많이 보이는군요. 그렇게 보면 이렇게 밖으로 한 번 나와보는 것도 참 좋은 것 같습니다.”

프라이어에게 대답을 마친 에르하트는 자신의 옆 자리에 앉아서 두 눈을 지그시 감은 채 아무 말 없이 앉아 있는 이스카야르를 보더니 그에게 말을 걸었다.

“그런데 이 양반은 아까부터 눈을 감고 가만히 있기만 하네? 이스카야르 씨, 댁은 비안치 거리의 이 이색적인 풍경을 보고도 아무런 관심도 안 생깁니까?”

이스카야르는 시비를 걸듯이 말을 거는 에르하트의 목소리를 듣더니 감고 있던 눈을 뜨고 특유의 에메랄드 빛 눈동자를 에르하트에게 맞추면서 뭔가 의미심장한 표정을 지었다.

“이곳 비안치 거리가 이색적인 곳이기는 하군요. 여러모로 말입니다.”

그리고 그렇게 말을 마치고 난 이스카야르는 다시 프라이어에게 시선을 돌리더니 낙막한 웃음을 지으면서 말했다.

“그런데… 프라이어 후작님.”

“뭔가, 반야르 운터바움?”

“이곳 비안치 거리가 무역의 중심지라는 말을 들었습니다만…….”

“그런데?”

말을 흐리는 이스카야르를 보면서 프라이어가 질문을 던지자 그는 마차 옆으로 지나가는 사람들을 잠시 동안 이리저리 살펴보더니 쓰게 웃으면서 다시 입을 열었다.

"무역의 중심지라는 비안치 거리인데 이곳을 지나는 사람들에게서 왜 이렇게 피 냄새가 강하게 풍기는 것일까요?"

웃음 속에서 흘러나온 이스카야르의 말은 주변 풍경을 즐겁게 웃으면서 구경하고 있던 에르하트와 군터의 얼굴을 순식간에 굳게 만들었고, 대화를 나누던 프라이어의 얼굴에서 그전의 흐뭇한 웃음과 역력하게 차이가 느껴지는 고소를 배어 나오게 만들었다.

"역시 소드 마스터인가?"

프라이어가 이스카야르와 시선을 맞추면서 말했다.

"이왕이면 울란이라고 불러주십시오. 전 하멜 인이니까 말입니다, 제국의 후작 각하."

프라이어의 날카로운 시선에도 불구하고 이스카야르가 흐릿하게 웃으면서 대꾸했다.

"이런 곳으로 에르하트 남작을 데려온 저의가 궁금하군요. 마차를 타고 이곳에 온 이후로 제 손이 움직이질 못하고 있지 않습니까?"

이스카야르의 말을 듣고 프라이어의 시선이 그의 손으로 향했고, 프라이어는 이스카야르의 양손이 권총이 걸려 있는 버클에 올라가 있는 것을 보았다. 그리고 프라이어는 시선을 올려 아직까지 웃음을 짓고 있는 이스카야르의 얼굴을 보면서 말했다.

"글쎄, 이곳에 오기 전에 에르하트 군의 능력을 본다고 말한 것 같은데……."

"그래서요?"

프라이어의 말에 대답하는 이스카야르의 얼굴에 보일 듯 말 듯하게 위험한 기운이 풍기기 시작했다.

"일단 영주라는 위치 정도 되면 본인뿐만 아니라 주변 사람의 능력도 중요하지. 아무리 뛰어난 지도자가 있다고 해도 주변 인물들이 못나면 아무 소용 없거든. 그래서 겸사겸사 이렇게 비안치 거리 중앙으로 온 것이고 말이야."

"시험입니까?"

"시험? 글쎄, 굳이 말하자면 시험일 수도 있지. 나이를 먹어서 그런지 궁금한 게 있으면 참을 수가 없거든?"

"제가 오해하고 제 칼에 피를 묻히면 어쩌려고 그러셨습니까?"

"내가 비록 도망 다니는 신세라고는 하지만 아끼는 사람을 함정에 몰아넣어서 살 사람은 아니야. 그리고 일단 나는 제국의 후작이 아닌가? 자네도 그랬듯이 그렇게 함부로 칼이 날아올 사람이 아니지. 그렇지 않나, 울란 운터바움?"

프라이어가 낮게 웃으면서 질문을 던져 오자 이스카야르는 버클 위에 얹어져 있던 손을 들어 길게 늘어져 있는 자신의 긴 머리를 한 번 쓸어 올리더니 웃음을 지어 보였다.

"저는 하멜 인이니까요. 발렌슈타인 제국에서 통용되는 지위는 잊어버리게 될지도 모릅니다."

"그 정도야 괜찮네. 자네가 여기 에르하트 남작이 다스리는 그뤼네발트의 사람이라는 것만 잊지 않으면 되네."

"후훗, 괜한 걱정이십니다. 제가 그뤼네발트 사람이라는 사실은 잊지 않을 겁니다."

이스카야르가 나지막하게 웃으면서 말했다. 그러자 프라이어는 에르하트에게 시선을 주면서 나지막한 목소리로 말했다.

"나이를 먹으니 의심만 느는 것 같아. 소드, 아니, 울란이라고 불리는 자네가 아무 말이 없기에 순간 의심이 좀 들더군."

"노파심이군요. 에르하트 영주를 만나고도 그런 말씀을 하시다니……."

"노파심? 그렇군. 그렇게 볼 수도 있겠어. 아무튼 내가 그뤼네발트로 가든 안 가든 지금 그 마음을 잊지 말아줬음 좋겠군. 에르하트 남작은 좋은 사람이야."

프라이어가 운을 떼자 이스카야르는 들릴 듯 말 듯 조용히 대화를 나누는 두 사람의 말을 듣기 위해 조심스럽게 귀를 기울이는 에르하트에게 슬쩍 눈길을 돌리더니 프라이어와 마찬가지로 웃음을 지으면서 말했다.

"프라이어 후작님 말씀이 맞습니다. 그래서 저는 그를 믿지요. 그리고 그렇기 때문에 제가 그뤼네발트 사람이라는 것을 잊지 않고 있습니다."

"그 마음 계속 간직하길 바라네."

"그건 저 역시 마찬가지입니다."

프라이어와 이스카야르는 그렇게 말을 마치고 한동안 서로를 응시했다. 그리고 그때였다, 호기심의 사나이 에르하트가 왠지 불안해 보이는 둘의 대화 속으로 끼어든 것은.

"이스카야르 저 사람이 하는 말이 무슨 소리입니까? 피 냄새라니요?"

"어떻게 설명하면 좋을까? 자네, 아드리안 해가 얼마나 넓은 줄은 잘 알겠지? 우리 파라얀 대륙과 이슬라한 대륙의 거리 말일세."

프라이어가 옆으로 빠르게 지나가는 비안치 거리의 풍경에 시선을 돌리면서 말했다.

"그야 잘 알고 있지요."

에르하트가 고개를 끄덕이면서 대답하자 프라이어는 자신의 염소수염을 손가락으로 잡아당기면서 말을 이었다.

"이곳 바랑기스 공국은 우리 파라얀 대륙에서 출발, 대충 보름 정도의 시간이 걸리는 곳에 위치해 있네. 그리고 이슬라한 대륙은 바랑기스 공국에서 일반 수송 선박으로 상품을 운송한다면 대충 한 달 정도 떨어진 위치에 있고 말일세."

"그런데요?"

"그런데 베를로니치 시에서 출발한 선박들이 이곳 레지나 섬까지는 남부국가연합의 함대들이 제해권을 완전히 장악하고 있기 때문에 안전상 그렇게 큰 문제가 없는데 반해 이슬라한 대륙 쪽으로 향하는 무역 선단은 위험에 노출되어 있다는 것이 문제의 핵심일세."

"예? 좀 자세히 설명 좀 해주시겠습니까?"

"알았네. 너무 보채지 말게나. 자세히 설명하자면 이렇다네."

그렇게 서두를 연 프라이어는 현재 바랑기스 공국과 아드리안 해의 상황에 대해서 자세히 설명하기 시작했다.

바랑기스 공국은 외부의 개입으로 인해 현재 국가적 권위가 실추되어 있다는 것은 앞서 말한 바와 같다. 이런 상황에서 바랑기스 공국과 그 주변 해역의 치안이 아직 유지되는 것은 이곳에서 무역을 하는 상인들과 그들에게 고용된 용병단의 역할이 컸다. 그런데 아드리안 해는 넓이만 해도 무려 8,700만 평방 큐빗에 달하는 대해였다. 이런 거대한 바다를 일개 국가가 관리할 수는 없는 것은 당연했고, 따라서 바랑기스 공국에서 이슬라한 대륙 사이, 즉 중간에 위치한 거대한 해역은 아무도 관리하지 않는 바다, 즉 공해가 되었다.

물론 황금 알을 낳는 무역로인 아드리안 해를 차지하기 위해 과거부터 많은 국가들이 노력을 하였지만 대부분이 실패하였고 설혹 막강한 해군력으로 아드리안 해의 무역로를 독점하던 강대국이 등장한 시기도 있었지만 이 거대한 아드리안 해를 완벽하게 관리한다는 것은 애초부터 무리였다. 그리고 그것은 에르하트가 바랑기스 공국을 방문한 성력 1891년의 상황이라고 해서 그다지 다르지 않았다.

그런데 문제는 바랑기스 공국에서부터 이슬라한 대륙으로 이어지는 공해상에서의 안전 문제였다. 자국 영역에서는 해군, 타국이나 공해상에서는 해적이 되는 것이 당연시되던 과거에 비해 많이 나아졌다고는 하나 바랑기스 공국과 이슬라한 대륙 사이의 공해상에 존재하는 해적들은 아직까지도 이 무역로를 이동하는 수많은 선박들에게 큰 위협이 되었다. 물론 콘술라도르라고 불리는 국가가 지원하는 상단 연합체의 함대들, 즉 무장한 전투함의 호위를 받는 거대 상선단이 존재하기는 했지만 언제나 그렇듯이 경쟁자를 늘리고 싶지 않아하는 상인들의 담합으로 외부인이 그 함대에 끼기 위해서는 막대한 보호비를 지불해야 했다. 따라서 콘술라도르를 운영하지 못하는 중소국가의 상인들이나 신규 사업자들은 아드리안 해에서는 제대로 된 호위를 받기 힘들었다. 그러나 탐욕은 아드리안 해에서 도사리고 있는 이러한 위협에도 불구하고 그들을 이 황금의 무역로에 발을 담그게 만들었다. 아드리안 해가 그 거대한 크기로 관리하기 힘들 듯이 해적들 역시 아드리안 해를 누비는 무역선들을 모두 약탈할 수는 없었으니까 말이다.

그리고 이렇게 콘술라도르의 호위를 받지 못하는 상인들은 자체적으로 자신들을 호위해 줄 사람을 찾기 시작했고, 수요가 있으면 공급이 있다는 경제의 기초적인 원리대로 바랑기스 공국과 남부국가연합은 그 정치적 상황과 맞물려 무역업만큼이나 용병업이 성행하게 되었다. 아드리안 해의 중앙에 위치한 바랑기스 공국에는 이런 상인들의 정보를 얻기 위해 잠입한 해적들과 그들에게서 상인을 보호하려는 용병대 간의 치열한 암투가 매일 벌어지고 있었다.

"으음, 그렇다면 이곳 비안치 거리를 누비고 있는 사람들 중에 상인이나 일반인들뿐만이 아니라 해적이나 용병대 사람들이 끼어 있겠군요. 그리고 이스카야르 양반은 그 사람들을 보고 피 냄새가 난다고 했고 말이죠."

에르하트가 프라이어의 설명을 듣고 나더니 이해한다는 듯 고개를 끄덕이면서 옆으로 보이는 보도 쪽으로 시선을 주었다.

"그렇다면 이곳 부둣가에 왜 수상기들이 많이 보이는지 이해할 수 있겠나? 그리고 항공업이 발달한 이유도 말이야."

프라이어가 웃음을 지으면서 질문을 던지자 에르하트가 고개 뒤로 두 손을 깍지 끼면서 미소를 지어 보였다.

"당연하죠. 명색이 공군 장교 출신인데. 항공기가 있다면 이 큰 바다에서도 위협을 피하는 데 큰 도움이 될 테니까요. 그리고 해적 역시 자신들의 목표물을 찾는 게 더 쉬울 테고요. 좀 아이러니하지만 말입니다.”

“그렇지.”

“그러니까 제가 남부국가연합에 온 것 아니겠습니까. 그리고 남부국
가연합에서도 바랑기스 공국은 말 그대로 용병의 천국이니까요. 그것
도 이곳에 저를 보낸 미르코 말마따나 세계에서 계약직 조종사들이 제
일 많은 곳이기도 하구요.”

“그리고 전 세계의 항공기들이 기종을 불문하고 가장 많이 모여 있
는 곳이기도 하고 말이야. 물론 파하렌이나 펜릴 같은 강대국들의 최
신예기들은 보기 힘들지만 말이야.”

프라이어가 에르하트의 말에 동의하면서 그렇게 말을 이었을 때 그
들의 귓가에 군터의 목소리가 들려왔다.

“마리오 카스톨티 항공 설계 사무소가 보입니다.”

에르하트는 앞을 가리키는 군터의 손가락을 따라 눈길을 옮겼다.

“저기 저곳에 프라이어님께서 말씀하신 신형기가 있다고요?”

에르하트가 들뜬 목소리로 입을 열었고, 프라이어의 눈에 비친 에르
하트의 표정 역시 그 목소리와 크게 다르지 않았다. 그리고 잠시 후 에
르하트 일행이 탄 마차는 마리오 카스톨티 항공 사무소 앞의 정문에
멈춰 섰다. 동시에 언제나 그렇듯 그들 중 성미가 제일 급한 사람이 먼
저 마차에서 뛰어내렸다.

“으음……..”

그리고 이것이 마리오 카스톨티 항공 설계 사무소의 정문을 열고 제
일 먼저 안으로 들어간 에르하트가 흘린 감탄사였다.

대충 건성으로 이어 붙인 낡은 슬레트 지붕 아래로 여기저기 변색된,

본래는 붉은색이었을 나무 판자로 만들어진 벽, 그리고 본 모습은 정원이었겠지만 아무리 좋게 봐줘도 잡초밭 그 이상은 아닐 것 같은 횅하니 넓은 마당. 그것이 기운차게 문을 열어젖히고 안으로 들어선 에르하트의 눈에 들어온 첫 풍경이었다.

"아니, 이게 뭡니까?"

"왜 그러나?"

에르하트는 뒤에서 들려온 프라이어의 목소리를 듣고는 앞을 가리키면서 따지듯이 말했다.

"아니, 살풍경하다 못해 당장 귀신이라도 튀어나올 것 같은 황폐한 저 흉가를 보면서도 그런 말씀이 나오십니까? 여기가 마리오 카스톨티 항공 설계 사무소 맞습니까? 잘못 온 것은 아니고요? 이곳이 상식적으로 항공기를 만드는 곳으로 보입니까?"

"흉가? 흉가라니? 여기는 엄연한 항공기 설계 사무소일세. 그런데……."

그렇게 말을 마친 프라이어는 잠시 동안 자신의 턱을 쓰다듬으면서 건물 여기저기를 살펴보더니 다시 말을 이었다.

"지금까지는 그렇게 의식하지는 못했는데 자네 말을 듣고 보니 좀 심한 것 같기는 하군. 다른 사람도 아닌 자네에게 그런 말을 들을 정도면 말이야."

"잠깐! 그건 무슨 의미이십니까?"

프라이어가 말을 마치자마자 에르하트가 언성을 높이면서 따지고 들었다. 그때 다 무너질 것만 같던 건물에서 점잖게 꾸짖는 노인의 목소리가 들려왔다.

"허허, 남의 거처를 방문했으면 조용히 들어와서 주인을 만나봐야 하거늘 누가 이렇게 예의없이 큰 소리로 떠드는 것인가?"

프라이어를 보고 있던 에르하트는 뒤에서 들려오는 목소리에 고개를 돌렸다. 그리고 자신들에게 다가오는 한 노인의 모습을 발견할 수 있었다. 상당한 장신의 노인이었다. 하얗고 길게 자란 수염과 얼굴 가득 나 있는 잔주름 사이로 보이는 맑고 파란 두 눈동자가 인상적인 노인이었다. 노인은 못마땅한 표정을 지으면서 다가오다가 곧 에르하트 옆에 서 있는 프라이어를 발견하더니 반가운 표정을 지어 보였다. 그리고 느릿하게 걷던 아까 전과는 다르게 바쁜 걸음으로 다가오기 시작했다.

"아니, 이게 누구신가? 프라이어 후작 아니시오? 어서 오시오."

"하하! 반갑습니다, 카스톨티 박사님."

그렇게 두 사람은 서로에게 반갑게 인사말을 나누었다. 그리고 프라이어 후작과 악수를 나눈 카스톨티는 프라이어의 어깨에 손을 올리면서 다시 말을 이었다.

"연락은 보냈지만 신성 폴센 제국에게 쫓긴다는 소식을 들어서 이곳으로는 한동안 못 오실 줄 알았는데……."

"하하, 제가 누굽니까? 매드 사이언티스트라고 불리는 마이스터 프라이어입니다. 내일 당장 죽어도 신형기가 완성되었다는데 어떻게 오지 않을 수가 있겠습니까?"

"허허, 대단하십니다. 역시 대륙제일의 항공기 설계가다운 말씀이십니다."

"뭐, 대단하기는요. 대단한 건 카스톨티 박사님이십니다. 제가 쫓겨

다니느라 대충 구상도 수준의 설계도만 보내 드렸는데 신형기를 이렇게 빨리 완성하시다니 감탄스러울 뿐입니다. 여기 이렇게 카스톨티 박사님이 계시는데 제가 어찌 대륙제일의 항공기 설계자가 될 수 있겠습니까?"

"허허, 프라이어님에게 그런 말씀을 들으니 이렇게 나이를 먹었는데도 부끄러워서 몸 둘 바를 모르겠군요. 그런데……."

말을 마친 카스톨티가 옆에서 어색한 표정으로 서 있는 에르하트와 이스카야르를 번갈아가면서 쳐다보더니 프라이어에게 질문을 던졌다.

"여기 있는 두 사람은 누굽니까? 저기 있는 군터 군이야 잘 알지만 말입니다. 처음 보는 분들이군요."

"아차, 내 정신 좀 보게. 반가운 마음에 미처 두 사람을 소개드리지 못했군요."

프라이어는 자신의 이마를 치더니 고개를 돌려 에르하트와 이스카야르를 보고는 카스톨티에게 한 사람씩 소개하기 시작했다.

"이쪽 갈색 머리를 하고 다부지게 생긴 청년은 크리스티안 폰 에르하트 남작이라고 그뤼네발트의 영주입니다. 그리고 이쪽 검은 머리를 한 청년은 이스카야르 이슬란 운터바움이라는 사람입니다. 여기 있는 에르하트 영주의 호위를 맡고 있지요."

카스톨티는 프라이어의 소개말을 들으면서 에르하트와 이스카야르를 번갈아가면서 살펴보다가 에르하트를 가리키면서 다시 질문을 던졌다.

"크리스티안 폰 에르하트 남작이라고요? 혹시 서부통합전쟁에서 '사신의 칼날' 이라던가 '붉은 18번기' 라는 별명으로 불린 그 에르하트는 아니겠지요?"

"왜 아니겠습니까? 바로 그 에르하트가 맞습니다. 저를 만나러 왔다가 신형기가 있다는 소리를 듣더니 이렇게 이곳까지 따라나섰지요. 하하하!"

"허허!"

카스톨티는 프라이어의 대답을 듣고는 헛웃음을 짓더니 에르하트를 다시 한 번 유심히 살펴보다가 손을 내밀어 악수를 청하면서 말했다.

"만나서 반갑네. 나는 마리오 카스톨티라고 하네. 세계제일의 조종사로 불리는 자네가 이렇게 먼 곳까지 올 줄이야……."

"아닙니다. 프라이어님께서 극찬하시는 카스톨티 박사님을 이렇게 만나다니 영광입니다."

그전까지 불평 불만을 늘어놓던 에르하트가 돌변한 태도로 겸양의 말을 건네자 카스톨티는 미소를 지으면서 말했다.

"허허, 프라이어 후작이 나에 관해 너무 과찬을 한 모양이군. 신형기를 보러 오셨다고? 내 얼른 보여줄 테니 잠시만 기다리게."

에르하트에게 농을 건넨 카스톨티는 이번엔 옆에 서 있는 이스카야르와 인사를 나누고 나서 무표정한 얼굴의 그를 다시 한 번 유심히 살펴보더니 이채를 띠면서 말했다.

"오늘은 귀한 분들을 만나는 날인가 보군요. 프라이어 후작님과 세계제일의 조종사인 에르하트 남작만 해도 대단한 인물들인데 운터바움이라는 청년도 젊은 나이에 소드 마스터의 경지에 이른 검사라니……. 허허!"

"별말씀을 다 하십니다. 하하!"

웃음을 짓고 있던 카스톨티는 곧 자신이 나온 건물 쪽을 가리키면서 말했다.

"아니, 이런. 이렇게 귀한 분들이 오셨는데 아직까지 밖에다 세워두다니 제 불찰입니다. 어서 안으로 드시지요. 차라도 한 잔 마시고 이야기를 나눕시다."

말을 마친 카스톨티는 프라이어와 뭔가 이야기를 나누며 다 무너져 가는 건물을 향해 천천히 걸어가기 시작했다.

정답게 이야기를 나누면서 앞에서 걸어가고 있는 두 노인을 살펴보던 에르하트는 뒤에서 걸어오는 이스카야르에게 시선을 돌리더니 대뜸 그를 불렀다.

"여봐요, 이스카야르 씨!"

"왜 그러십니까, 에르하트 남작?"

난데없이 자신을 부르는 에르하트에게 가벼운 의문을 느낀 이스카야르가 말했다.

"혹시 말입니다. 아까 카스톨티 박사님에게 살기라든지 혹은 오러 같은 것을 흘려보냈습니까?"

에르하트가 의심을 가득 품은 눈초리를 보내면서 질문을 해오자 이스카야르는 어이없다는 듯 헛웃음을 지으면서 대꾸했다.

"난데없이 왜 그런 질문을 하는 겁니까? 제가 무슨 뒷골목 건달입니까?"

"잉? 그럼 아니란 말입니까? 그러면 어떻게 카스톨티 박사님이 댁이 소드 마스터라는 사실을 아는 겁니까?"

에르하트는 카스톨티 박사가 이스카야르의 실력을 단번에 알아채자 그렇게 의문을 표시하였다. 그때 뒤에서 둘의 대화를 듣고 있던 군터가 웃음을 지으면서 말했다.

"기운을 감춘 소드 마스터 급 검사의 실력을 알아낼 사람은 같은 소드 마스터 급의 실력자밖에 없지요."

"엥? 그럼 저기 저 카스톨티 박사님이 소드 마스터라는 이야기입니까?"

에르하트가 놀란 표정으로 질문을 해오자 군터는 천천히 고개를 가로젓더니 말했다.

"그것은 아닙니다."

"그럼?"

군터는 에르하트가 되묻자 건물 안으로 들어가는 두 노인을 눈짓으로 가리키더니 싱글벙글 웃으면서 말했다.

"들어가 보시면 압니다."

수수께끼 같은 군터의 말을 들은 에르하트는 언제나와 같이 왕성한 호기심을 이기지 못하고 바쁜 걸음으로 두 노인이 이제 막 들어간 허름한 창고 같은 낡은 건물 안으로 따라 들어갔다. 그리고 어두운 건물 안에 들어섰을 때 에르하트의 귓가에 카스톨티 박사의 목소리가 들려왔다.

"라이트!"

카스톨티의 말이 끝나고 난 잠시 후 어두운 창고 안 곳곳에서 에르하트가 그전까지 보아왔던 전등이나 촛불 같은 그런 빛과는 차원이 다른 신비롭고 아름다운 빛이 나타나기 시작했다. 그리고 처음 보는 신비한 광경을 입을 벌린 채 지켜보고 있는 에르하트에게 뒤이어 들어온 군터가 말했다.

"카스톨티 박사님은 마법사이십니다. 그것도 고위 서클의 마법사
요."

마리오 카스톨티 박사는 발렌슈타인 제국의 마이스터 프라이어 후
작과 쌍벽을 이루는 뛰어난 항공기 설계가이자 마법사였다. 얼핏 생각
하면 총포와 기계 문명이 사회를 이끌고 있는 이 시대에 마법사라는
존재가 불필요하게 느껴질 수도 있었지만 마법사는 마법사였다. 비록
전장에서 마법사들의 역할이 거의 불필요해졌다고는 하지만 그들이 지
닌 마나의 힘은 국가적으로 볼 때는 여전히 유용한 자원이었다.

대표적인 예로 순식간에 긴급한 물자나 사람들을 이동시킬 수 있는
텔레포트 마법이나 거리가 어디든지 간에 바로 연락을 취할 수 있는
통신 마법 같은 경우에는 전파와 운송 수단이 발달한 작금에 이르러서
도 어떠한 수단보다도 우월한 것이었다. 비록 과거 기사의 검과 병사
들의 창이 전장을 지배하던 중세 시대 때와 같이 마법사들이 전쟁에
미친 그 막대한 영향력을 더 이상 볼 수는 없었지만 마법사들은 아직
도 사회 전반에 걸쳐 영향을 끼칠 수 있는 막강한 힘을 가지고 있었다.

특히 마법사의 한 부류인 인첸터, 즉 아이템에 마법을 전문적으로
적용시키는 마법사들의 가치는 현재에 이르러서도 엄청나다고 할 수
있었다. 물론 검술의 경지가 극에 달한 소드 마스터만큼이나 일반인들
이 감히 바라볼 수도 없을 정도로 하늘이 내린 재능과 뼈를 깎는 철저
한 인고의 수련 과정을 거치면서 탄생한 이러한 마법사들도 시대의 흐
름을 역행할 수는 없어서 예전과 같이 막강한 공격 마법을 이용, 전장

을 호령하거나 국왕의 조언자나 전선의 참모로서 화려하게 중앙 정계
에서 두각을 나타낼 수는 없었지만 말이다.

  그런 의미에서 볼 때 마리오 카스톨티 박사는 특이한 이력을 가진
인물이었다. 그는 인첸트 마법이나 보조 마법에 치중하는 다른 마법
학파와는 달리 마법 학파 중에서도 제일 보수적인 것으로 정평이 난
콜로씨니 학파 출신의 마법사였다. 약 500년 전의 대마법사 에밀리오
델 콜로씨니가 주창해서 만들어진 콜로씨니 학파는 정통 마법 수련을
강조하는 학파였다.
  본래 마법사는 사색과 실험을 통해 자연을 연구해야 하며 그 과정에
서 밝혀진 원초적인 대자연의 힘, 즉 마나를 연결 고리로 하여 인간과
자연을 하나로 연결하기 위한 존재라고 역설한 콜로씨니는 마법의 세
속화를 막으려고 평생을 바친 인물이었다. 따라서 그가 만든 콜로씨니
학파는 다른 학파와는 다르게 마법의 실용성을 연구하기보다는 자연의
본질, 즉 마나에 대한 연구를 중시하는 학파였고, 따라서 콜로씨니 학
파의 마법사들은 다른 학파의 다른 어떠한 마법사들보다도 마법 그 자
체에 대한 이해가 깊었다. 그런 콜로씨니 학파의 인물 중 가장 고위 서
클의 마법사이자 콜로씨니 학파를 관리하는 수장이 바로 갑작스러운
마법의 발현에 어리둥절해하는 에르하트 앞에서 사람 좋은 미소를 짓
고 있는 마리오 카스톨티 박사였던 것이다.
  "뭘 그렇게 놀라나, 에르하트 남작?"
  카스톨티가 말했다.
  "아닙니다. 처음 보는 광경이라 대단히 신기해서요. 아무것도 없는

것 같은데 갑자기 공간에서 조그마한 빛 같은 것들이 모여들더니 이렇게 아름다운 빛 덩어리들로 변하다니……. 대단하군요. 이게 바로 마법입니까?"

신기한 것을 발견한 어린아이와 같은 눈빛을 하고 에르하트는 카스톨티를 바라보았다.

"뭐, 그렇게 대단한 것은 아니네. 마나의 바다에 조금만 발을 담가도 바로 쓸 수 있는 하위 마법인 것을."

물론 이 말은 카스톨티의 겸양이었다. 라이트 마법 정도는 대충 1서클의 마법사만 되어도 쓸 수 있는 마법이었지만 카스톨티의 라이트 마법은 그런 마법사들이 만들어내는 빛과는 차원이 달랐다. 하지만 그것은 카스톨티의 실수였다.

"그럼… 마법이라는 것, 저도 배울 수 있는 겁니까? 조금만 배워도 저런 아름다운 빛을 제가 만들 수 있다는 것처럼 들리는데요?"

에르하트에게 겸양의 말 따위는 통하지 않았던 것이다. 식은땀을 흘리면서 무슨 말을 해야 할지 갈피를 못 잡고 있는 카스톨티는 눈에 보이지 않는지 에르하트가 낡은 건물 안을 부유하고 있는 아름다운 빛무리에게 시선을 주고서 마법을 익혀보리라 다짐하고 있을 때 그의 단단한 결심에 매서운 해머질을 가하는 인물들이 있었으니 바로 프라이어와 이스카야르였다.

"언감생심 꿈도 꾸지 말게나."

"절대로 무리입니다!"

"이익! 남이 뭐 좀 하려고 하면 꼭 뒤에서 저렇게 딴죽을 거는 인물들이 있다니까! 뭐가 안 된다는 겁니까?"

에르하트가 프라이어와 이스카야르에게 성을 내자 프라이어는 한숨을 폭 내쉬더니 눈을 가늘게 뜨면서 에르하트에게 말했다.

"자자, 크리스 군. 이리 와보게."

에르하트를 불러들인 프라이어는 근처에 떨어져 있는 긴 파이프를 집어 들더니 흙 바닥에 그림을 그리기 시작했다.

"그냥 놔두면 또 이상한 것에 홀릴까 봐 걱정되는 마음에 자세히 설명해 주겠네. 나도 잘 모르겠지만 이 세상을 살아가는 모든 동물에게는 생각의 차원이라는 것이 있네. 일단 마법사를 기준으로 하지. 그들이 바라보는 세상의 눈은 일반인들과는 아주 다르다네. 우리 같은 평범함 사람들이 세상을 보는 시각은 일반적으로 이렇게 평면적일 뿐이지. 한마디로 보이는 것에 그대로 휘둘린다는 소리지. 그런데 마법사들이나 일반적으로 천재들, 특히 위대한이라는 수식이 붙어서 불리는 사람들은 같은 사물을 보더라도 우리같이 평면적, 즉 외부적인 것만 보지 않네."

"예?"

"한마디로 말하자면 뛰어난 마법사가 되려면 사물의 외면만이 아니라 내면, 아니, 본질까지 간파할 수 있을 정도로 일반 사람들과는 차원이 다른 사고의 깊이를 지니고 있어야 한다는 말이지."

"그런데요?"

에르하트가 쪼그려 앉은 채로 프라이어가 그리는 도형과 그림들을 보고 있다가 눈을 말똥말똥하게 뜨면서 말했다. 그리고 그런 에르하트의 시선을 받은 프라이어는 졌다는 듯이 한숨을 폭 쉬고는 들고 있던 파이프를 내던지더니 그대로 주저앉아 에르하트의 눈을 뚫어지게 쳐다보면서 말했다.

"자네, 마법에 대해 좀 아나?"

"아니요!"

"자네, 수학이나 과학 같은 것을 공부한 적은 있나?"

"젬병입니다!"

"자네, 다른 사람들한테 머리 좋다는 소리는 들어봤나?"

"아니요!"

"자신의 사고 능력이 일반적인 사람들을 능가한다고 생각하나?"

"저도 제 주제는 압니다!"

"자네는 자신이 어떤 사람이라고 생각하나?"

"잘생겼지만 삶에 찌들어서 이 나이 될 때까지 연애 한 번 못해본 불행한 쾌남!"

콧김을 내뿜으면서 씩씩하게 대답한 에르하트의 대답을 마지막으로 프라이어는 질문을 마쳤다. 그리고 말했다.

"야, 이 자식아! 대체 뭘 믿고 마법을 배우겠다는 거야?"

프라이어가 벼락같이 달려들어서 자신의 목을 움켜잡자 에르하트는 고함을 지르면서 뒤로 몸을 날렸다.

"이익! 안 해보고는 모르잖아요!"

그렇게 두 사람이 고함을 질러가며 땅바닥을 뒹굴고 있는 모습을 지켜보면서 이런 사태를 야기한 주인공인 카스톨티가 자신의 감상을 내놓았다.

"아무래도 겸양이라는 것은 상대에 대한 염두가 필요한 것 같구먼."

"맞습니다. 카스톨티님이 잘못하신 겁니다. 같은 말도 사람을 봐가면서 해야 하는 것이죠."

옆에 있던 이스카야르가 대답했다.

그리고 자신을 모르는 한 호기심 많은 남자가 야기한 이 소동은 이스카야르와 군터가 각각 자신이 돌봐야 할 인물들을 떼어놓을 때까지 계속되었다.

"그런데 신형기는 안 보시려는 겁니까?"

다툼이 끝난 후에도 에르하트와 프라이어가 분이 안 풀리는 듯 서로를 노려보면서 험악한 광경을 연출하자 역시나 현명한 대마법사 카스톨티가 곧바로 해결책을 내놓았다.

"물론 봐야지요!"

"당연히 봐야지요!"

두 사람이 거의 동시에 대답하자 그 모습을 본 카스톨티는 미소를 지으면서 한쪽을 가리켰다.

"저쪽입니다. 가시지요."

카스톨티의 안내에 따라 에르하트와 프라이어가 기대감으로 부푼 가슴을 안고 건물 한편으로 향했을 때 그들의 눈에 보인 것은 차양망이 입혀진 신형 전투기의 거대한 실루엣이었다. 카스톨티의 흐뭇한 눈빛을 받아가면서 에르하트와 프라이어는 천천히 차양망의 한쪽 끝을 잡고 천천히 잡아당기기 시작했고, 그와 함께 감춰져 있던 전투기의 유려한 곡선이 그들의 시야에 잡히기 시작했다.

"대단합니다! 대단히 아름답군요! 그리고 거대하고! 이게 정말로 전투기 맞습니까?"

　에르하트가 완전히 드러난 전투기의 모습을 보자마자 감탄의 탄성을 터뜨렸다. 아직 도색을 하지 않아 전체가 은빛으로 빛나는 그 기체는 에르하트가 보아온 그 어떤 전투기보다도 아름답고 독특했으며 거대했다.

　"제식명 FM—1, 전장 12.4파섹, 전폭 9.2파섹, 전고 4.2파섹, 자체 중량 2,320KG, 최대 중량 3,200KG에 무장으로는 MG FF 20세밀 기관포 네 문이 기수에 장착되어 있네. 각 기관포당 장탄 수는 900발로 장탄 양으로나 화력으로나 지금까지 나온 어떤 기체보다도 우수한 공격 능력을 지녔다네. 또한 동체 하단에 1,000kg급 폭탄을 장비할 수 있으니까 폭격 능력도 급강하 폭격기만큼이나 유래를 찾을 수 없는 뛰어난 전투기네. 한마디로 무적의 만능 기체이지."

　"대단하군요. 그런데 주익이나 캐노피를 비롯해서 기체의 모양이 아주 독특하군요."

　에르하트의 말대로 FM—1 전투기는 그 거대한 동체만큼이나 독특한 외관을 지니고 있었다. 주익과 미익을 가지고 있는 지금까지의 전투기와는 달리 이 신형 전투기는 주익과 보조익의 위치가 정반대였던 것이다. 지금까지 많은 전투기들이 보조익을 후방, 즉 기체 뒷부분에 설치했었다면 이 전투기는 작은 보조익이 전방에, 거대한 삼각형의 주익이 후방에 달려 있었다. 우아한 곡선을 지닌 전방의 보조익과 날카로운 삼각형의 주익은 강렬하면서도 우아한 아름다움을 에르하트에게 자랑하고 있었다. 또한 다른 전투기들이 전폭이나 전장의 길이가 9파섹에서 10파섹 사이를 유지하고 전고가 4파섹을 넘지 못한다는 사실을 생각한다면 이 신형기의 거대한 덩치를 짐작할 수 있었다. 거기다

다른 기체와 비교를 불허하는 2,320kg의 무시무시한 자체 중량은 이 전투기의 방호 능력이 얼마나 뛰어난 것인지를 간접적으로 잘 설명해 주고 있었다.

"지금까지 제국군이 운용한 Fe—121기나 K—20 전투기가 새미 버블식의 캐노피를 가지고 있었다면 이 녀석은 조종사의 후방 시야를 극대화시킨 버블식 캐노피가 설치되어 있지. 물론 방호 능력 부분에서야 다른 방식의 캐노피보다 떨어질지도 모르겠지만 이 기체를 몰고 캐노피에 적탄이 날아오도록 허락하는 조종사 따위, 홍, 지옥이나 가버리라지!"

역시나 매드 사이언티스트라는 별명을 가진 사람답게 프라이어는 특유의 과격하고 무식한 언사로 기체 소개에 대한 마무리를 지었다. 그리고 신형기 이곳저곳을 분주히 돌아다니면서 기체 상태를 살피고 있던 에르하트가 프라이어의 말이 끝나자 다시 질문을 던졌다.

"그런데 기수를 보니까 엔진데크를 설치하기가 힘들 것 같은데요."

에르하트의 말대로였다. FM—1의 기수는 날카롭게 길게 뻗어 있었고 그 기다란 기수에는 20세밀 기관포 네 문이 설치되어 있어서 다른 기체들같이 엔진을 전방에 설치하기는 힘들어 보였다.

"물론이네. 이 신형기는 전방에 엔진을 설치하지 않네. 이 기체는 엔진을 후방에 설치하고 있지. 기체의 특성상 기동력을 강화하기 위해서는 후방에 설치하는 게 더 낫다는 결론을 내렸거든. 거기다 엔진이 후방에 설치되어서 무장을 가장 확실한 자리인 기수 부분에 집중시킬 수 있었네. 거기다 기수에 설치된 기총에서 발사된 탄환이 프로펠러와 충돌하는 것을 피하기 위해 설치한 싱크로나이제이션 시스템 때문에 분당 발사 속도가 감소하는 다른 기체들과는 달리 이 기체는 엔진이 후방에 설치되어 있어서 기총의 연사 속도를 그대로 살릴 수 있지. 거기다가 커다란 주익으로 인해 하방 시계를 확보하는 데 어려움을 겪는 다른 기체에 비해 주익이 후방에 위치해 있어서 시계를 확보하는 데 유리하다는 장점이 있네.”

카스톨티가 웃으면서 에르하트의 궁금증을 풀어주었다.

“대단하군요. 그러면 이 신형기의 최대 항속 거리와 최대 속도, 그리고 최고 상승 고도는 얼마나 되지요? 이 멋진 녀석이 얼마만큼의 능력을 지녔는지 궁금해 미칠 지경입니다.”

이 신형기는 에르하트의 막연했던 기대를 초월하는 엄청난 녀석이었다. 카스톨티와 프라이어에게 이 멋진 녀석에 대한 설명을 들으면 들을수록 에르하트는 자신이 탐욕의 불꽃에 점점 휩싸여 간다는 것을 느낄 수 있었다. 거기에 더해 조금이라도 더 이 기체에 대해 자세히 알고 싶었고, 이 녀석과 함께 하늘로 날아올라 그 한계를 시험해 보고 싶은 거침없이 타오르는 맹렬한 욕망에 시달렸다.

“그게 말이지, 그것은 나도 잘 모르겠네.”

“예? 그것이 무슨 말씀이십니까? 이 녀석을 만드셨는데도 잘 모르시다니요? 그게 무슨 말씀이십니까?”

이리저리 분주히 돌아다니면서 기체 곳곳을 살펴보고 있던 에르하트가 어느새 캐노피를 열고 조종석 안을 들여다보고 있다가 카스톨티의 자신없는 대답을 듣고는 고개를 돌려 반문했다.

“그게 말이지, 알다시피 이 기체는 거대한 덩치와 함께 엄청난 자체 중량을 지니고 있네. 그런데 이 기체의 능력을 완벽하게 살려줄 수 있는 엔진을 이곳 바랑기스 공국, 아니, 남부국가연합에서는 구하기 힘들다네."

"예? 도대체 이해가 되지 않는군요. 남부국가연합은 우리 발렌슈타인 제국만큼이나 항공 산업이 발달한 곳이라고 프라이어님에게 들었는데요. 거기다가 이곳은 전 세계 항공기들이 모여 있는 바랑기스 공국입니다. 그런데 엔진을 구하기 힘들다니요."

캐노피에서 뛰어내린 에르하트가 그렇게 의문을 표시하면서 카스톨티에게 다가왔을 때 카스톨티 옆에 서 있던 프라이어가 그를 대신해 대답했다.

"내가 말한 대로 이곳 바랑기스 공국을 비롯해서 남부국가연합의 항공 산업의 기술력은 우리 제국에 뒤지지 않네. 그런데⋯⋯."

"그런데요?"

"이곳의 항공기들은 대부분 외국의 제품을 그냥 들여와서 설치하던가, 아니면 이곳의 대표적인 엔진 회사인 라파엘 사의 엔진을 사용하는데 문제는 카스톨티 박사와 내가 완성한 이 신형기가 수냉식 엔진을 사용한다는 것이네."

"수냉식 엔진을 사용하는 게 어째서 문제가 되는 겁니까? 전투기를 비롯해서 많은 항공기들이 수냉식 엔진을 사용하고 있지 않습니까?"

"자네 공냉식 엔진과 수냉식 엔진의 차이를 알겠나? 그걸 이해한다면 어째서 이곳에서 저 전투기에 달 엔진을 구하지 못하는지 대충 알 것 같은데⋯⋯."

프라이어는 그렇게 말꼬리를 흐리면서 에르하트의 답변을 기다렸고, 프라이어가 던진 말의 의미를 파악하기 위해 잠시 동안 고심하던 에르하트는 순간 어이없다는 표정을 지으면서 입을 열었다.

"설마 이곳에서는 쓸 만한 수냉식 엔진을 구하기 힘들다는 말입니까? 남부국가연합에서 생산하는 항공기용 엔진의 대부분이 공냉식 엔진이라는 말은 아니겠지요?"

스스로도 말이 안 된다고 생각하면서도 에르하트는 자신의 의견에 대한 가부를 듣기 위해 두 항공기 마이스터들을 번갈아 쳐다보았고, 그들은 고개를 끄덕였다.

"사실이네."

"헉!"

그랬다. 남부국가연합에서는 공냉식 성형 엔진을 주로 생산했던 것이다.

공냉식 엔진과 수냉식 엔진은 당대의 항공기 엔진을 양분하고 있는 엔진들이었다. 공냉식 엔진이 냉각핀을 이용, 공기를 빨아들여 엔진의 과열을 막는 방식으로 만들어진 데 반해 수냉식 엔진은 냉각수를 이용, 실린더 사이의 벽을 돌면서 엔진의 과열을 막는 방식으로 만들어졌다. 그런데 이 두 엔진은 그 기계적 특성으로 인해 그것을 탑재하는 항공기 자체의 설계에 큰 영향을 주었다. 공냉식 엔진은 간단한 구조로 인해 신뢰성이 높고 정비가 용이하며 전투 손상에 강하다는 장점이 있는 반면 냉각을 위한 라디에이터가 공기가 들어오는 전면에 위치하고 그 크기가 커야 했으므로 항공 역학적으로 볼 때 수냉식 엔진에 비해 불리하다는 단점을 지니고 있었다.

반대로 수냉식 엔진은 라디에이터를 분리할 수 있어서 엔진의 크기를 줄일 수 있었기에 항공 역학적으로 우수한 기체를 생산할 수 있었던 반면 복잡한 구조로 인해 전투 손상에 취약하고 정비가 공냉식에 비해 용이하지 않다는 단점을 지니고 있었다. 또한 수냉식 엔진은 당대 엔진 기술의 총화로서 각 국가의 핵심 기술이 총집약된 엔진이었다.

그리고 그것이 남부국가연합 곳곳에 항공기 엔진을 공급하고 있던 라파엘 사가 공냉식 엔진에 자신의 기술력을 집중하도록 만들었다. 엔진 산업은 자동차 산업을 모태로 그 엔진 기술의 발달로 인해 폭발적으로 발전했다. 따라서 자동차에 뒤이어 개발된 항공기의 수냉식 엔진 기술 역시 이러한 자동차에 탑재할 소형 수냉식 엔진 기술의 발달 정도에 따라 비례하였다는 것은 지극히 당연한 사실이었다. 이런 관점에서 볼 때 남부국가연합의 수냉식 엔진 기술이 대륙의 다른 국가들에 비해 뒤처진 것은 어쩌면 당연한 일이었다.

남부국가연합은 대륙 남부의 수십 개의 국가와 도시들이 모여 이루어진 연합체였고 많은 지역이 산지로 이루어진 곳이었다. 따라서 하나로 통일된 국가에 비해 각 지역의 교류가 적었다. 그것은 다른 국가들이 도로망을 확충, 자동차 산업을 발달시키기 위해 총력을 기울이고 있을 때 남부국가연합을 그 경쟁에서 뒤처지게 한 원인이 되었다.

또한 아드리안 해를 터전으로 발전한 남부국가연합의 도시들은 항공기를 도입, 발전시키는 와중에도 해상에서 유용하게 쓸 수 있는 엔진을 선호하고 있었다. 자동차 산업의 발달로 유능한 정비 기술자들을 많이 보유하고 있던 발렌슈타인 제국이나 엘링턴 왕국에 비해 남부국가연합은 우수한 정비 기술자의 숫자가 적었다. 수상기를 중심으로 항공 산업이 발달한 대륙 남부 국가들의 입김은 라파엘 사가 공냉식 엔진에 자신의 역량을 집중 투입하게 만든 원인이었는데 이 남부 국가들이야말로 대륙 간 무역을 통해 남부국가연합의 경제를 이끌고 있었기 때문이다.

수상기를 물자나 여객 수송에 이용하고 배에 탑재해서 호위나 정찰 등의 임무에 투입한 그들의 입장에서 보면 정비가 어렵고 생산이 까다로운 수냉식 엔진보다는 단가도 싸고 정비하기도 편한 공냉식 엔진이 그들의 입맛에 맞았던 것이다. 또한 라파엘 사의 공냉식 엔진은 그 우수한 설계로 인해 극도의 고고도만 아니면 수냉식 엔진에 비해 그 능력이 그렇게 떨어지지도 않았다. 따라서 남부국가연합 대부분의 항공기들은 공냉식 엔진을 차용한 기체들이 대부분이었고, 간혹 중소 항공업체들이 생산하는 수냉식 엔진 항공기가 있더라도 그 기체들은 군용보다는 민간용으로 생산되었기에 고성능의 수냉식 엔진을 필요로 하지 않았다.

하지만 카스톨티와 프라이어가 공동으로 개발한 FM—1 전투기는 달랐다. 이 기체에 수냉식 엔진은 선택이 아닌 필수였던 것이다. 일단 후방에 위치한 엔진은 공냉식 엔진 자체의 탑재를 불가능하게 하였고 항공 역학적으로도 수냉식을 기준으로 만들어진 기체였다. 또한 이 거대한 기체를 제대로 날게 하려면 강력한 출력을 자랑하는 고성능 수냉식 엔진은 필요불가결한 것이었다.

"한마디로 심장이 달려 있지 않은 상태, 즉 시체나 마찬가지라는 말입니까?"

에르하트가 은빛의 기체를 쓰다듬으면서 안타까운 표정으로 말했다.

"그렇다네. 일단 어떻게든 이곳에서 엔진을 구해보려고 했지만 알다시피 고성능 수냉식 엔진은 각 국가들이 사활을 기울여서 만드는 엔진이라 구하기가 힘들더군. 뭐, 자네 나라에서 생산하는 1,500마력급 DMEW—200 엔진조차도 구하기 힘든 것이 사실이니까 말이야. 물론 1,500마력 급 엔진으로는 이 기체를 제대로 날리기 힘들지만 말이야."

대답하는 카스톨티의 표정 역시 에르하트와 그다지 다르지 않았다. 그것은 프라이어도 마찬가지였다.

"뭐, 이렇게 고민한다고 별 뾰족한 수가 나오는 것도 아니고 이렇게 카스톨티 박사도 만났으니 의논을 좀 해보는 것이 어떻겠나, 크리스 군?"

뜬금없는 프라이어의 말에 인상을 쓰면서 안타까운 눈으로 신형기를 바라보고 있던 에르하트가 고개를 돌렸다.

"예? 의논이라니요?"

에르하트가 질문을 던져 오자 프라이어는 고개를 흔들더니 살짝 미소 띤 얼굴을 하면서 입을 열었다.

"자네, 저 전투기에 아주 푹 빠졌구먼. 애초에 자네가 남부국가연합에 온 이유가 뭔가?"

"그야… 공군을 편성할 조종사하고 항공기를 구하기 위해서……. 아!"

"이제 생각이 났나?"

에르하트가 그제야 자신의 본래 목적을 깨닫자 프라이어는 머리를 긁적이고 있는 젊은 영주에게 웃음을 지어 보였다.

"천생 조종사로군, 자네는. 여기 있는 카스톨티 박사는 항공기 설계자이기도 하지만 마리오 카스톨티 항공 설계 사무소를 운영하고 있는 항공 회사의 책임자이기도 하네. 카스톨티 박사님이 설계한 전투기들 중에는 우리 제국 공군이 운용하는 파하렌이나 포켈야거에 뒤지지 않는 전투기들이 꽤 있다네. 한번 여쭤보게나."

"예?"

프라이어의 권유를 듣고 고개를 이리저리 돌리면서 건물 내부를 둘러보던 에르하트가 말했다.

"아무리 봐도 이 녀석 말고는 아무것도 안 보이는데요? 그리고 제가 필요한 항공기는 한두 대가 아닙니다. 직원도 안 보이는 이런 곳에서 어떻게 구한다는 말입니까?"

"허허, 자네, 뭔가 오해를 하고 있군."

"오해라니요?"

카스톨티의 말에 에르하트가 대꾸했다.

"이곳은 마리오 카스톨티 설계 사무소 지부이지 마리오 카스톨티 항공사가 아니네. 뭐, 지부라고 하기도 미안할 정도지만 말이야. 이곳은 공식적으로는 철수한 곳이거든. 비공식적으로는 이렇게 내가 비밀리에 항공기를 개발하는 곳이고 말이야."

"예? 그렇다면 다른 곳에 전투기들이 있다는 말씀이십니까?"

"나는 이곳 바랑기스 공국인이 아니라 사보이 공국 사람이네. 당연히 내 회사도 그곳에 있지. 공식적으로 나는 마리오 카스톨티 항공사의 대표와 콜로씨니 학파의 수장이자 사보이 왕국의 궁정 마법사를 역임하고 있네. 게다가 이 FM—1 전투기는 양산하기는 아주 힘든 기체일세. 양산하려면 최소한 몇 년의 준비 기간이 필요하지. 그리고 양산형들이 이 프로토 타입 기체를 따라가기는 힘들고 말이야."

"잉? 이 기체를 앞으로 양산될 다른 기체들이 따라가기 힘들다는 것은 무슨 말이신지요?"

에르하트가 카스톨티의 말에 그렇게 의문을 표시하자 카스톨티가 웃으면서 대답했다.

"그것은 아직 완성이 안 됐으니 지금 말하기는 그렇군. 실패할지 성공할지 나도 장담 못하겠으니까 말이야."

카스톨티가 말을 마치고 자신을 바라보면서 미소 짓자 에르하트는 궁금증을 못 이기고 말했다.

"아아, 그냥 속 시원하게 말해 주시죠! 비밀을 알고 싶어요!"

눈망울을 초롱초롱 빛내면서 달라붙는 에르하트의 모습에 뭔가 질린 표정을 지으면서 카스톨티가 뒤로 물러서려 할 때 옆에서 그 모습을 보고 있던 프라이어가 버럭 고함을 질렀다.

"야, 이놈아! 징그럽게 달라붙지 말고 떨어져라! 카스톨티 박사님이 너같이 막돼먹은 사람인 줄 아냐? 박사님이 나중에 이야기한다고 한다면 그만한 이유가 있는 것을 그새를 못 참고 또 엉겨 붙네! 다시 말하지만 발렌슈타인 제국에서 항공기 지원을 못해주는 네놈한테 급한 것은 저기 저 신형기가 아니라 카스톨티 박사님의 전투기들이다!"

"으윽!"

프라이어의 기세에 놀란 에르하트가 몸을 뒤로하고 도망치려는 모습을 취했을 때 카스톨티가 입을 열었다.

"일단 이리 오시지요. 마침 이곳에 우리 항공사에서 새로 생산하기 시작한 전투기의 설계도와 시제기가 한 대 있습니다."

"이것입니다."

카스톨티가 서류 보관함에서 꺼내온 설계도를 가운데 놓인 탁자 위에 깔아놓았다. 그리고 전등 아래로 보이는 그 설계도를 향해 에르하트와 프라이어는 물론 군터와 이스카야르가 시선을 집중시켰다.

"이것이 제가 최근에 개발한 전투기인 MC—55 '센타우로' 전투기입니다. 라파엘 사에서 개발한 RA150 RC58 1,400마력 수냉식 엔진을 장비하고 최대 속도 620큐빗, 최대 상승 고도 12,000파섹을 지닌 전투기지요. 무장은 15세밀 기관포 네 문을 주익에 장비하고 기수 부분에 12세밀 기관포 두 문을 장착하고 있습니다. 최대 항속 거리는 약 800큐빗 정도 됩니다."

에르하트와 프라이어는 설계도를 유심히 살펴보았다.

"무장은 훌륭한데 최신예기치고는 엔진 출력이나 속도가 좀 느리군요."

에르하트의 지적에 카스톨티가 흐릿한 미소를 띠면서 대답했다.

"라파엘 사는 아까도 말했다시피 공냉식 엔진을 주로 개발하네. 솔직히 말하자면 이 1,400마력 급 엔진도 간신히 개발된 것이네. 우리 남부국가연합의 기술력으로는 이 이상의 엔진을 개발한다는 것은 현재로서는 무리네."

"으음, 그런데 이 설계도를 보면 엔진 크기에 비해 기수 부분의 공간이 약간 넓은 것 같은데요?"

"바로 보았네. 솔직히 말하자면 이 전투기는 밖에 있는 FM—1전투기를 제외한다면 내가 지금까지 쌓아온 모든 노하우가 집약된 전투기라고 할 수 있지. 그런데 이 전투기에게 1,400마력 급 엔진은 솔직히 약하네. 그래서 언젠가 우리나라에서 더 고출력의 엔진을 개발했을 때 그것을 탑재할 수 있도록 여유 공간을 남겨놓았지.”

카스톨티가 일말의 아쉬움을 표하면서 말을 마쳤을 때 프라이어가 옆에서 끼어들었다.

“그렇다면 당장이라도 더 고출력의 엔진을 구할 수 있다면 이렇다 할 개조 없이도 곧장 탑재가 가능하다는 뜻입니까?”

“그렇습니다.”

카스톨티가 긍정의 대답을 하자 프라이어는 어두운 불빛 아래에서 뭔가를 잠시 고민하다가 다시 고개를 들더니 말했다.

“지금 이 전투기가 이곳에 있다고 그랬습니까?”

“그렇습니다. 부둣가에 민간 수상기로 개조되어서 보관되어 있지요.”

“그럼 부두로 나가보도록 하지요. 직접 한 번 보는 게 좋을 것 같습니다.”

“그럴까요?”

카스톨티가 모두에게 질문을 던지자 당연하다는 듯 어두운 사무실 안에 모여 있던 사람들 모두가 고개를 끄덕였다. 그리고 카스톨티가 개발한 MC—55 전투기의 시제기를 보기 위해 그들이 건물 밖으로 나섰을 때 입구 쪽에서 조그마한 아이가 바쁜 걸음으로 자신들에게 다가오는 것을 보았다.

“스승님! 스승님!”

어린아이가 숨을 헐떡이면서 종종걸음으로 다가오더니 말했다.

"스승님, 항구에 난리가 났어요!"

"피네, 또 항구에 몰래 나갔구나!"

카스톨티가 거친 숨을 몰아쉬면서 서 있는 아이를 짐짓 엄한 말투로 꾸짖자 피네라고 불린 아이는 뭔가를 말하려다 말고 볼을 부풀리면서 심통맞은 표정을 짓더니 고개를 홱 돌렸다. 그러자 심술을 부리고 있는 아이의 모습을 지켜보던 카스톨티가 일행에게 미소를 지으면서 말했다.

"여기 있는 아이는 제가 보살피고 있는 피네라는 아이입니다. 저에게서 마법과 항공기 설계를 배우고 있지요."

카스톨티가 피네에 대한 소개말을 하자 역시나 에르하트가 제일 먼저 앞으로 나서더니 고개를 돌리고 심통맞은 표정을 짓고 있는 피네의 도톰한 두 뺨을 잡아당기면서 말했다.

"피네라고 했냐? 어른들이 말씀하시는데 그러면 훌륭한 사나이가 안 돼… 으악!"

피네의 뺨을 잡아당기던 에르하트가 말을 하다 말고 외마디 비명을 지르면서 쓰러지자 주위 사람들이 놀란 표정으로 그대로 땅바닥 쓰러진 에르하트와 성난 표정을 짓고 있는 피네를 번갈아가면서 쳐다보았다. 그리고 그들은 보았다. 붉은 머리를 짧게 깎고 멜빵바지를 입은 피네의 손에서 전류가 흐르고 있는 것을 말이다. 그리고 피네는 아직도 땅바닥에 누워 있는 에르하트에게 잠깐 동안 시선을 보내더니 엄한 표정으로 자신을 보고 있는 카스톨티의 눈치를 살피면서 변명하듯이 말했다.

"숙녀의 뺨을 잡아당기면서 나보고 사나이라고 부르고… 또, 또 나이도 어린 것이 반말까지 하니까……."

그리고 카스톨티의 엄한 눈초리에 결국 피네의 그 커다란 눈에 물방울이 맺히려고 할 때 프라이어가 반가운 표정으로 말했다.

"피네, 나 기억하겠니? 프라이어 아저씨다."

"예……."

프라이어가 자신의 머리를 쓰다듬으면서 아는 척을 해오자 피네는 야무진 표정을 지으면서 어느새 그렁그렁 매달린 눈물을 손등으로 닦아냈다. 그리고 이 이해 못할 광경에 마비된 몸으로 아직도 땅바닥에 누워 있는 에르하트와 무심한 눈초리로 자신의 얼굴을 쳐다보는 불량 경호원 이스카야르의 시선을 의식하면서 프라이어가 말했다.

"피네는 여자 아이네. 그리고 귀를 보면 알겠지만 하프 엘프라네. 그래서 겉모습과는 다르게 나이가 좀 많지."

그리고 프라이어는 땅바닥에 쓰러져 놀란 표정을 짓고 있는 에르하트의 귓가에 입술을 갖다 댔다.

"그리고 자존심 강하고 정신 연령은 아직 아이 수준이니까 조심하게나. 3년 전 마지막으로 만났을 때 저 아이가 3서클 마법을 배웠던 것으로 기억하니까 말이야."

그때 카스톨티가 눈물을 참으면서 서 있는 피네를 달래면서 하는 소리가 들려왔다.

"피네, 앞으로 조심하고 함부로 그렇게 버릇없는 행동을 하면 안 된다. 알았지?"

"예……."

"그런데 항구에서 무슨 일이 일어났기에 그렇게 호들갑이더냐?"

카스톨티가 피네의 머리를 쓰다듬으면서 말하자 피네는 언제 그랬느냐 싶게 두 눈을 초롱초롱 빛내더니 오므린 입술을 열고 항구에서 일어난 일을 모두에게 말하기 시작했다. 그리고 피네의 입에서 나온 내용은 모두의 관심을 피네에게 집중시키기에 충분했다. 물론 전격 마법을 제대로 맞아 마비된 몸으로 아직도 땅바닥에 엎어져서 속으로 눈물을 뽑아내고 있는 에르하트에게 관심을 주는 사람은 아무도 없었다.

서안의 수평선 너머로 가라앉으면서 그 마지막 힘을 세상에 쏟아내는 태양의 마지막 몸부림을 받으면서 한 대의 자동차가 해안 도로를 빠른 속도로 달리고 있었다. 세상을 황금의 빛보라와 어두운 음영으로 물들이며 저물어가는 태양의 마지막 빛줄기가 아드리안의 에메랄드 빛 바닷물을 황금색 물결로 바꾸고 있을 때 자동차 위에 선 에르하트는 자신의 얼굴을 거세게 때리며 지나가는 거친 바람 속에서도 일몰이 선사하는 멸망의 서글프고도 아름다운 작품에게서 눈을 떼지 못했다.

"이봐, 위험하네! 좀 자리에 앉게!"

시속 70큐빗의 빠른 속도로 달리는 붉은빛 메르세데스 사의 8/20 HP 컨버터블 투어링 카의 앞좌석에서 방풍창에 몸을 기대고 선 에르하트가 옆으로 보이는 장관에 넋을 놓고 있자 뒷좌석에 있던 프라이어가 주의를 주었다.

"아, 프라이어님! 저런 멋진 광경을 보시면서도 그런 말씀이 나오십니까? 제가 지금까지 보아온 그 어떤 광경도 저렇게 아름답지 못했던 것 같습니다."

"자네 말이 맞네, 에르하트 남작! 아드리안 해, 특히 이곳 레지나의 석양은 아름답기로 유명한 곳이지. 동쪽 바다에서 떠올라 서쪽 수평선 아래로 저물어져 가는 레지나의 태양은 그 어떤 곳의 태양보다도 아름답다고 자부할 수 있네."

에르하트의 찬사에 카스톨티가 흐뭇한 웃음을 지으면서 맞장구를 쳤다.

"그런데 바랑기스 공국의 세계적인 항공 대축제인 씨사이드 에어로 페스티벌을 나흘 남겨두고 큰 사건이 벌어졌군요. 일부러 축제 기간에 맞춰서 이곳에 도착했는데 잘못하다 아무런 성과도 얻지 못하고 돌아가게 될까 봐 걱정되는군요."

에르하트가 다시 자리에 앉으면서 몸을 돌려 카스톨티에게 말했다.

"그렇지. 실은 나도 걱정이 된다네. 바랑기스 공국에 있는 모든 조종사들은 물론 남부국가연합, 나아가 다른 국가에서 축제에 참가하고자 이곳에 찾아오는 조종사와 관광객들에게 악영향을 끼칠까 봐 걱정이 되는군. 잘못하다가는 자네도 아무것도 얻지 못하고 돌아갈 수도 있고 말이야."

카스톨티가 에르하트의 말을 듣고 걱정스러운 표정을 지으면서 대꾸했다. 그때, 말없이 아드리안 해의 석양에 시선을 주고 있던 이스카야르가 슬쩍 별로 좋은 의도로는 보이지 않는 미소를 지어 보이더니 입을 열었다.

"글쎄요. 세상에 카스톨티님이나 저기 에르하트 남작 같은 사람들만 있다면 여기 있는 피네 양이 말한 이번 일은 앞으로 있을 페스티벌에 악영향을 줄 수 있겠지요. 하지만 세상 사람들이 다 여러분 같지는 않

습니다. 오히려 페스티벌 참가자가 더 늘어날 것 같은데요? 제 생각에
는 말입니다."

　"나도 운터바움 군의 말에 동의하네. 세상 사람들이 제일 좋아하는
것이 불 구경 아니면 싸움 구경이거든? 오히려 소문을 듣고 구경꾼들
이 더 모여들 것 같은데? 좋은 구경거리가 생겼다고 생각하면서 말이
야. 사람들은 자기 일이 아니면 항상 마음이 너그러워진다네."

　프라이어가 이스카야르의 말에 동의하면서 냉정한 표정으로 그 표
정만큼이나 차가운 말을 내뱉었다. 그리고 카스톨티 박사가 무엇인가
안타까운 표정을 지으면서 고개를 끄덕이는 모습을 지켜보던 에르하트
는 몸을 돌려 앞으로 쭉 뻗어 있는 해안 도로에 시선을 주면서 말했다.

　"그런데 문제는 씨사이드 에어로 페스티벌 기간에 맞춰서 저와 이스
카야르 씨가 이곳에 온 이유가 관광이 목적이 아니라는 데 있습니다.
제가 이곳에 온 이유는 조종사를 구하기 위해서입니다. 그런데 이런
일이 터지다니, 현재로 본다면 축제 자체의 흥행에서는 어떨지 몰라도
제가 이곳에 온 목적을 달성하는 데는 악영향을 줄 것 같아서 걱정입
니다. 그리고……."

　그렇게 잠시 말을 멈춘 에르하트는 마지막으로 울부짖듯이 새빨갛
게 번져 오는 태양의 단말마를 가득히 받으며 그 굴곡에 따라 그림자
가 짙게 드리워진 얼굴을 가만히 바다를 향해 돌리면서 말했다.

　"우습군요."

　"뭐가 말인가?"

　카스톨티 박사가 물었다.

　"왜 저는 무엇을 위해 이렇게 앞만 보면서 달려가는 것일까요? 저는

무엇을 위해서 이렇게 길을 걸어가는 것일까요? 가족과 국가, 그리고 나의 것, 남의 것……. 왜 이렇게 우리는 서로를 나누고 다른 가지지 못한 다른 것을 탐하면서 살아가야 하는 것일까요? 왜 우리는 살아가는 것일까요? 그냥 가지고 있는 것에 행복의 소중함을 느끼지 못하고 가지고 있지 않은 다른 것들을 탐하면서 살아갈까요?”

에르하트는 너무나 처연한 미소를 지으면서 수평선 너머로 시선을 던졌다.

“저기서 저물고 있는 태양에게 우리는 어떻게 보일까요? 매일같이 세상에 나타나 온 세상을 돌면서 우리가 살아가는 모습을 자신의 빛으로 항상 지켜보는 태양에게 말이죠. 나타날 때와 저물어갈 때를 알고 시작과 마지막의 아름다움을 우리에게 매일같이 보여주는 태양에게 우리는 어떻게 보일까요? 그 장구한 세월을 살아온 자신에 비하자면 더 없이 짧고 하잘것없어 보이는 우리 인간들이 이렇게 고민하고 갈등하고 대립하는, 그리고 수많은 슬픔을 경험하면서 살아가야 하는 모습을 지켜보면서 우리를 비웃지는 않을까요?”

짙은 암영의 세계 안에서 에르하트는 눈동자 안에 깊은 아픔을 담아내고 있었다. 그리고 그와 함께 길을 질주해 나가던 이들은 깨달았다. 이것이 그뤼네발트의 영주이자 제국의 남작, 그리고 제국제일의 에이스라는 화려함 속에 감춰져 있는 젊은 남자 크리스티안 에르하트의 또 하나의 모습이라는 것을 말이다.

“글쎄, 우리는 대자연에 비한다면 진정으로 보잘것없는 존재라고 할 수 있지. 하지만 아무리 보잘것없는 존재라도 생명을 신에게서 허락받은 이상 우리는 이 세상을 살아갈 권리와 의무가 있다고 생각하네. 이

세상에서 그 존재를 허락받은 이상 우리 하나하나는 자네가 부러워하
는 저 태양과 동격의 존재라고 나는 생각한다네. 그만큼 우리의 삶은
고귀한 것이지. 특히 자신의 삶을 치열하게 살아가는 자네 같은 사람
들은 말이야. 그리고 아무도 비웃을 수 없네. 삶의 목적을 이루기 위해
열심히 달려나가는 인간을 말이야. 그 삶의 목적이 무엇이든 간에 말
이지. 최소한 나는 그렇게 생각하네."

카스톨티가 조용한 음성으로 말을 마쳤을 때 에르하트는 붉게 물들
어가는 하늘과 그 사이로 퍼져 나가는 구름을 바라보면서 낮게 읊조렸
다.

"세상을 살아갈 수 있는 권리, 살아가야 할 의무, 그리고 자신의 삶
을 완성하기 위한 노력……. 좋은 말이군요. 그런 말들이 살아가면서
얻어야만 하는 수많은 상처들을 모두 치유할 수 있다면 조금 더 쉽게
살아갈 수 있을 텐데 말이죠. 아니, 그런 상처 때문에 우리의 삶이 더
욱 고귀한 것일지도 모르겠군요."

"듣자 듣자 하니까 못하는 소리가 없군! 어울리지 않게 어문 소리 하
지 말고 그런 한가한 생각은 나같이 나이 먹고 할 일 없을 때나 하게!
한창 뛰어다닐 녀석이 다 늙어빠진 노인네마냥 무슨 청승이야?"

프라이어가 호통을 내지르자 에르하트는 멍한 눈으로 프라이어와
카스톨티, 그리고 무심하게 앉아 있는 이스카야르와 운전을 하고 있는
군터를 번갈아가면서 쳐다보았다. 그런 에르하트에게 프라이어가 말
했다.

"사람은 저 태양이란 녀석하고는 다른 존재다. 태양이 오롯하게 자
신만의 길을 살아가는 존재라면 인간은 더불어서 살아가는 존재다, 에

르하트. 너의 길은 너 혼자만의 길이 아니다. 길을 걷는 것은 너의 몫이지만 너의 어깨에는 이 순간에도 다른 이들의 미래와 소망이 짊어져 있다. 마찬가지로 너의 뒤에는 너의 짐을 기꺼이 나눠 짊어질 사람들이 기다리고 있고 말이다. 상처받는 것을 두려워하지 마라, 에르하트. 상처의 아픔을 알아야, 그 고통을 알아야 다른 이들에게 상처를 주지 않을 수 있다.”

에르하트가 자리에서 일어나 얼굴을 때리는 거센 바람 속으로 자신을 내맡기고 있을 때 이스카야르가 말했다.

“당신은 젊습니다. 그리고 많은 사람들이 당신이 꾸는 꿈을 보고 당신의 뒤를 따르고 있습니다. 당신은 이미 자신에게만 책임지는 삶을 살 수가 없습니다. 그리고 당신은 해야 할 일이 많은 사람입니다.”

에르하트는 자리에 앉았다. 그리고 고개를 돌려 자신 일행의 얼굴을 하나씩 보았다.

“그렇죠. 저는 아직 젊죠. 해야 할 일이 많은 사람이죠. 아직 제가 만들어가야 할 인생이 지금까지 만든 인생보다 많은 사람이니까요. 그리고 당장 해야 할 일 또한 많은 사람이고요.”

에르하트가 동의를 구하듯이 한 사람 한 사람에게 시선을 맞추면서 눈빛으로 질문을 던져 오자 일행은 아무 말 없이 고개를 끄덕였다. 군터는 살짝 미소를 지으면서, 카스톨티는 흐뭇한 웃음을 지으면서, 이스카야르는 여전히 무심한 얼굴로, 그리고 프라이어는 힘찬 표정으로……

“아직 부두는 멀었습니까?”

에르하트가 군터에게 물었다.

“거의 다 왔습니다. 저 앞의 코너만 돌면 부두가 보일 겁니다.”

에르하트는 군터의 말을 받아 다시 입을 열었다.

“그럼 속도 좀 높이시죠. 빨리 좀 가게.”

군터는 에르하트의 말을 듣더니 잠깐 동안 목소리의 주인에게 시선을 주고 나서 미소를 짓고는 액셀레이터를 밟고 있는 발에 힘을 주었다. 그리고 그전과는 비교가 안 될 정도로 빠른 속도로 그들이 탄 자동차는 부두를 향해 해안 도로를 질주해 나갔다.

#7

씨사이드
에어로
페스티벌

바랑기스 공국의 수도이자 제일의 무역항인 레지나의 부둣가 한편에 수많은 인파들이 같은 곳을 바라보면서 모여 있었다. 바랑기스 공국이 자랑하는 항공 축제인 씨사이드 에어로 페스티벌을 나흘 앞에 둔 시점이라고는 하지만 축제를 준비하는 사람들이라고 하기에는 그 인파를 형성하고 있는 구성원들의 수가 너무나 많았다. 또한 다양한 면면을 지닌 인파 속의 인물들은 아무런 일도 하지 않은 채 부두를 관리하는 항만 관리소 앞 국기 게양대를 바라보면서 웅성거리고 있을 뿐이었다. 그리고 모두의 시선이 집중된 국기 게양대에는 바랑기스 공국의 다섯 개의 별이 그려진 국기 옆으로 불길하게 느껴지는 핏빛 깃발이 먼 바다에서 불어오는 해풍을 한껏 안은 채 거세게 휘날리고 있었다.

"20년 만의 도전인가?"

"그동안 절치부심한 녀석들이 제대로 준비했나 본데? 에스프릴라의 깃발을 걸어놓다니……."

"이거… 축제에 좋은 거야, 나쁜 거야?"

"당연히 좋은 거지, 이 사람아! 제대로 된 볼거리가 생겼잖은가!"

"그, 그런가? 그래도 그 흉포한 녀석들이 이곳으로 발을 들여놓을 것을 생각하니 좀 그렇구먼."

"걱정 말아. '아드리안의 날개' 녀석들에게는 안 좋은 일이지만 레지나 섬 한가운데서, 그것도 축제 기간에 그 녀석들이 난동을 피울 일도 없을뿐더러 자신들의 명예를 걸고 상륙했는데 바다에서 하던 짓을 이곳에서 하겠는가? 거기다 저렇게 에스프릴라의 깃발이 걸렸다고 소문이 나봐. 엄청난 인파가 몰려들 거란 말이야. 이번 축제는 우리 상인들에게는 하늘이 주신 기회라고."

옆에서 상인으로 보이는 두 중년의 남자가 나누는 이야기를 들으면서 진트는 신경질적으로 자신의 백금발을 긁어댔다. 그리고 구릿빛으로 그을린 자신의 얼굴을 한껏 구기더니 삼삼오오 모여 의견을 나누고 있는 주위의 인파를 물리치면서 그 자리를 벗어났다.

"쳇, 우울한 녀석들이군."

벗은 갈색 몸 위로 실크로 짜인 화려한 조끼만을 걸친 채 푸른색의 항공 바지를 입은 이 잘생긴 청년은 어딘가를 향해 걷다 말고 사람들이 웅성거리면서 바라보고 있는 핏빛의 깃발을 다시 한 번 힐끗 보더니 양손을 주머니에 찔러 넣고는 다시 가던 길을 걷기 시작했다.

그리고 진트가 도로를 넘어 주택가의 골목으로 사라졌을 때 에르하트 일행이 인파가 모여 있는 이 부두 앞에 나타났다. 에르하트 일행은 차에서 내려 석양빛을 받아 더욱 불길하게 보이는 깃발을 향해 천천히 다가갔다. 바다에서 불어오는 거센 바람 속에서 날아갈 듯이 휘날리고 있는 핏빛 깃발을 가리키면서 에르하트가 맨 처음으로 입을 열었다.

"저것이 말씀하신 에스프릴라의 깃발입니까?"

"그렇다네. 보이는 것보다 더 불길한 과거를 가진 깃발이지."

카스톨티가 노안에 일말의 어두움을 담으면서 대답했다.

에스프릴라의 깃발. 이 깃발은 과거의 대해적 델레시오 에스프릴라의 전설과 함께 공포와 피의 대명사로서 아드리안 해에 그 이름이 알려지기 시작했다. 성력 1622년 아드리안 해의 남부 해역을 해적들이 장악하고 있던 시기, 가르고 에스프릴라는 그때까지 흩어져 있던 수많은 해적 집단을 무력과 공포로 일통하는 데 성공한다.

해적왕 에스프릴라는 자신이 젊었을 때부터 자신의 배에 걸어놓은 깃발을 부하들의 배신으로 자신의 배 위에서 처참하게 살해될 때까지 사용하였는데 그것이 지금 항만 관리소 옆에서 나부끼고 있는 에스프릴라의 깃발이었다. 잔혹한 해적이었던 에스프릴라는 자신을 배신하거나 대항하는 해적의 두목이나 부하들을 처형할 때는 물론 자신이 노략질한 도시의 시장이나 배의 선장을 죽일 때마다 자신의 적들에게 공포심을 심어주기 위해 자신의 깃발에 적들의 피를 조금씩 먹여주었다. 그리고 오랜 시간이 흐른 뒤 에스프릴라가 아드리안 해의 남부 지역을 완전히 장악했을 때 그의 깃발은 더 이상 하얀 바탕에 검은 해골 마크가 그려진 평범한 해적 깃발이 아니었다. 검게 말라붙은 피로 염색된 지금의 붉은 깃발이 된 것이다.

잔혹한 에스프릴라에게 질려 버린 부하들이 그를 살해했을 때조차 그의 깃발은 에스프릴라의 가슴속에서 주인의 피를 머금었다. 배신자들은 재빨리 에스프릴라의 시체를 바다에 버리고 도망치려고 했지만 배 위에서의 상황에 의문을 느낀 에스프릴라의 충실한 부하들이 갑판 위에 들어섰을 때 그들의 눈에 보인 것이 바로 에스프릴라의 깃발이었다. 두목이 항상 애지중지하며 품속에 간직하던 이 깃발이 갑판 위에 떨어져 있는 것을 보고 아직도 따뜻한 피가 흐르고 있는 깃발을 주워 든 에스프릴라의 부하들은 배신자들을 의심의 눈초리로 바라보기 시작한다.

배신자들은 절망에 빠졌다. 자신들이 살해한 두목의 시체에서 깃발이 흘러나온 사실을 몰랐던 것이다. 두목을 살해하게 도와준 어둠이 이번에는 오히려 자신들의 목을 죄기 위해 깃발을 감추었던 것이다. 그리고 절망한 배신자들은 에스프릴라의 부하들에게 비명을 지르면서 덤벼들었고, 어둠 속에서 처참한 싸움이 벌어졌다. 목이 잘리고 가슴이 갈라지는 처절한 싸움 속에서 배 위로 쏟아져 내리는 수많은 사람들의 피가 또다시 갑판에 놓여 있던 이 붉은 깃발에 빨려 들어갔다.

다음날 어둠이 물러가고 다시 날이 밝아오기 시작했을 때 에스프릴라의 배 위에는 아주 소수의 사람만이 살아남아 있었다. 살아남은 에스프릴라의 부하들은 이 깃발을 가지고 당시 두 번째로 이름 높았던 해적에게 찾아갔다. 에스프릴라가 생전에 자신의 깃발을 지닌 자가 자신의 모든 것을 가질 자격이 있다고 공언했기 때문이다. 그리고 에스프릴라의 공언대로 이 붉은 깃발을 받아 든 해적은 에스프릴라의 모든 것을 이어받는 데 성공한다.

그 후로 이 에스프릴라의 깃발은 수많은 주인들에게 부와 죽음을 안기면서 아드리안 남부 해역의 주인이 되는 상징으로 군림하기 시작했다. 에르하트는 카스톨티에게 에스프릴라의 깃발에 얽힌 전설을 들으면서 인상을 찡그렸다. 어두운 석양 속에서 휘날리고 있는 에스프릴라의 깃발에게서 알 수 없는 불길한 기운을 느꼈기 때문이다.

"아드리안 해의 해적 녀석들도 대단한 녀석들이군요. 저런 불길한 물건을 못 가져서 안달이라니. 저 같으면 줍자마자 태워 버리겠습니다."

"뭐, 저 깃발을 지니고 있어야만 자신들의 지도자로 인정받으니 별수 있나? 야망을 가진 사람이라면 뿌리치기 힘든 유혹이지. 아무리 불길한 물건이라도 말이야."

"그래도 일단 살고 봐야죠. 이야기를 들어보니까 저 재수없는 깃발을 지닌 사람의 태반이 처참하게 죽은 것 같은데요. 에잇! 눈 버렸다! 퉤!"

에르하트는 말을 마치고 마치 더러운 것을 내뱉듯 거칠게 침을 뱉었다.

"당장 급한 문제는 마지막으로 저 깃발을 소유한 해적이 이곳 레지나에서 죽었다는 것이지. 그리고 하필이면 그의 아들이 저 깃발의 주인으로 다시 나타난 것이고 말이야. 복수의 칼날을 갈면서 말이지. 20년 전의 그 방식 그대로 복수하려고 말이야."

카스톨티는 말을 마치고는 주름진 눈을 들어 에스프릴라의 깃발을 바라보았다. 에스프릴라의 깃발은 어느새 어두워진 하늘 속에서 그 음산한 불길함을 뿌리면서 레지나를 바라보고 있었다.

항구에서 소동이 일어난 다음날 아침, 여름 햇살이 서서히 창공의 끝을 향해 치닫고 있을 무렵 레지나에서 출발한 한 척의 고속정이 약 36노트의 속력으로 바이오코 섬을 향해 거센 포말을 일으키며 달리고 있었다.

"우아! 이 무지막지한 진동과 무시무시한 속도감은 다 무엇이란 말입니까?"

디젤 엔진의 무시무시한 소음 속에서 에르하트가 고함을 지르듯이 옆에 있는 프라이어에게 질문을 던졌다.

"하하! 하긴 자네, 고속정에 타본 것은 처음이겠군. 그래도 이 고속정보다 훨씬 빠른 전투기를 자유자재로 몰고 다녔던 자네가 그런 말을 하니 웃기는구먼. 하하하!"

에메랄드 빛 바다 속에서 솟구쳐 올라오는 하얀 포말들 속에서 새하얀 백발을 휘날리며 프라이어가 커다랗게 웃음을 터뜨렸다. 에르하트는 까딱 잘못하면 배 밖으로 튕겨 나갈 것만 같은 엄청난 관성을 온몸으로 느끼면서 프라이어에게 몸을 기울었다.

"이대로 얼마나 더 가야 하는 겁니까?"

"거의 반 이상 온 것 같으니까 약 20분 정도 더 달리면 될 것 같구먼."

"으윽! 20분이나 이 고통을 견뎌야 하다니!"

에르하트는 투정을 부리면서 옆에서 주위 풍경을 둘러보고 있는 이스카야르에게 고개를 돌리더니 말했다.

"이스카야르 씨, 아무렇지도 않습니까?"

"뭐가 말입니까?"

이제는 더 이상 그뤼네발트의 영주에게서 반야르 운터바움이라는 존칭을 들을 수 없게 된 이스카야르는 에르하트의 질문을 듣고는 고개를 돌려 반문을 해왔다.

"아, 댁도 고속정은 처음 타봤을 것 아닙니까? 아무렇지도 않습니까?"

"후훗!"

이스카야르는 아무런 말도 없이 짧은 웃음만을 남기고는 고개를 다시 바다 쪽으로 돌려 버렸다. 에르하트가 이런 이스카야르의 반응을 보고 발끈하는 것은 너무나 당연한 일이었다.

"이익! 그 웃음의 의미! 그 짧으면서도 긴 여운을 남기는 그 웃음의 진정한 의미는 뭐요?"

"여보게, 크리스 군."

"예?"

밉살스러운 이스카야르에게 이마에 혈관 마크를 찍은 채 접근하려는 에르하트를 프라이어가 만류했다.

"소드 마스터 급의 검사가 뱃멀미를 일으키고 이 정도 진동에 겁을 집어먹는 모습이 상상이 가나?"

"……."

"질문을 하더라도 말이 좀 되는 질문을 하게나."

프라이어는 혀를 차면서 말을 끝마쳤다. 그리고 그의 말은 뱃멀미를 일으키고 고속정의 무시무시한 속도감에 겁을 집어먹은 그뤼네발트의 영주이자 전직 제국 공군 에이스에게 깊은 상처를 남겼다. 그렇게 얼마간의 시간이 지난 후 멍하니 앉아 자아에 대한 고찰을 하고 있던 에르하트에게 프라이어가 말을 걸어왔다.

"그런데 카스톨티 박사님이 새로 개발하신 전투기를 직접 몰아본 소감이 어떻던가?"

"MC—55 전투기 말입니까?"

"그렇지."

프라이어가 어제저녁 부두에 접안되어 있던 MC—55 센타우로를 직접 몰아 테스트를 해본 느낌을 물어오자 에르하트는 어제저녁의 비행을 생각하면서 프라이어에게 자신의 의견을 말하기 시작했다.

"일단 전폭이 약 10파섹 정도밖에 되지 않는 파하렌에 비해 훨씬 넓은 12.4파섹의 전폭을 가지고 있어서 그런지 양력을 충분히 받을 수 있어서 엔진 출력이 파하렌보다 약했어도 이륙시나 착륙시의 안정도가 아주 우수했습니다. 그리고 해면 작용의 영향을 받아서인지는 모르겠지만 활주 거리도 상당히 짧았고요. 또 20도 정도 숙여지는 삽입식 플랩이 활주 거리를 대폭적으로 감소시켜 주는 것은 확실합니다. 그리고 분당 상승 속도가 대략 930파섹 정도라서 상승 속도도 괜찮은 편이었습니다. 기동성도 그 정도면 안정감있고 상당히 우수했고요. 그런데……."

"그런데?"

"MC—55기가 가지고 있는 자체 성능에 대해서는 그렇게 문제될 것이 없는데 역시 엔진이 요즘 전투기들에 비해 성능이 떨어집니다. 서부통합전쟁 전에 나왔으면 아주 좋은 전투기가 될 수 있었겠지만 말이죠."

"그런가?"

"예. 일단 MC—55기는 최고 속도가 시간당 620큐빗 정도 된다고 하지만 그 속도는 이상적인 고도에서의 속력일 뿐이고 제가 어제 몰아본 결과 안정적인 조종이 가능한 한계 속도가 대충 420큐빗, 즉 파하렌의 초기형 수준이었습니다. 엔진에 무리가 가서 그러는 것인지 몰라도 그 이상 속도를 내면 낼수록 기체의 안정성이 상당히 떨어졌습니다. 그리고 수냉식이면서도 일만 파섹 이상의 고고도에서의 출력 저하도 생각보다 심했고요. 속도를 제외하고는 일만 파섹 이하의 고도에서의 전투 능력은 충분하지만 그 이상에서는 아마 다른 최신예기들을 당해내기가 쉽지는 않을 것 같습니다. 하지만 안정감있는 조종성이나 우수한 선회율은 제가 보장할 수 있습니다."

"그럼 엔진이 문제인가?"

"그렇죠. MC—55기에 파하렌이 장착한 DMEW—200정도의 엔진이 장착된다면 아주 우수한 기체가 될 것입니다만 DMEW—200 정도의 엔진을 과연 어디서 구할 수 있을까요? 엔진 데크를 열어보니까 카스톨티 박사님의 안타까운 마음을 알 수 있을 것 같더군요. 지금 장착된 RC150 RC58 1,400마력 엔진의 디자인이나 크기가 DMEW—200 엔진을 그대로 카피한 수준이더군요. 성능은 나중에 생각하더라도 말이죠. 카스톨티 박사님이 DMEW—200 엔진을 연구하시고 이 RC150 RC58 엔진을 직접 설계하셨다고는 하지만 문제는 엔진 회사의 기술력이 이에 미치지 못하는 것을 어쩌겠습니까?"

　에르하트의 말을 들으면서 프라이어는 카스톨티 박사가 있는 레지나 섬의 방향을 향해 시선을 돌리더니 한숨을 흘리면서 말했다.

　"항공기에 대한 열정이 참 대단한 분이시지만 너무 수냉식 엔진에만 매달리시는 것 같아서 안타까울 때가 있네. 직접 연료 분사 방식과 슈퍼 차져를 장착한 수냉식 엔진이 뛰어난 출력으로 같은 마력의 공냉식 엔진보다 훨씬 뛰어난 능력을 항공기에게 줄 수 있다고는 하지만 현실이 그렇지 못하는데 말이야. 물론 모든 항공기 설계자들이 고성능 수냉식 엔진을 장착한 전투기를 꿈꾸지만 말이야."

　에르하트는 안타까운 마음을 주름진 눈가에 투영하면서 깊은 한숨을 쉬고 있는 이 노년의 항공기 설계자에게 위로하듯이 말했다.

　"뭐, 그래도 직접 마법구를 사용하셔서 그뤼네발트에 있는 미르코와 슈펠만 남작에게 연락을 취해 함께 상의를 하고 계시니까 좋은 방법이 나오겠죠. 그리고 MC—55기 정도면 충분히 활용 가능한 전투기이고요."

　"흐음, 슈펠만 남작이야 내가 제국에 있을 때부터 잘 알고 있지만 그 미르코라는 젊은이도 슈펠만 남작만큼 뛰어난가 보군."

　"으음, 그것은 저도 잘 모르겠지만 한 가지 확실히 뛰어난 것은 있더군요."

　"그것이 뭔가?"

　프라이어의 질문을 받은 에르하트가 진지한 표정으로 입을 열었다.

　"여자 구슬리는 재주는 진짜 감탄할 정도의 친구죠."

　뭔가 못마땅한 것이 있는지 인상을 잔뜩 쓰면서 자신의 친구를 순식간에 바람둥이로 매도하는 에르하트였다.

"……."

물론 프라이어가 할 말을 잃은 것은 당연한 일이었다. 더불어서 주위 경관을 구경하는 척하면서 둘의 대화를 엿듣고 있던 이스카야르나 배를 조종하고 있던 군터까지도 말이다.

"그런데 지금 문제는 그 MC—55기가 아니잖습니까? 이렇게 고생하면서 바이오코 섬까지 왔는데 분위기가 안 좋으면 어떡합니까? 시간도 없는데 다른 데 갈 수도 없고 말이죠. 망할 놈의 에스프릴라인지 까스뿌릴라인지 하는 깃발이 일을 어렵게 만들어 버렸는데 어떻게 합니까? 하필 내가 왔을 때 이런 일이 터지다니. 그냥 내년에 덤빌 것이지 꼭 소심한 놈들이 날짜 맞추기를 좋아한다니까."

주위의 싸늘한 반응을 지켜본 에르하트가 말을 돌리면서 애꿎게 해적들을 원망하며 그렇게 매도해 나갔다. 얼마간의 시간이 흐른 후 배를 조종하고 있던 군터가 고속정의 속도를 늦추면서 일행에게 말했다.

"바이오코 섬에 다 와갑니다."

잠시 후, 수상기들이 주기되어 있는 바이오코 섬의 선착장에 에르하트 일행이 탄 고속정이 접안했다.

"이곳이 용병 길드 '아드리안의 날개'의 아지트인 바이오코 섬입니다."

군터가 약간의 어지럼증을 느끼는지 인상을 쓰면서 일어서고 있는 에르하트에게 웃음을 지어 보이면서 말했다. 남국에서 자라나는 야자수와 새하얀 모래사장 위로 산산이 흩어져 내리는 물보라, 그리고 티없이 새하얀 구름과 그 사이로 보이는 너무나 높고 푸른 하늘이 어우러져 있는 해안가의 정취는 이곳의 처녀 방문자 에르하트에게 낯섦 속에서 이국적인 아름다움을 선사해 주었다. 그리고 이러한 아드리안 해의 작고 아름다운 섬 바이오코에 그 본부를 둔 '아드리안의 날개'는 항공기의 등장과 함께 나타난 다른 국가에서는 보기 힘든, 아니, 그 생성과 운영이 애초부터 불가능한 남부국가연합에서만 볼 수 있는 전혀 새로운 형태의 용병 길드였다.

강력한 중앙 집권 정치 체제를 이룩하고 있는 대륙의 다른 국가들이 새로운 첨단 산업인 항공 산업을 정부의 주도 하에 육성하고 그 항공기를 조종할 파일럿을 국가가 직접 운영하는 항공 대학이나 귀족층과 부유층을 위한 항공 클럽, 혹은 공군이나 육군항공대, 그리고 해군항공대를 통해 배출하고 있는 데 반해 중소국가들이 난립한 정치 연합체인 남부국가연합에서는 발렌슈타인 제국을 비롯한 다른 강대국들이 하듯이 막강한 재력과 권력을 통해 국가가 독점적으로 항공 산업을 육성시키고 장악할 능력이 없었다. 따라서 국력이 약한 남부국가연합에서 항공 산업을 발전시키기 위해서는 항공기 조종사 자격이나 항공기 생산업체에 대한 허가를 다른 강대국들과는 다르게 상당히 유연하고 개방적으로 운영할 수밖에 없었다.

예를 들자면, 대표적으로 조종사의 자격 요건을 들 수가 있는데 다른 국가들이 자국인들 위주로 정부가 지정하는 교육 기관을 거쳐야만 그 자격이 인정받는 것과는 다르게 남부국가연합에서는 국적을 따지지 않고 항공기를 조종할 능력만 있으면 개인 교습이든 뭐든 간에 파일럿으로서의 그 자격을 거의 무조건적으로 인정하였다.

또한 항공기 설계나 생산을 위한 업체의 허가나 운영에 있어서도 대륙의 다른 국가에 유래가 없을 정도로 고부가 가치 산업이자 엄청난 잠재적 군사적 가치를 가지고 있는 이 항공 산업을 직접적으로 통제하기 위해 그 업체 수를 한정하고 막대한 정부 지원을 통해서 그 경영에도 간섭하고 있는 데 반해 남부국가연합은 그럴 능력도, 또 그럴 의지도 없었다. 오히려 남부국가연합의 중소국가들은 자국의 항공 산업 발전을 민간 사업체의 힘을 통해 이룩하려고 하였고 실제로도 그러한 정책을 통해서 발렌슈타인 제국에 버금갈 정도로 항공 산업을 발전시키는 데 성공하였던 것이다.

남부국가연합의 개방적인 항공 산업 육성 정책은 내부적으로는 고부가 가치 산업인 항공 산업에 수많은 장인들과 업체들을 뛰어들게 하였고, 하늘을 자유롭게 누비는 항공기의 매력에 빠져 버린 사람들을 끊임없이 끌어들였다. 또한 대외적으로도 정부의 통제에 염증을 느낀 타국의 항공기 설계사나 항공 회사 운영자들이 자신들만의 독자적인 항공기를 개발, 생산하기 위해서 남부국가연합에 그 기술력과 자본을 투자하도록 유도하였고, 조종사가 되고 싶지만 정부의 규제에 묶여 자국에서는 꿈을 이루기 힘들었던 야망에 넘치는 미래의 조종사들을 남부국가연합에 모여들게 만들었다. 남부국가연합의 항공 산업의 발달과 중흥은 타국과는 정반대로 국가와 민족을 초월한 그 유래를 찾을 수 없는 완벽한 개방 정책으로 이룩된 것이었다. 이러한 남부국가연합의 전반적인 환경 속에서 바랑기스 공국에 항공 용병 길드가 대륙 최초로 성립된 것은 어쩌면 당연하다고까지 말할 수 있었다.

바로 남부국가연합의 항공 산업에 대한 유래가 없는 개방과 각국에서 몰려든 야망을 가진 수많은 젊은 조종사들, 바랑기스 공국의 불안한 정치적 상황과 아드리안 해의 엄청난 상업적 가치, 그리고 아드리안 남부 해역의 안정을 위협하는 해적들의 존재가 복합적으로 결합되어 바로 바이오코 섬의 아드리안의 날개를 만들어낸 것이다.

에르하르트는 고속정에서 내리면서 바이오코 섬의 선착장에 주기되어 있는 수많은 수상기들을 바라보았다. 푸른 바닷물 위에 그 그림자를 띄우며 모여 있는 수상기들의 이채롭고 다양한 개성들은 에르하르트의 눈을 아주 즐겁게 만들었다. 남부국가연합의 수많은 항공 업체 수만큼이나 많을 것 같은 다양한 형태와 크기를 가진 수많은 종류의 항공기와 이러한 특유의 개성을 가진 각 기체의 특징을 잘 나타내고 있는 화려한 도색과 조종사들이 그린 다양한 종류의 마스코트와 문장들이 어우러져 만들어내는, 어떻게 보면 방만하기까지 한 개성있고 자유스러운 이러한 광경은 너무나 개방적인 남부국가연합의 항공 문화를 잘 나타내고 있었던 것이다. 그리고 이러한 다양성에서 나타난 일련의 화려함은 생산성과 효율, 그리고 성능 비교를 통한 항공기 생산의 단일화를 추구하던 발렌슈타인 제국 공군에서는 볼 수 없었던 시각적 즐거움과 함께 에르하르트에게 일종의 정서적 포만감을 선사했던 것이다.

"서두르지 않고 뭐 하나? 바쁘다면서?"

프라이어가 뜨거운 햇빛이 조금 거슬리는지 이마에 손바닥을 대면서 에르하르트에게 말했다.

"대단하군요. 제가 공군에 있으면서도 이렇게 많은 종류의 항공기들을 한꺼번에 본 적은 한 번도 없었는데 말이죠. 이걸 다 몰아보려면 일주일을 이곳에 머물러 있어도 모자랄 것 같은데요?"

에르하트가 여느 때보다도 눈을 반짝거리면서 말했다. 그리고 행복하다 못해 일종의 원초적인 욕망의 위험한 기운마저 느껴지는 에르하트의 이런 반응은 프라이어에게 쓴웃음을 짓게 만들기에 충분했다.

"그냥 항공 회사에 취직해서 테스트기 조종사나 할 것이지 무슨 영주 노릇을 하겠다는 것인지……. 말하는 것이나 하는 것을 보면 죽을 때까지 비행기 조종이나 하면서 살아야 행복해할 사람 같은데 말이야."

"흥! 부자 영지의 영주 노릇 하면서 거둬들인 돈으로 전 세계의 비행기를 깡그리 사들여서 자가용으로 몰고 살아도 넘치도록 행복할 겝니다! 거기다 멋진 아가씨가 추가된다면 금상첨화고요!"

에르하트는 프라이어의 말을 받아 망상가의 말도 안 되는 욕심인지 어린아이처럼 순수하고 소박한 소원인지 잘 판단이 되지 않는 말을 남기면서 일말의 아쉬움이 가득 담겨 있는 눈빛으로 일행에 앞서서 해변의 선착장에서 섬 내륙으로 나 있는 길을 따라 빠르게 발걸음을 내디뎠다.

아드리안의 날개 본부에서 의뢰를 접수받는 중년의 남자 마르셸은 남부국가연합이 아닌 신성 폴센 제국 사람이었다. 마르셸은 한때 자신이 자랑스럽게 여기는 아드리안의 날개에 소속된 파일럿이었지만 접수대에 올려져 있는 의수로 되어 있는 그의 오른손을 보면 알 수 있듯이 현재는 비행기를 더 이상 몰지 못하는 몸이 되었다.

하지만 그는 비록 해적들과의 전투에서 오른손이 그대로 날아가는 부상을 입었지만 아직도 자신에게 하늘을 날 수 있는 기회를 준 아드리안의 날개와 두 번째 조국인 바랑기스 공국을 사랑하고 있었다. 그가 태어난 신성 폴센 제국은 너무나 보수적이었기에 평범한 어부의 아들이었던 마르셀에게 하늘을 날 수 있는 기회를 애초부터 주지를 않았고 결국엔 고향을 떠나 새로운 땅에서 미래를 꿈꾸게 만들었던 것이다.

그리고 젊은 날의 영광들을 이제는 자신만의 추억으로 남긴 채 흐르는 세월 속에서 어느덧 중년의 나이가 된 마르셀은 언제나와 같이 조용하고 침착한 모습으로 접수대에 마련된 의자에 앉아 어제 레지나 섬에 있었던 일로 의견을 분주하게 나누고 있는 젊은 조종사들의 모습을 가끔 훔쳐보면서 무료한 모습으로 누군가가 놓고 간 재미없는 문고판 소설을 읽고 있었다. 그때였다, 혹시나 하는 마음에 일을 기다리고 있는 몇몇 용병들을 제외하고는 아무도 없는 한산한 접수처의 하얀 미닫이문이 힘차게 열린 것은.

"계십니까?"

오랜 정적을 깨뜨리면서 미닫이문을 열고 들어온 것은 갈색 머리를 한 활기가 넘치는 한 청년이었다. 마르셀은 읽고 있던 소설책을 아무런 미련 없이 덮고 탁자에 앉아 있는 용병들의 시선을 받으면서 접수대로 걸어오고 있는 이 젊은 방문자에게 언제나와 같이 환영의 인사말을 건넸다.

"안녕하십니까? 아드리안의 날개에 오신 것을 환영합니다. 무슨 일로 오셨는지요?"

마르셀은 원래 의도인 인사는 물론이고 의례적이고 형식적이었지만 환영의 뜻을 담아 찾아온 이유를 묻는 오랜 노하우가 가득 담긴 영업용 인사말을 자연스럽게 던지면서 눈앞에 서서 접수대 여기저기를 둘러보고 있는 청년을 바라보았다.

"당연히 용병을 구하러 왔지요."

인상 좋은 웃음을 보이면서 씩씩하게 대답하는 이 청년을 보면서 마르셀은 눈앞에 있는 이 청년에게 왠지 모를 호감을 느꼈다.

"하하, 죄송합니다. 당연한 것을 물어봤군요. 그럼 용병을 얼마나 고용하시려고 하는지요? 계약 기간은 얼마나 원하시고요?"

용병을 구한다는 청년의 말을 듣고 접수처의 탁자에 앉아 일을 기다리던 용병들의 시선이 달라지는 것을 느끼면서 마르셀은 접수처 안에 비치된 서랍 안에서 계약서를 꺼내 들더니 청년에게 거래를 위한 본격적인 질문을 던졌다.

"예? 많으면 많을수록 좋겠는데요? 기간은 3년 계약을 원합니다. 그리고 계약 종료 시까지 일이 끝나지 않을 때는 옵션으로 연장 계약을 하면 좋겠고요. 그 외 자세한 사항은 추후 통보해 드리겠습니다. 물론 계약은 최대한 이곳의 절차와 관습에 따르겠습니다."

펜을 들고 계약 내용을 적으려던 마르셀은 어이없는 표정을 지을 수밖에 없었다. 그리고 하얀 면 셔츠에 검은 반바지를 입고 이를 드러내면서 웃고 있는 순박하게 생긴 청년을 보면서 아드리안의 날개에 대해 자세히 설명하기로 마음먹었다.

"저기… 아직 잘 모르는 것 같은데……."

"예?"

"아드리안의 날개의 용병들은 조종사들입니다만……."

"예, 그렇게 알고 있는데요."

　힘차게 고개를 끄덕이면서 대답하는 눈앞의 청년을 보다가 마르셀은 자기도 모르게 접수처에서 두 사람의 대화를 들으면서 키득거리고 있는 용병들에게 눈길을 주었다. 마르셀은 세상 물정을 잘 모르는 듯 보이는 이 청년에게 친절하게 현실을 설명하기로 마음먹었다.

　"조종사들과의 계약은 일반 용병들과는 많이 다릅니다. 일단 일 인당 급여가 상당히 차이가 납니다. 그리고……."

　마르셀이 눈앞의 청년에게 막 말문을 열었을 때 접수처의 문이 덜컥 열리더니 몇 사람이 들어왔다.

　"야, 이 녀석아! 같이 가야지 혼자 돌아다니면 어떡해?"

　"언제는 빨리 가자면서요? 섬 구경 좀 하면서 가자니까는……."

　막 문을 열고 들어온 단신의 강인한 인상을 가진 늙은 남자가 청년에게 다짜고짜 따지자 청년은 표정을 표독스럽게 바꾸더니 그렇게 대꾸했다. 그리고 두 노소는 따라 들어온 다른 일행과 용병들이 재미있다는 표정으로 지켜보는 것을 아는지 모르는지 서로에게 삿대질까지 해가면서 한참 동안 말다툼을 벌였다.

　"저기……."

　결국 그 모습을 지켜보다 못한 마르셀이 두 사람의 대화를 끊고 그 사이에 끼어들었다.

　"이곳은 우리 길드의 영업장입니다. 좀 자중해 주셨으면 합니다만……. 거기다가 요즘 우리 길드의 사정이 좋지 못해서 말입니다."

　그리고 둘의 다툼을 끝내야겠다는 마르셀의 의도는 정확하게 들어맞았다.

　"커흠! 미안하게 됐네."

　노인이 먼저 헛기침을 하더니 마르셸에게 사과를 하였고, 젊은 청년 역시 정중하게 고개를 숙이면서 어느새 순박해진 눈빛으로 주위를 돌아보았다. 같은 일행으로 보이는 검은 머리를 한 청년의 비릿하게 보이는 미소를 보더니 잠시 발끈해하는 표정을 보였지만 말이다. 마르셸은 그나마 청년에게서 시선을 거두고 앞에서 자신을 보고 있는 노인에게 계약 내용을 듣기로 마음먹었다.

　"저기 저분께서 우리 용병 길드하고 장기 계약을 맺고 싶어하시던데요."

　"맞네."

　"그런데 그 인원을 최대한 많이라고 말씀하시던데 말이죠."

　"그것도 맞네."

　"……."

　"저기… 상인이십니까?"

　"아닌데? 왜 그러나?"

　"그럼 무슨 일에 쓰시려고 용병을 구하시는지요?"

　마르셸은 노인의 대답을 기다리면서 펜을 들었다. 그런데 엉뚱한 데서 대답이 들려왔다. 옆에서 희미한 미소를 지으면서 서 있던 검은 머리의 청년이 대답한 것이다.

　"그뤼네발트라는 지방을 들어보셨습니까?"

　"예? 그뤼네발트라면 발렌슈타인 제국의 최대 화약고 같은 지역 아닙니까?"

　마르셸이 자신이 아는 바를 짤막하게 대답하자 검은 머리의 청년은 왠지 모르게 불길해 보이는 웃음을 흘리면서 다시 입을 열었다.

"그곳에서 한바탕하려는데 조종사가 부족해서 조종사를 구하려고 이곳까지 왔습니다."

"……."

마르셀은 이번 건이 자신이 상대할 레벨의 것이 아니라는 것을 느꼈다. 손님들을 우선 다른 곳에 모셔두고 상급자에게 이 사실을 보고하리라 마음먹었다. 그리고 일단 계약자의 이름을 알아두기로 했다.

"그러면 이번 계약의 권한을 어느 분께서 위임받으셨는지요?"

그러자 노인이 맨 처음 들어온 청년에게 턱짓을 하더니 말했다.

"위임이고 뭐고 그뤼네발트의 영주가 저 녀석이니까 저 녀석에게 물어보게나."

마르셀은 놀랐다. 영주라고 했다. 그것도 대륙의 강자 발렌슈타인 제국의 귀족이었다. 그리고 눈앞의 노인은 영주를 저 녀석이라고 했다. 고위 귀족임에 분명했다. 사기꾼이 아니라면 말이다. 마르셀은 자신도 모르게 흐르는 식은땀을 호주머니에서 꺼낸 손수건으로 주섬주섬 닦아내면서 눈앞의 청년, 아니, 영주에게 자리에서 일어나 정중한 태도로 사과의 말을 건넸다.

"미처 알아차리지 못하고 무례를 끼친 점 죄송합니다."

그러자 청년은 손사래를 치더니 사람 좋은 웃음을 터뜨리면서 말했다.

"하하하! 아닙니다. 제가 신분을 밝히지 않은 것을……. 그리고 거기 서 계시는 조종사 분들도 편하게 앉으세요. 이 나라 귀족도 아닌데 말입니다. 하하하!"

마르셀은 이 청년 귀족에게 이름을 확인한 다음 윗분들에게 보고하기로 결심했다. 정말로 그가 관리할 수 있는 선을 넘어선 계약이 될 것 같았다.

"저기… 아무래도 제 선에서는 어떻게 못할 것 같군요. 일단 윗분들에게 보고를 드려야 하니 손님이 머무는 별실로 안내해 드리겠습니다. 기다리게 해서 죄송합니다."

"하하, 뭐, 조금 기다리는 것이야."

"저기 죄송하지만 영주님의 성함을 알 수 있을까요? 아무래도 계약자의 이름이 필요해서 말입니다."

조심스럽게 말을 건넨 마르셀은 청년 귀족의 이름을 적기 위해 펜을 들었다.

"으음, 그뤼네발트 영주이자 발렌슈타인 제국의 남작 크리스티안 폰 에르하트입니다."

"예, 크리스티안… 폰… 에르… 에르하트? 지금 에르하트라고 하셨습니까?"

"예, 그런데요?"

마르셀은 눈앞의 청년 귀족과 앞에 놓인 노트에 적힌 이름을 번갈아 가며 쳐다보았다. 자신이 너무나 놀라서 놓쳐 버린 펜이 굴러다니고 있는 노트엔 분명히 에르하트라는 단어가 쓰여져 있었다. 그리고 자신이 비명처럼 외친 말을 듣고 놀란 다른 용병들도 어느새 자리에서 일어나 있었다. 그들에게 에르하트라는 이름은 감당하기엔 너무나 커다란 충격이었다. 마르셀은 떨리는 가슴을 억지로 진정시키면서 조심스럽게 눈앞의 청년 귀족에게 다시 한 번 질문을 던졌다.

"혹시 서부통합전쟁에서 붉은 18번기라고 불리신 그 에르하트님이십니까?”

　“예.”

　마르셀은 진짜로 엄청난 인물이 아드리안의 날개에 찾아왔다는 것을 깨달았다. 거기다 이번 일은 진짜로 엄청난 거래가 될 것 같았다. 그뤼네발트라니! 그곳의 주인이자 전설처럼 전해지는 위대한 조종사 크리스티안 에르하트가 아드리안의 날개를 직접 방문했다. 이것은 아드리안의 날개에 있는 수많은 조종사들의 가슴을 불타오르게 만드는 대사건이었다. 마르셀은 확신했다, 아드리안의 날개에 에르하트라는 거대한 태풍이 불어닥쳤다는 것을.

　아드리안의 날개 본부 별관에 마련된 접객관은 다른 건물들이 대부분 기능성을 우선으로 합리적이고 효과적인 설계에 따라 지어진 데 반해 거의 유일하게 기능성이라는 단어와는 상관없이 지어진 건물이었다. 무인도를 개발한 외딴 섬이라는 그 지리적인 한계 때문에 그 화려함이 비록 대륙의 영주관이나 대상들, 귀족들의 대저택에 비할 바는 못 됐지만 섬 곳곳에서 자라는 두터운 자단목을 잘라 장인의 손길로 다듬어진 목재들을 이용해 지어진 이 3층짜리 건물은 예로부터 우수한 공예가들을 배출한 남부국가연합의 명성 높은 예술적 전통을 충분히 느낄 수 있을 정도로 우아하고 세련된 미를 자랑하고 있었다.

　대륙 남부 별장들의 최신 유행 설계 방식에 따라 지어진 접객관의 내부는 그 외관만큼이나 많은 정성이 녹아들어 가 있었는데 이슬라한 대륙에서 건너온 갖가지 보석 가공품이나 화려한 문양을 가진 융단이 그 이국적인 화려함을 이곳에 머무는 손님들에게 자랑하였고 남부국가연합에서 만들어지는 장인의 손길을 거친 자기나 가구들은 그 화려함에 품격이라는 것을 더해주었다. 그리고 이 귀족적인 취향의 건물 3층에는 마르셀이라는 이름을 가진 접수 담당자의 부담스러울 정도로 친절한 안내에 따라 이곳에 머물게 된 에르하트 일행이 있었다.

"아, 갑갑해!"

밖의 날씨가 정오라는 시간에 걸맞게 세상을 녹일 듯이 뜨거운 데 반해 에르하트가 머물고 있는 접객관의 내부는 온도 조절 마법이라도 이용했는지 천장에서 천천히 돌고 있는 커다란 선풍기가 필요없을 만큼 시원한 실내 온도를 유지하고 남국 특유의 맑고 쾌적한 공기를 방문자들에게 선사하고 있었지만 이 사치스러운 대접에도 불구하고 에르하트는 당장이라도 건물 밖으로 뛰쳐나가고 싶은 욕망에 시달리고 있었다.

"이보게, 크리스 군. 제발 자리에 앉아 있게나. 보고 있는 내가 다 정신이 사납구먼 그래."

접객관에 들어오고 난 직후만 하더라도 여기저기 놓여 있는 화려한 장식품이라든지 앤티크 스타일의 옛스러운 멋을 내고 있는 가구들, 혹은 아드리안 해를 건너온 이슬라한 대륙의 물품들을 감탄과 탐욕스러운 눈빛을 띠고 이리저리 둘러보면서 한가로운 태도를 취하던 에르하트였지만 역시나 이런 물건들은 자칭 외향적인 성격의 도전적인 젊은 이 에르하트를 그 자리에 묶어두기에는 역부족이었다.

"아, 프라이어님은 왜 그렇게 느긋하십니까?"

닫혀 있는 창문 주변을 이리저리 돌아다니면서 불평을 쏟아내던 에르하트가 방 안에 마련된 소파에 앉아 서재에 비치되어 있던 양장본

서적 한 권을 읽고 있는 프라이어에게 못마땅한 눈초리를 주더니 한숨을 쉬면서 소파 맞은편에 주저앉았다.

"나는 자네와는 달리 혈기방장한 청년이 아니니까 당연한 것 아니겠나?"

프라이어는 오랜만에 맛보는 한가한 여유가 즐거운지 책을 무릎 위에 펼쳐 놓고 파이프 담배를 피워 물면서 에르하트에게 편안한 미소를 지어 보였다.

"그래도 말입니다. 그뤼네발트의 상황이 얼마나 급박한지 아시지 않습니까? 한시라도 빨리 조종사를 구하고 그들에게 지급할 전투기들을 사들여야 하는데 이게 무슨 시간 낭비입니까?"

"무소식이 희소식이라는 말이 있네. 거절할 것 같았으면 진작에 거절했을 사람들이야. 아무래도 아드리안의 날개 길드 간부들이 자네 제안을 가지고 심각하게 의논을 하고 있나 보군."

"그렇다면 차라리 다행이고 말입니다."

"자자, 자네도 며칠 동안 잠도 제대로 못 자고 바쁘게 돌아다니지 않았나? 저기 있는 운터바움 군이나 군터처럼 잠이라도 자보게."

프라이어가 침대에 누워 어느새 단잠에 빠져 있는 이스카야르와 군터를 가리키면서 말했다. 에르하트는 그들의 모습을 보고는 잠깐 동안 눈살을 찌푸리더니 소파에서 일어나 차양으로 닫혀 있는 창가로 다가가면서 말했다.

"길드 내부의 분위기라도 좀 알았으면 하는데 말이죠."

"힘들 것 같은데?"

프라이어가 웃으면서 대답하자 에르하트는 한숨을 푹 내쉬면서 차양 틈 사이에 손가락을 밀어 넣고 그 사이를 벌려 밖의 상황을 살폈다. 그리고 차양 너머 창밖으로 보이는 풍경을 보면서 에르하트는 다시 크게 한숨을 쉬고는 비어 있는 침대에 그대로 드러누워 버렸다.

"자네가 이렇게 유명인인 줄은 미처 몰랐군. 아드리안 해를 양분하고 있는 아드리안의 날개 길드에 속한 역전의 용사들이 저렇게 대단한 구경거리를 보고 싶어하는 아이들마냥 이곳 주변을 맴돌다니 말이야. 물론 먹잇감을 발견한 사냥꾼의 눈빛을 한 녀석들도 보이지만 말이지."

어느새 자리에서 일어난 프라이어가 바깥의 동정을 살피면서 재미있다는 말투로 가만히 침대에 누워 있는 에르하트에게 말했다.

현재 에르하트 일행이 머물고 있는 접객관 바깥의 상황은 프라이어의 말 그대로였다. 본관 구석에 마련된 접수처에서 본 용병들이 에르하트의 방문 사실을 자신의 동료들에게 알렸는지 건물 바깥에는 순식간에 족히 수십을 헤아리는 용병들이 삼삼오오 짝을 지어 에르하트가 머물고 있는 3층을 가리키면서 이야기를 나누고 있었다.

그런데 이렇게 모여 있는 용병들이 서부통합전쟁의 최고 에이스로서 그 이름을 남부국가연합에까지 알린 에르하트를 단순히 공군의 영웅으로 생각하고 있었다면 에르하트가 바깥으로 나가는 것을 포기할 리가 없었겠지만 에르하트에게 호승심을 느끼고 있는 자존심 강한 용병들이 문제였다. 밖에 모여 있는 용병들 중에 아무래도 에르하트에게 도전장을 던지기 위해 온 것 같은 사람들이 몇몇 보였기 때문이다.

갇혀 있는 에르하트의 심정으로는 당장이라도 뛰쳐나가서 호전적인 눈빛을 던지고 있는 이 건방진 용병들을 모조리 상대해서 쓰러뜨리고 싶었지만 당장 그들을 고용해야 하는 자신의 현실은 에르하트의 마음을 이렇게 접객관의 조그만 방 안에 그대로 가둬두고 있었다. 물결 무늬의 새하얀 레이스 장식이 화려함을 더해주는 커다랗고 고풍스러운 침대 위에 대 자로 누워 있던 에르하트는 커다란 선풍기가 돌고 있는 천장의 갖가지 기하학적인 문양들을 멍한 눈으로 바라보았다. 얼굴을 향해 불어오는 시원한 바람은 그에게 차갑고 상쾌한 공기의 고마움을 일깨워 주기도 했지만 그뤼네발트로 부임해 온 이후 제대로 누린 적이 없는 수면의 안식까지도 선물해 주었다. 에르하트가 원하든 원하지 않든 간에 말이다.

“무리입니다!”

“상부의 명령이다, 에르하트 대위!”

“아무리 명령이라도 방어하기도 급급한 판국에 공습을 하라니? 이게 무슨 말입니까?”

“우리는 대 발렌슈타인 제국의 영광스러운 군대다, 에르하트 대위!”

“제국의 명예 때문에 개죽음을 당하라는 말입니까?”

“경고한다! 더 이상의 반항은 명령 불복종으로 군사 재판에 회부할 것이다, 대위!”

“뜨겁습니다, 대위님!”

“탈출하라, 소위!”

“캐노피가 열리지 않습니다, 대위님! 살려주세요!”

―일어나게… 크리스 군……. 이보게, 에르하트 남작…….

에르하트는 자신의 몸이 무엇인가의 힘에 의해 흔들리는 것을 느끼면서 흐릿하게 겹쳐 보이는 천장의 모습을 똑바로 보기 위해 시선을 맞추려고 노력했다. 그리고 귓가를 떠도는 프라이어의 목소리를 들으면서 아직 온전하게 돌아오지 않은 정신을 제대로 추스르기 위해 눈을 비비면서 침대에서 일어나 앉았다.

"이제 정신이 드는가?"

프라이어가 고개를 흔들면서 얼굴을 손바닥으로 세차게 문지르고 있는 에르하트에게 말을 걸어왔다. 에르하트는 프라이어의 말을 듣고는 무의식적으로 고개를 끄덕이면서 잠겨 있는 목소리로 입을 열었다.

"아, 잠이 들었나 보군요. 얼마나 시간이 지났습니까?"

"얼마 안 지났네. 피곤했나 보군. 아주 곤히 자던데 깨워서 미안하네."

"아닙니다. 별로 유쾌하지 못한 꿈을 꾸었거든요."

에르하트기 짧게 대답을 마치고는 침대에서 일어나 아직 무거운 몸을 가볍게 풀어주기 위해 두 팔을 크게 뻗어 올려 기지개를 켰다. 그리고는 군터와 이스카야르가 누워 있는 침대로 시선을 돌렸다. 그들의 침대는 비어 있었다.

"군터 군과 이스카야르 양반은 어디 갔습니까?"

"아, 바람 좀 쐬러 간다고 나갔네. 누구와는 다르게 그들은 이곳의 관심 인물이 아니거든?"

에르하트는 프라이어의 웃는 얼굴을 보면서 퉁명스러운 말투로 입을 열었다.

"그런데… 저를 깨우신 이유가? 어차피 밖에 나가지도 못하는 사람

깨우신 이유가 뭡니까? 밥 먹을 때라도 됐나요?”

“허허, 그럴 리가 있나?”

프라이어가 미소를 지으면서 소파가 있는 거실 중앙을 향해 힐끗 시선을 옮겼다. 에르하트는 프라이어의 시선을 따라 소파 쪽을 바라보다가 그곳에 누군가가 앉아 있는 것을 발견했다. 그러자 누구냐라고 묻는 듯한 눈빛을 프라이어에게 보내고 있는 에르하트에게 소파에 앉아 있던 사람이 자리에서 일어나 다가오더니 먼저 악수를 건네왔다.

“안녕하십니까? 프란시스코 그라시아나라고 하는 사람입니다. 발렌슈타인 제국의 영웅 크리스티안 폰 에르하트 남작님을 뵙게 돼서 영광입니다.”

침착하고 차분한 말투로 예의 바르게 악수를 청해온 상대를 거절할 정도로 무례한 사람은 아니었기에 에르하트는 고개를 끄덕이면서 상대의 손을 맞잡으며 정중한 어조로 말을 건넸다.

“반갑습니다. 크리스티안 폰 에르하트입니다.”

에르하트는 인사말을 건네면서 눈앞의 인물을 유심히 살펴보았다. 회색빛 머리에 남국의 사람들이 그러하듯이 구릿빛 피부를 지닌 남자는 침착해 보이는 푸른 눈동자 주변으로 세월의 흔적이 약간씩 나타나 있는 중년의 남성이었다. 자신보다는 약간 작은 신장에 마른 몸집을 지닌 상대를 보면서 에르하트는 그의 정체에 대해 의구심을 품었다. 처음 보는 인물이었기 때문이다.

그때 그라시아나라고 자신을 소개한 인물이 에르하트의 눈빛에 나타난 이와 같은 반응을 알아차렸는지 재빨리 자신이 누구인지 밝혔다.

“저는 아드리안 해의 항공 용병 길드인 아드리안의 날개의 길드장을 맡고 있는 사람입니다. 길드를 대표해 에르하트 남작님과 교섭하기 위해서 이렇게 직접 찾아왔습니다."

에르하트는 밝게 웃음을 지어 보이는 남자의 얼굴을 보면서 같이 굳어진 웃음을 지어 보일 수밖에 없었다. 그와의 대화 결과에 따라 자신과 동료들이 계획한 일이 첫 단추를 무사히 꿸 수 있을지 없을지가 결정되기 때문이었다. 그리고 교섭과 계약이라는 단어가 등장하는 장소에서 에르하트 자신이 모든 것을 혼자서 결정해야 하는 상황은 영주가 된 이후 처음이었다.

"이렇게 찾아와 주셔서 감사합니다. 그럼 계약에 대해 의논해 볼까요?"

에르하트는 가슴속을 파고드는 압박감을 거친 심호흡과 함께 떨쳐 내버리고는 앞에 서 있는 그라시아니에게 미소를 보이면서 자리를 권했다.

"담배를 피우십니까?"

창가 옆 소파에 앉아 있는 그라시아니를 향해 에르하트가 말을 건넸다.

"아닙니다. 아, 괜찮습니다. 피우고 싶으시면 피우시지요."

그라시아니는 에르하트가 무슨 의도로 그런 질문을 던졌는지 눈치채고는 웃음을 지으면서 말했다.

"그럼 결례를 무릅쓰고……."

에르하트는 바지 주머니를 뒤적거리다가 구겨진 담뱃갑을 꺼내 들더니 담배 한 개비를 입에 물었다. 그리고 깊은 한숨과 함께 뿜어져 나온 하얀 담배 연기가 창가의 차양 사이로 스며들어 오는 햇빛 속으로 서서히 번져 가는 것을 바라보면서 그라시아니는 에르하트를 향해 미소를 지어 보이면서 말문을 열었다.

"서부통합전쟁의 영웅이신 에르하트 남작님께서 우리 아드리안의 날개를 방문하시다니……. 이렇게 직접 뵙게 될 줄은 몰랐습니다."

"아닙니다. 영웅이라니요. 그냥 어쩌다 보니 얻게 된 허명일 뿐입니다."

그라시아니의 말을 받아 그렇게 겸양의 말을 건넨 에르하트는 프라이어가 있는 곳으로 잠깐 눈길을 주었다. 하지만 프라이어는 이미 자리에 없었다. 중요한 대화가 오고 가리라는 것을 안 프라이어가 남몰래 자리를 비켜준 것이다.

"아닙니다. 서부통합전쟁 당시 에르하트 남작님의 전설적인 위명은 멀리 떨어진 이곳 아드리안의 날개에서도 유명한 것이었습니다. 얼마나 믿기지 않았으면 에르하트라는 부대명을 가진 정예 전투기 편대가 와전돼서 잘못 전해진 것 아니냐라는 말이 있었겠습니까?"

"하하!"

"그런데 조종사를 구하시러 이곳을 방문하셨다고 들었습니다만……."

그라시아니가 조심스러운 어조로 질문을 던졌다.

"예. 제가 그뤼네발트의 영주로 임명되었다는 사실은 들으셨는지요?"

"들었습니다. 접수처에 있는 마르셀이라는 길드원이 건넨 보고서에 그 사실이 언급되어 있더군요."

에르하트는 그라시아니의 말을 듣고 물고 있던 담배를 재떨이에 비벼 끄고는 자세를 바로 하고 그전까지와는 다르게 진중한 어조로 그에게 말했다.

"솔직히 말해서 그뤼네발트는 현재 내전 상태나 마찬가지인 상황에 빠져 있습니다."

"그것은 저도 들어서 잘 알고 있습니다. 아무래도 업무가 업무이다 보니까 말입니다."

"단도직입적으로 말씀드리자면 저에게는 조종사가 필요합니다. 그것도 경험이 풍부한 조종사가 말입니다. 그래서 이곳을 방문했고 말입니다. 아드리안의 날개에서는 얼마나 조종사들을 지원해 줄 수 있습니까?"

"경험이 풍부한 조종사라……."

그라시아니는 그렇게 말을 흘리고는 자리에서 일어서 창가로 다가가 차양을 살짝 걷어내고는 잠깐 동안 밖을 바라보았다. 그리고는 몸을 돌려 다시 에르하트를 바라보았다.

"아드리안의 날개는 다른 용병 길드와는 그 성격이 약간 다릅니다."

"다르다면?"

그렇게 서두를 연 그라시아니는 에르하트의 질문을 들으면서 여유 있는 발걸음으로 천천히 걸어와 다시 자리에 앉았다.

"아드리안의 날개는 소속 길드원들을 강제하지 않습니다. 다만 조종사를 필요로 하는 사람이 길드를 찾아와 의뢰를 하면 그 의뢰인을 대신해 길드원들에게 의뢰 사실을 알리고 그에 대한 참여 여부를 확인받을 뿐입니다. 아드리안의 날개는 저 같은 길드의 간부들이 직접 계약에 참가하지 않습니다. 다만 조종사들의 대표로서 그들의 권익과 이익

을 보호하고 일이 필요한 조종사나 조종사가 필요한 의뢰자의 사이를
중간에서 조정해 주는 역할을 맡고 있을 뿐입니다.”

말을 마치고 에르하트의 반응을 살피던 그라시아니가 에르하트에게
살짝 미소를 지어주면서 다시 말을 이었다.

“중세 시대의 자유 기사라는 존재를 아십니까?”

“자유 기사라면?”

“기사라는 존재가 오로지 왕에게 봉사하고 영지를 다스리며 전쟁 지
금의 장군이나 행정관 같은 존재로 변질되어갈 때 기사의 순수함을 주
장하면서 기사도를 우선으로 작위나 황금 대신 자신의 자부심과 명예
를 우선으로 여기면서 자신이 필요한 곳을 찾아 세상을 떠돌며 살아가
던 사람들 말입니다.”

그라시아니는 말을 멈추고는 에르하트에게 시선을 맞추더니 강렬한
빛을 발하는 자신의 눈 속으로 자부심이 섞여 있는 미소를 내비치며
말했다.

“남부국가연합은 다른 국가와는 다르게 그럴 의지가 있다면 어렵더
라도 누구나 저 창공을 누빌 수 있는 조종사가 될 수 있습니다. 그리고
그것이 저를 비롯한 우리 남부국가연합 조종사들의 자랑거리 중 하나
이고요. 그런데 조종사가 되더라도 아직은 이 세상에서 조종사라는 존
재가 할 수 있는 일은 그다지 많지 않습니다. 군에서 필요한 인원, 최
소한 남부국가연합 내의 중소국가들의 공군에서 필요로 하는 인원은
예산상의 문제로 인해 극히 제한되어 있습니다. 그리고 상계에서도 항
공기를 이용한 물류 수송의 빠른 신속성에는 매력을 느끼고 있지만 그
이동 물량에 비해 유지비와 운송비가 많이 드는 경제성의 문제 때문에

항공 운송 분야에 대한 투자가 극히 적은 것 또한 이곳의 현실입니다. 따라서 국가가 항공 산업을 총괄하고 있는 발렌슈타인 제국을 비롯한 다른 강대국들과는 다르게 철저한 시장 원리에 따라 치열하게 살아가야 하는 남부국가연합의 조종사들은 대부분 자신이 하늘을 난다는 사실, 그 사실 하나만을 자부심으로 여기며 이 세상을 살아가고 있습니다. 따라서 저는 감히 저들이 용병이라는 이름으로 불리고 있다지만 최소한 명예를 알고 자부심이 뭔지 아는 그런 중세의 자유 기사 같은 존재라고 믿고 있습니다. 그리고 그런 자부심으로 살아가는 자들에게 그 누가 이러해라 저러해라 명령을 내릴 수가 있겠습니까? 따라서 저는 에르하트 남작님의 의뢰에 얼마나 많은 조종사가 참여할 수 있는지 명확하게 말씀해 드릴 수가 없습니다. 다만……."

"다만?"

'세상일 쉬운 것이 어느 하나 없구나' 하면서 속으로 한탄의 한숨을 내쉬며 담배를 다시 꺼내 물던 에르하트가 그라시아니의 마지막 말을 듣고는 고개를 들었다. 그리고 그런 에르하트의 모습을 지켜보던 그라시아니는 입가에 미소를 떠올리면서 대답했다.

"씨사이드 에어로 페스티벌이 곧 열린다는 것은 남작님에게 좋은 기회가 될 수 있습니다."

"그렇습니다. 저도 그래서 서둘러 이곳에 온 것입니다. 남부국가연합은 물론 전 세계에서 그 축제에 참가하고자 수많은 관광객과 함께 조종사들이 몰려올 테니까요."

그라시아니는 에르하트의 말을 듣고는 고개를 가로젓더니 에르하트의 눈을 직시하면서 다시 말을 건넸다.

"에스프릴라의 깃발을 아십니까?"

에르하트는 고개를 끄덕였다.

"에스프릴라의 깃발은 에르하트 남작님에게 많은 기회를 가져다줄 것입니다. 남작님께서 하고자 하는 의지만 있다면 말입니다. 그리고 에르하트 남작님에게 길드를 대표해 부탁드리겠습니다. 씨사이드 에어로 페스티벌에 참가해 주십시오."

"……!!"

에르하트가 갑작스럽게 터져 나온 의외의 제안에 어리둥절한 표정을 지을 때 그라시아니는 간곡하다는 의미를 제대로 표현하고 있는 얼굴을 하면서 말을 이었다.

"최선을 다해 지원해 드리겠습니다. 도움을 얻기 위해 찾아오신 에르하트 남작님께는 염치없는 부탁으로 들리시겠지만 저희들에게는 붉은 18번기의 영웅이신 에르하트 남작님이 꼭 필요합니다. 아드리안 해의 평화를 위해서, 그리고 에르하트 남작님의 목적을 위해서 그것이 최선의 길이라고 저는 장담할 수 있습니다."

많은 구경꾼들이 모여 있는 바이오코 섬의 선착장 앞바다에 아침의 햇살을 받으면서 한 대의 항공기가 아름다운 에메랄드 빛 물살을 힘차게 가르며 지상으로 내려앉았다. 이 기체는 은은한 아름다움을 자랑하는 푸른 하늘과 투명한 에메랄드 빛 바다와는 완전히 대비되는 강렬한 붉은색을 띠고 있었는데 기수에 달려 있는 세 개의 프로펠러가 거센 회전을 천천히 멈추면서 천천히 선착장에 접안하기 시작하자 모여 있던 구경꾼들 중 몇몇이 잰걸음으로 기체가 향하고 있는 선착장으로 다가가기 시작했다.

옆으로 보이는 다른 수상기들과는 확연히 비교되는 커다란 날개와 공냉식 엔진의 특징인 통통한 몸체를 잘 보여주고 있는 다른 기체와 비교되는 날씬하고 세련된 기능미가 인상적인 이 기체는 카스톨티 박사가 개발한 MC—55 센타우로였다. 그리고 캐노피가 열리면서 방풍경을 벗어 던지며 능숙한 몸놀림으로 내려오고 있는 인물은 물론 발렌슈타인 제국 공군이 자랑하는 에이스 크리스티안 폰 에르하트 남작이었고 말이다.

"어떤가?"

남부국가연합에서 쓰는 일체형으로 만들어진 원피스형 조종복의 상의 지퍼를 내리면서 기체가 매어져 있는 선착장에 그대로 서서 자신이 방금까지 타고 기체 성능을 테스트한 MC—55기를 바라보고 있는 에르하트에게 프라이어가 약간은 다급한 목소리로 질문을 던졌다.

"으음, 일단 착륙할 때 기체가 오른쪽으로 기우는 현상이 있는데……."

에르하트가 고개를 돌리면서 약간은 어두운 표정으로 첫마디 말을 그렇게 흘리자 프라이어의 표정이 바로 어두워졌다. 그런 프라이어의 반응을 지켜본 에르하트는 곧 표정을 바꿔 재미있다는 듯이 빙긋 웃음을 짓더니 다음 말을 이어나갔다.

"뭐, 그 정도야 아주 햇병아리 녀석만 아니라면 감당할 수 있는 정도로 우스운 정도고요, 상승력이나 속도, 기동성 모든 것이 라파엘 사의 1,400마력 급 엔진을 사용했을 때와는 비교도 되지 않게 업그레이드됐습니다. 대단한 성능입니다. 심장을 바꾸니까 완전히 다른 기체가 됐다고나 할까요? 평범한 짐말이었던 놈이 순식간에 날렵한 경주마가 되었다는 느낌이 들 정도입니다."

에르하트의 마지막 말은 앞에서 그의 말을 듣고 있던 프라이어와 카스톨티의 얼굴에 화색이 돌게 하기에 충분했다.

"EM—410 엔진의 위력인 것인가?"

자신이 설계한 기체를 바라보던 카스톨티가 감회에 젖은 얼굴을 하면서 말했다.

"그렇겠죠. 파하렌이 사용하는 DMEW—200 1,500마력 엔진보다도 무려 200마력이나 더 강한 엔진이니까요. 전쟁 말기에 나온 DMEW—202 엔진과 동급의 엔진 출력을 자랑하면서도 출력 조정은 오히려 더 부드럽게 잘되니까 말이죠. 그러나저러나 아드리안의 날개 길드 사람들도 대단하군요. 이런 최신형 엔진을 구하다니 말이죠. 전쟁통에 제국의 내부 사정이 혼란하지 않았으면 여기에 있지도 못했겠지만 말입니다."

에르하트가 동의의 말을 꺼내자 카스톨티는 고개를 돌리더니 에르하트에게 다시 말을 건넸다.

"그런데 이 기체에만 EM—410 엔진을 달 수는 없잖은가, 에르하트 남작? 자네가 원하는 수준의 기체를 만들기 위해서는 차후 우리가 공급해야 하는 모든 센타우로 기에 이 엔진을 달아야 할 텐데 솔직히 말해서 우리 사보이 왕국의 국력이나 외교력으로는 이 엔진을 얻을 수가 없다네. 자네도 알다시피 이 엔진은 최신형 엔진이고 엔진 기술은 항공 산업의 핵심 기술 중 하나니까 말이야."

"뭐, 항공기 엔진이 항공 산업의 핵심 기술의 하나인 것은 사실이죠.

이 EM—410 엔진만 하더라도 DMEW—200 엔진을 라이선스, 생산하던 EHI 사에서 스스로 독자적인 엔진을 만들기 위해 수많은 실패를 겪으면서도 막대한 개발비를 들여 만들어낸 것이니까요. 저라도 그냥 팔기는 아까울 겁니다. 하지만……."

"하지만?"

에르하트의 말을 받아 프라이어가 반문을 해오자 에르하트는 싱거운 표정으로 머리를 긁적이면서 대답했다.

"뭐, 그거야 우리가 걱정할 문제가 아니죠. 그것은 우리가 걱정하지 않아도 그뤼네발트에 있는 미르코나 슈펠만 남작이 알아서 먼저 걱정할 겁니다. 당장 우리 앞에 놓인 난제만 해도 머리 아파 죽겠는데 그것까지 신경 쓸 겨를이 없죠. 아드리안의 날개 길드의 제의를 받아들였으니까 말입니다."

말을 마치고 잠시 주위를 둘러본 에르하트는 두 손을 치켜들면서 다시 입을 열었다.

"일단 아드리안의 날개 길드와의 계약부터 이행하고 엔진 문제를 고민해야 하는 게 순서에 맞는다고 보는데요? 그렇지 않습니까, 그라시아니 길드장님?"

에르하트가 말없이 서 있는 자신에게 고개를 돌리며 말을 걸어오자 그라시아니는 옅은 웃음을 흘리면서 고개를 끄덕였고, 에르하트는 그런 그라시아니를 가만히 지켜보면서 그와의 계약을 머리 속으로 떠올렸다.

이틀 전 그라시아니와 가진 회동에서 에르하트는 그의 제안을 못 이기고 결국 승낙하고 말았다. 에르하트가 씨사이드 에어로 페스티벌에 참가해 달라는 그라시아니의 제안을 받아들인 이유가 몇 가지 있었는데 그것은 다음과 같았다.

첫 번째는 그라시아니의 약속이었다. 그라시아니는 에르하트가 에스프릴라의 깃발을 건 해적들과 맞서 에르하트가 임시 용병 신분으로 아드리안의 날개를 대표해 페스티벌에 참가한다면 길드장의 권한을 모두 동원해서 에르하트를 적극적으로 지원하겠다고 약속했다. 비록 아드리안의 날개가 용병 개인의 의사를 중요시하는 성격을 지녔다고는 하지만 아드리안의 날개 길드장은 그 길드원들이 가장 존경하는 인물이었기에 그의 영향력은 막강하다고 할 수 있었다. 그런 길드장의 지원은 에르하트가 바랑기스 공국에 온 목적, 즉 공군 전력을 상승시키기 위한 경험있는 조종사의 확보라는 우선 명제에 그대로 부합되었기에 에르하트의 마음을 끈 것이다.

두 번째는 신형기의 실험이었다. 카스톨티 박사와 프라이어 후작이 공동으로 설계한 FM—1 전투기는 차치해 두더라도 창설될 그뤼네발트 공군이 앞으로 사용하게 될 가능성이 매우 높은 MC—55 전투기는 그 실전 성능을 시험해 볼 필요가 있었다. 서류상의 능력들은 최상의 조건에서 최대한의 능력을 이끌어낸 결과였을 뿐 카스톨티 박사의 신형 전투기는 아직 실전 데이터가 없었다. 에르하트는 차후 그뤼네발트 공군의 주력기가 될 가능성이 높은 이 기체를 이번 페스티벌에서 충분히 테스트해 보자고 한 것이다. 덤으로 그라시아니가 기체 성능의 향상을 위해 아드리안의 날개가 비밀리에 구입한 신형 엔진을 제공하겠다는 제안을 하자 에르하트는 그 유혹을 뿌리치지 못했다.

세 번째는 다소 불명확한 것이지만 그라시아니는 이것이야말로 에르하트가 페스티벌에 참가해야 하는 결정적인 이유라고 강변했다. 그것은 바로 바랑기스에 모여드는 조종사들에게 에르하트의 존재를 각인시킬 수 있다는 것이었다.

앞서 말한 바와 같이 바랑기스 공국의 씨사이드 에어로 페스티벌에 모여드는 아드리안의 날개 소속의 용병들을 비롯한 남부국가연합 소속의 조종사들은 많은 수가 국가에 속하지 않은 몸이었다. 그런 그들의 앞에서 소문만 무성할 뿐 아직 그 실체를 보인 적이 없는 에르하트가 나타난다면 자연스럽게 그들의 시선이 에르하트에게 모아질 것이고, 거기에 에스프릴라 기를 걸고 도전장을 낸 해적들에게 맞서서 에르하트가 그 이름대로 막강한 위용을 그들 앞에 선보인다면 조종사를 구하고자 하는 에르하트의 목적이 더욱 쉽게 달성될 수 있다는 것이었다. 이곳 남부의 조종사들은 자신들이 창공의 기사라고 자부하고 있었고, 따라서 과거의 기사들이 그랬듯이 남부의 조종사들 역시 자신을 능가하는 뛰어난 조종사를 동경하고 있었기 때문이다.

마지막으로 네 번째는 순전히 에르하트의 개인적인 감정이었는데 선량한 사람들을 털어먹고 사는 해적들이 아드리안 해를 활보하고 다니는 꼴을 에르하트는 보기 싫었다. 20년 전의 원한이든 뭐든 해적은 본질적으로 나쁜 놈일 뿐이라는 것이 에르하트의 생각이었다.

"그런데 이번 페스티벌에서 길드 측 조종사로 참가하는 사람들 중에서 저만 너무 부각되는 것 아닙니까?"

에르하트가 그라시아니에게 질문했다.

"솔직히 말씀드리자면 해적들이 이번 페스티벌에 보내는 조종사들의 명단을 사전에 입수하지 못했다면 에르하트 남작님께 이렇게 무례를 범하면서까지 참가해 달라고 요청하지 않았을 것입니다. 그리고 에르하트 남작님께서 이번 페스티벌에 참가하지 않으셨다면 지금 이곳 바랑기스 공국의 사람들 사이에 떠도는 이름들은 대부분이 해적 측 조종사들이었을 겁니다. 따라서 초반 기세 싸움이나 우리 측 참가자들의 사기 고양을 위해서는 에르하트 남작님의 이름이 절대적으로 필요합니다. 그 점 이해해 주십시오. 기분이 나쁘셨다면 죄송합니다."

그라시아니는 그렇게 말을 마치고는 에르하트에게 사과를 하듯이 고개를 숙였다. 에르하트는 그런 그라시아니를 보더니 당황한 모습을 하면서 다급하게 말했다.

"아닙니다. 기분 나쁘다니요. 그냥 다른 참가자들에게 좀 미안하고 쑥스러웠을 뿐입니다. 그렇게 사과하실 필요는 없습니다."

"저자가 에르하트인가?"

"그렇습니다."

멀찍이 떨어진 해변에서 망원경을 들어 선착장에서 대화를 나누는 에르하트와 그 일행을 지켜보던 두 인물이 그렇게 이야기를 나눴다. 그리고 장신의 금발을 한 차가운 인상의 남자가 들고 있던 망원경을 내리면서 그 표정만큼이나 싸늘한 말투로 다시 입을 열었다.

"크리스티안 에르하트 대위……. 질릴 만큼 들은 인물이지. 제국 공군의 최고 에이스라는 말, 아니, 역사상 최강의 에이스라는 말을 말이야."

그렇게 나직하게 말을 흘린 남자는 싸늘한 미소를 짓고는 다시 한 번 에르하트 쪽을 바라보더니 한마디 말을 더 남기고는 해변 안쪽에 위치한 숲 속으로 천천히 그 모습을 감췄다.

"그가 그 이름만큼이나 강자인지는 직접 싸워보면 알 수 있겠지. 기다려지는군, 그날이."

율리아의 달은 적도의 무더위가 극에 달해서 바다에서 불어오는 고온다습한 해풍과 그에 동반해서 따라오는 비구름이 한 달 내내 바랑기스 공국을 방문하는 달이었다. 따라서 바랑기스 공국 사람들은 언제나 폭풍이나 기나긴 장마에 대한 대비를 하고 살아야 했는데 언제나 그렇듯이 자연은 숨겨져 있는 자신의 광포함을 드러내 인간의 노력을 헛되이 만들고는 했다.

바랑기스 공국 사람들은 율리아의 달을 가리켜 불운의 달이라고 불렀는데 이 율리아의 달에 집중되는 폭풍과 장마의 영향으로 예로부터 아드리안 해를 건너 이슬라한 대륙으로 향하려던 무역선들이 선착장에 묶여 출항을 하지 못하거나 입항 시기를 맞추지 못해 침몰하는 참사를 겪어왔다. 그리고 재수가 없는 경우에는 커다란 해일에 휘말려서 섬 마을 전체가 쑥대밭이 되기도 했다. 따라서 율리아의 달은 바다를 이용해서 살아가는 바랑기스 공국 사람들에게는 말 그대로 우울한 달일 수밖에 없었다.

그런 의미에서 주다스의 달 마지막 주에 벌어지는 축제는 바랑기스 공국인들에게는 가장 큰 행사 중 하나가 될 수밖에 없었는데 앞으로 다가올 자연의 시련 속에서 평안을 기원하고 앞으로 근 한 달 동안 이어질 장마로 인해 누리지 못할 즐거움을 그전에 만끽할 수 있는 마지막 기회였기 때문이다. 그리고 앞으로 자신이 줄 시련이 미안했는지 자연은 언제나 주다스의 달 마지막 주에는 그 어느 때보다도 화창하고 상쾌한 날씨를 바랑기스 공국 사람들에게 선사하곤 하였다.

바다에서 불어오는 강한 해풍을 맞으면서 에르하트는 해안가 야자수 그늘 아래서 오후의 나른함을 느끼면서 모래사장을 끊임없이 덮치고 있는 푸른 파도와 하얀 물보라들을 바라보고 있었다. 해먹 위에 누워 열대 과일로 즙을 낸 시원한 음료를 마시면서 한가하게 일광욕을 즐기고 있던 에르하트의 얼굴 위로 누군가의 그림자가 내려왔다.

"뭐 하십니까? 남들은 바빠 죽겠는데."

웃통을 벗고 탄탄한 근육질의 몸을 드러내면서 누워 있던 에르하트는 들고 있던 잔을 내리고 목소리가 들려온 방향으로 고개를 돌렸다.

"오, 진트 아닌가? 한잔 마실래? 이거 아주 맛이 좋은데 말야."

에르하트를 찾아 해변까지 찾아온 진트는 그가 내미는 음료수 잔과 얼굴을 번갈아 쳐다보더니 한숨을 내쉬었다.

'아, 이런 사람에게 페스티벌에 참가하는 우리 길드 조종사들이 모조리 당하다니…….'

진트는 자신을 덮쳐 오는 자괴감에 괴로워하면서 그런 감정이 들게 하는 그 주인공에게 퉁명스럽게 말했다.

"남들은 기체 정비하랴, 앞으로 있을 시합에 대비하랴 눈코 뜰 새 없이 바쁜데 그렇게 혼자서 바닷바람이나 쐬고 있다니 다른 사람들한테 미안하지도 않습니까?"

"엥? 왜 그렇게 심통난 표정이냐? 축제는 오늘 시작하지만 시합은 내일부터잖아. 바쁠 것이 뭐가 있나?"

여유만만, 무사태평. 무엇이든지 간에 당장 큰일이 닥친 사람이 결코 지을 수 없는 표정을 지으면서 에르하트가 대답했다. 그러자 진트는 자신의 얼굴을 손바닥으로 마구 쓸더니 다시 입을 열었다.

"바쁠 것이 뭐가 있다니요? 에르하트 남작님 말씀대로 시합이 당장 내일부터 열리니까 바쁜 것이 당연하지 않습니까?"

"그런가?"

얄밉게도 음료수 잔에 들어 있는 빨대를 쭉 빨면서 대답하는 에르하트였다. 진트는 머리가 아파왔다. 그리고 당장 주먹을 들어 눈앞의 이 사내를 한 대 쥐어박았으면 좋겠다는 생각을 머리 속에 떠올렸다. 하지만 그럴 수가 없었다.

"당연하지 않습니까? 당장 남작님의 윙맨인 저만 해도 내일 있을 시합에서 어떻게 편대를 운용해야 할지 전혀 모르지 않습니까?"

그렇다. 진트는 에르하트와 같은 팀으로 내일 있을 시합에 나가야만 했고, 그는 에르하트의 지휘를 받아야만 했다.

"그냥 하던 대로 해."

진트는 에르하트의 성의없는 대답을 들으면서 자신도 모르게 주먹을 움켜쥐고 말았다. 그러나 어느새 말을 마치고 다시 모래밭 위에 드러누워 일광욕을 즐기고 있는 에르하트를 보면서 치밀어 오르는 울화를 삼켜야만 했다. 자신은 패자였으니까 말이다.

"하던 대로 하라니요? 너무 자만하시는 것 아닙니까?"

진트가 따지듯이 되물었다.

"자만이라니?"

"자만 아니면 뭡니까? 다른 참가자들은 오늘이 마지막 날이라서 작

전을 구상하고 기체를 정비하고 난리인데 혼자서 한가하게 뭐 하시는
겁니까?"

"이런, 뭔가 오해하고 있구먼."

에르하트가 말을 마치고 자리에서 일어섰다. 그리고 진트의 어깨에
손을 올리면서 심각한 눈빛으로 다시 말을 이었다.

"이봐, 진트 군."

"왜요?"

"자네, 우리 기체를 정비하고 계시는 분들이 어떤 분들인지 아나?"

"……."

진트는 아무 말도 할 수 없었다. 기체를 정비하고 있는 사람들이 발
렌슈타인 제국과 남부국가연합 최고의 항공기 전문가였으니까 말이다.
하지만 진트는 물러서지 않았다.

"그래도 윙맨인 저하고 작전 구상 정도는 같이 해야 하지 않습니까?
팀워크가 중요한 것 정도는 잘 아실 만한 분이 이래도 되는 겁니까?"

에르하트는 진트의 어깨에서 손을 내리고는 쓰게 웃었다. 그리고 말
했다.

"이봐, 진트."

"왜요?"

"자네, 저번에 나한테 몇 번이나 격추당했는지 기억나나?"

"크윽!"

진트는 인상을 구기고는 아무 말도 하지 못했다. 에르하트의 말 덕
분에 잊고 싶던 과거가 떠올랐기 때문이다. 그 일을 당하기 전에는 이
곳에서 나름대로 자신도 뛰어난 조종사라고 자부했었는데 말이다. 진

트는 비록 아드리안의 바람둥이라는 별명과 함께 불렸지만 언제나 자신만만하고 또 그만큼 실력을 인정받았던 자신이 철저하게 무너진 날을 떠올렸다.

　본래 진트를 비롯한 아드리안의 날개 소속 조종사들 중 일부, 특히 해적들과의 대결에 참가하는 조종사들의 대부분은 에르하트의 합류를 그렇게 반기지 않았다. 해적들과의 대결에 길드원도 아닌 에르하트가 참가하는 것은 프라이드로 무장한 이들 조종사들에게는 자존심 상하는 일이었다. 아무리 길드장인 그라시아니의 부탁이 있었다고 하더라도 말이다. 그래서 그라시아니가 에르하트와 함께 대회에 참가하는 조종사들이 모여 있는 길드 내 선술집으로 들어섰을 때 진트를 비롯한 다른 조종사들의 반응은 절대로 호의적이라고 할 수 없었다.
　이곳 바랑기스 공국과 에르하트가 복무하던 에세인 공국과 엘링턴 왕국의 접경 지대 간의 거리는 엄청나게 떨어져 있었기 때문에 길드 측 참가자들은 여기까지 알려진 에르하트의 실력에 대해 의심의 눈초리를 보내고 있었던 것이다. 그리고 적대적인 감정을 노골적으로 드러내면서 자신을 바라보던 조종사들과 시선을 마주하던 에르하트는 이러한 조종사들의 분위기를 눈치챘는지 한동안 조종사들을 하나하나 쳐다보더니 입꼬리를 살며시 말아 올리면서 웃음을 지어 보였다. 비웃는 것이 명백한 에르하트의 반응을 지켜본 조종사들이 자리에서 일어섰을 때 에르하트가 드디어 입을 열었다.
　"사내놈들이 못마땅한 것이 있으면 바꿔보려고 나서야지 그렇게 꿍하게 있으면 뭐 달라지는 것이라도 있나? 내가 못마땅하면 나를 능가하는 실력을 보여라. 최소한 이곳 아드리안 해에서 최고라고 자부하는 조종사라면 말이다."

에르하트의 도발에 술집 안에 있던 조종사들이 바로 넘어간 것은 순식간의 일이었다. 그리고 길드원들과의 화합을 위해 에르하트를 소개하려던 그라시아니의 의도와는 다르게 아드리안의 날개 조종사들과 에르하트의 첫 만남은 자존심을 건 대결로 변질되고 말았고, 그 결과는 진트의 반응을 보면 알 수 있듯이 아드리안의 날개 조종사들의 참패였다. 특히 노골적으로 에르하트에게 적의를 드러내던 진트는 에르하트에게 참패한 도전자들 중에서도 가장 비참하게 무너진 케이스였다. 유종의 미를 거둔다면서 모의전의 마지막 주자로 나선 진트를 단 10분 동안 수십 번이나 격추시켰으니까 말이다. 엄청난 야유를 함께 보내면서…….

"그런데 더 이상 무슨 팀워크 맞출 일이 있나?"

에르하트의 말을 듣고 진트는 상념에서 깨어났다.

"그게 무슨 말씀이십니까? 저를 지금 무시하는 겁니까?"

진트는 눈앞의 사내에게 화를 내고 말았다. 가뜩이나 그날의 일만 떠올리면 자존심 상하고 우물 안 개구리였던 것 같아서 창피해 죽을 지경인데 자신을 이렇게 만든 당사자에게 무시당하는 듯한 말을 듣자 진트는 참을 수가 없었다. 아무리 패자 유구무언이라지만 에르하트의 말은 너무한 것이었다.

"어이, 무시하다니, 무슨 소리야? 자네는 내가 윙맨으로 지정할 만큼 훌륭한 조종 실력을 가지고 있다고."

갑작스러운 진트의 반응에 에르하트가 당황한 듯 손사래를 치면서 말했다. 물론 그렇다고 진트의 화가 풀리는 것은 아니었다.

"그럼 아까 전 그 말은 뭡니까?"

"무슨 말이라니?"

"더 이상 팀워크 맞출 일이 없다고 했잖습니까?"

"아, 그거? 진트 자네가 오해했군. 내가 말을 잘 못하니까 이해해 줘. 미안하네, 진트."

에르하트가 미안하다는 듯이 어색한 웃음을 지어 보였다. 그리고 아무 말 없이 자신을 보고 있는 진트에게 말했다.

"내 말은 자네가 그날 나하고 맞선 길드 조종사들 중 가장 우수했던 조종사라서 그런 거야."

"무슨 소립니까? 가장 우수하다니? 그래서 남작님에게 가장 많이 격추된 사람이 됐습니까? 그리고 설사 그렇더라도 저하고 남작님은 같이 편대 비행을 이뤄본 적도 없지 않습니까?"

"으음, 편대 비행이야 두 분이 정비를 마치시면 당장 오늘 저녁에라도 할 수 있는 것이고… 격추 많이 당한 것이야……."

에르하트가 그렇게 말을 흐리더니 식은땀을 흘리면서 진트의 시선을 피해 눈을 돌렸다. 그리고 파도가 밀려오는 해변 쪽을 바라보더니 다시 말을 이었다.

"아무튼 진트 자네는 우수하네. 내 나이 스무 살 때를 생각한다면 어쩌면 나보다 더 재능이 있는지도 몰라. 다만 나는 지난 전쟁으로 좋든 싫든 간에 자네보다 전투 경험이 많아서 그런 것일 뿐이지. 그리고 나하고 모의전을 치르면서 뭔가 느껴진 것이 없었나? 내가 군에 있을 적에 신참들은 이렇게 모의전을 치르면서 가르쳤지. 언제 전쟁터에 나갈지 몰라서 시간이 촉박한 관계로 사관학교에서 가르치듯 그렇게 천천히 가르칠 여유가 없었거든. 그래서 모의전으로 바로바로 실전같이 가르치고는 했었지. 그게 신입들을 가르치는 나한테도 맞고 효과도 좋았고 말이야."

진트는 에르하트의 말을 듣고는 뭔가를 깨달았는지 고개를 끄덕였다.

"그럼 모의전을 하면서 계속 말씀해 주시던 게 조언이었다는 말입니까?"

"그렇지."

"확실히 에르하트 남작님에게 당하고 와서 놀림당했던 말들을 생각해 봤는데 말 자체만으로는 자존심이 상했지만 진짜로 배우게 된 것은 많았습니다."

"알아주니 고맙군."

에르하트가 두 팔로 자신의 몸을 감싸면서 말했다. 그리고 그와의 모의전을 회상하던 진트는 좀 거칠기는 하지만 그가 모의전 와중에 내뱉었던 수많은 말들이 결국은 에르하트 자신의 노하우가 담긴 조언이었다는 사실을 알게 되었다. 에르하트의 말들이 앞으로의 자신에게 많은 도움이 될 것이라는 사실을 깨달은 진트는 그전과는 다르게 에르하트에게 고마움의 눈빛을 보일 수밖에 없었다.

"그런데 그냥 이렇게 페스티벌에 나가도 되는 겁니까? 마음이 좀 불안한데요."

진트의 물음에 에르하트가 웃음을 지어 보였다.

"진트 군, 자네 길드에서는 편대 비행 훈련을 안 하나?"

"무슨 말씀이십니까? 당연히 해야죠."

"맞아. 나도 자네들이랑 싸우면서 자네들 전투 방식을 어느 정도 이해하겠더군. 그래서 따로 전술 훈련을 할 필요가 없는 것이고 말이야."

"무슨 말씀이십니까?"

진트가 에르하트의 마지막 말에 의문의 눈빛을 보이면서 말했다.

"이봐, 진트. 내가 누구였다고 생각하나? 자기 기체나 몰고 전투에 참가했던 사람으로 보이나? 일개 편대를 넘어서 나는 전투기 중대 지휘관이었고 나중에는 대위 신분으로 전투기 대대를 이끌었던 사람이라고."

진트는 그제야 에르하트가 어째서 편대 비행 연습을 안 해도 된다고 했는지 어렴풋이 깨달았다. 그것을 증명이라도 하듯 에르하트가 다시 말을 이었다.

"자네들과 엄청나게 모의전을 치르면서 자네들, 특히 진트 자네의 비행 습관이나 전투 요령 같은 것은 익혀둘 수 있었지. 그러니까 내일은 내가 자네에게 맞춰줄 테니까 같이 하늘을 날면서 팀웍을 맞춰보자고. 그리고 이런 말을 내 입으로 하면 쑥스럽지만 솔직히 자네가 나한테 맞추는 게 빠르겠나, 내가 자네에게 맞추는 게 빠르겠나? 당장 내일이 시합날인데 말이야. 정히 마음이 안 놓이거든 저녁때 같이 한 번 날아보기로 하지."

결국 진트는 고개를 끄덕이고 말았다.

"그러면 여기 계속 계실 겁니까? 기체 정비가 완료되면 알려 드리러 오겠습니다."

"그럴 거야. 기체 정비가 끝나면 이곳으로 날 찾아오게, 진트."

에르하트의 대답을 듣고 진트는 몸을 돌렸다. 그리고 진트가 에르하트의 곁을 떠나 걷고 있을 때 야자나무 아래 해먹에 몸을 다시 눕히던 에르하트의 목소리가 들려왔다.

"진트, 수없이 많은 전투를 경험한 내가 충고를 하나 하자면 무슨 일을 할 때 가장 중요한 것 중 하나가 바로 평상심을 유지하는 것이네. 당장 내일부터의 시합이 자네 길드에 큰일이더라도 자네는 언제나와 같이 마음가짐을 유지하는 게 좋을 거야. 그렇다고 나같이 늘어지지는 말고 말이야. 하하! 그럼 저녁때 보세. 몇 가지 기술을 알려줄 테니까 잘 익히고 말이야."

진트는 에르하트에게 고개를 숙이고 나서 다시 발걸음을 옮기기 시작했다.

'그는 위대한 조종사다. 그리고 훌륭한 지휘관이고 멋진 사람이다. 그런데 왜 그는 그때 나에게만 유독 그렇게 심하게 말했을까?

길을 걸으면서 진트는 생각했다. 진트는 자신의 머리 속에 떠오른 의문을 되새기면서 어제 있었던 일을 떠올렸다. 에르하트는 자신에게 재능이 있다고 했다. 하지만 재능이라는 측면만 본다면 그의 말이 옳을지도 모르지만 현재 능력으로만 따진다면 자신의 능력은 에르하트에게 유독 그렇게 심하게 당해야 할 정도로 길드 내에서 독보적인 존재는 아니었다. 에르하트 그가 페스티벌에 참가하는 조종사들의 기를 죽이기 위해서 그런 것이었다고 해도 말이다. 아니, 오히려 자신보다 더 뛰어난 베테랑 조종사들도 많았다. 그렇지만 모의전에서 에르하트는 유독 자신에게만 모질게 말했다.

'왜 그랬을까? 다른 사람들과 내가 달랐던 점이 뭐지?

진트는 그런 의문을 떠올리면서 어제 에르하트를 처음 봤을 때부터의 일을 떠올리기 시작했다. 그리고 잠시 동안 생각에 잠겨서 길을 걷던 이 잘생긴 청년은 자신이 다른 사람과 달랐던 점을 하나 찾아냈다.

'설마…….'

진트는 자신의 머리 속에 떠오른 생각을 부정하면서 고개를 흔들었다. 하지만 진트의 머리 속에 처음 볼 때부터 자신을 쏘아보던 에르하트의 눈빛이 떠올랐다. 진트는 길을 가다 말고 에르하트에게 다시 시선을 돌렸다. 진트가 설마 하면서도 그쪽으로 마음이 가는 것을 느꼈기 때문이다.

'설마 내가 길 가다 꼬신 여자 두 명을 끼고 와서 그런 것은 아니겠지?'

진트는 멍한 눈으로 멀리서 보이는 에르하트의 모습을 보았다.

'저 사람, 의외로 쫀쫀한 사람일 수도…….'

진트가 에르하트에게 의심의 눈초리를 보내고 있는 동안 시내 한가운데에서는 거리를 가득 메운 상인들과 인파들이 만들어내는 활력과 소란스러움, 그리고 축제의 가장 큰 목적인 유희 속을 가르면서 한 남자가 축제의 낭만이 퍼져 가고 있는 거리를 걷고 있었다. 그는 여름의 햇살이 선선한 바람과 함께 자연의 축복을 내리는 주다스의 달 마지막 주에 열리고 있는 이 축제를 즐기기 위해 드넓은 도로를 가득 메우고 있는 인파들과는 상관없이 아주 조심스러운 태도로 고개를 낮추고 이리저리 주위를 살피면서 길을 걷고 있었다.

손님을 부르는 호객꾼들과 맛있는 음식 냄새, 길 한가운데서 사람들의 시선을 유혹하는 거리의 예술가들의 틈 사이를 지나 그는 곧 자신이 지나온 곳과는 다르게 짙은 그림자 속에 갇혀 있는 한 어두운 골목 앞에서 발걸음을 멈추었다. 그리고 골목 앞에서 주위를 한 번 돌아본 그 남자는 곧 재빠른 몸놀림으로 자신을 어둠 속에 감추기 시작했다. 흘러내리는 하수도 물이 고여 첨벙거리는 골목길을 바쁘게 걸어가던 그는 곧 골목 안에 있는 한 초라한 주점의 간판을 발견했다. 대충 거칠게 만들어진 주점 간판에는 '툴루즈 로트렉'이라는 이름이 그 간판만큼이나 성의없는 글씨로 쓰여져 있었다. 아마 여행을 좋아하면서 조금이라도 술집을 좋아하는 사람이 이 주점의 이름을 보았다면 쓴웃음을 짓고 말았을 것이다. '툴루즈 로트렉'은 본래 신성 폴센 제국의 유명한 상류 사교 클럽 이름이었으니까.

하지만 그는 그 이름에는 전혀 신경 쓰지 않는지 곧 무표정한 얼굴로 주점의 문을 열고 안으로 들어갔다. 그가 문을 열고 툴루즈 로트렉 안으로 들어갔을 때 그의 눈에 보인 것은 자욱한 담배 연기 속에서 카드를 하면서 술을 마시고 있는 사람들의 모습이었다. 다른 곳에서는 축제를 즐기기에 여념이 없는데 대낮부터 뒷골목 구석에 있는 이 술집에 모여 있는 사람들이 제대로 된 사람일 리는 없었을 터. 그것을 증명이라도 하듯 테이블을 차지하고 있는 자들은 하나같이 삶에 찌들어 보이거나 낯빛이 사나워 보였다. 남자는 곧 그들 사이를 지나 카운터에 서 있는 뚱뚱한 중년 여인에게 다가갔다. 그녀는 가슴이 깊게 파인 붉은색 드레스를 입고 있었는데 약이라도 한 듯 몽롱한 눈빛을 하면서 의자에 걸터앉아 카운터에 그 비대한 몸을 기대고 있었다.

"마르셀라니님은?"

남자가 말을 걸어오자 그녀는 아무 말 없이 카운터 안에 나 있는 문을 가리켰다. 여자가 가리키는 문에 시선을 주던 남자는 곧 아무 말도 없이 카운터를 그대로 뛰어넘어 문을 열고 안으로 들어갔다. 그리고 그는 문 뒤로 나 있는 계단을 내려가기 시작했다. 오래된 나무 계단의 비명 소리를 들으면서 아래를 향해 걸어가던 그는 술 저장고처럼 보이는 넓은 지하 공간을 볼 수 있었고, 곧 한편에 보이는 불빛을 따라 그곳으로 다가갔다. 그리고 그에게 누군가의 목소리가 들려왔다.

"브로이인가?"

"그렇습니다."

브로이는 곧 촛불이 놓여 있는 저장고 구석에서 술병을 들고 있는 남자의 모습을 찾을 수 있었다.

"마르셀라니님!"

브로이의 호명에 커다란 오크목 술통에 앉아 술병을 들고 그대로 들이키고 있던 움베르토 마르셀라니가 고개를 돌렸다. 그리고 30대 중반의 나이에 햇볕에 그을린 거친 구릿빛 피부를 한 마르셀라니의 얼굴이 브로이의 눈에 보였다. 깊은 눈두덩이 밑으로 보이는 날카로운 눈매와 오뚝한 콧날, 다부진 입술의 이 남자는 얼굴 그 자체만으로도 거친 바닷사나이의 풍모가 그대로 물씬 풍겨나는 남자였다.

하지만 거친 매력이 물씬 풍겨 나오는 이 남자의 얼굴에는 그가 살아온 세월이 결코 평탄치 못했다는 흔적이 그대로 드러나 있었는데 그것은 왼쪽 뺨에서부터 눈을 지나 이마까지 이어진 기다란 검상이었다. 그리고 검상으로 인해 왼쪽 눈이 감겨져 있던 마르셀라니가 들고 있던 술병을 바닥에 내던지고는 자신에게 다가온 브로이에게 말했다.

“우리 측 참가자들은 무사히 도착했나?”

“예, 이번 대결이 너무 유명해져서 우려했던 용병 녀석들의 방해는 없었습니다.”

“그런가?”

마르셀라니가 말을 내뱉으면서 술이라도 묻었는지 여기저기 젖은 자국이 나 있는 자신의 셔츠로 입술을 닦아냈다. 브로이는 그런 마르셀라니에게 시선을 주다가 그의 발밑에서 굴러다니고 있는 빈 술병들에게 시선을 돌렸다.

“마르셀라니님!”

“왜 그러나, 브로이?”

“이곳은 너무 위험합니다. 다른 일행과 같은 곳에 머무르시지요.”

브로이의 권유에 마르셀라니가 쓰게 웃음을 지어 보였다.

“그럴 거야. 다만 20년 만에 방문했는데 이곳을 그냥 지나칠 수가 없어서 들른 것뿐일세.”

“하지만…….”

브로이가 다시 무슨 말을 하려 하자 웃음을 짓고 있던 마르셀라니가 손을 들어 그의 말을 막았다. 그리고 마르셀라니는 술통에서 일어나 조그마한 촛불이 밝히기엔 너무나 큰 지하 저장고 안의 어두운 풍경 속을 잔잔한 발걸음으로 옮기면서 둘러보았다.

“이런 뒷골목 지하에 숨어 지내야만 했던 열세 살 소년의 머리 속에는 무슨 생각이 떠올랐을 것 같나?”

“…….”

느닷없는 마르셀라니의 질문에 브로이는 아무 대답도 하지 못했다.

마르셀라니도 그의 대답을 기대하지는 않았는지 술기운이 감도는 흐릿한 눈동자를 보이면서 그 눈동자만큼이나 흐릿한 미소를 흘렸다.

"적에게 아버지를 잃고 아버지의 부하들에게 쫓기면서 겁에 질려 있는 어린 소년의 머리 속에 말이야."

그리고 마르셀라니는 지금의 자신을 만들고 결코 잊을 수 없는 상처를 준 어린 날의 과거를 향해 아련한 시선을 보냈다.

아드리안의 날개에 도전했던 그의 아버지 에우포시토 마르셀라니는 그와 함께 당대 최고의 에이스라고 평가받던 에밀리오 포르토라는 길드 소속의 조종사와 마지막 대결을 펼치고 있었다. 당시 수많은 전투기들이 도그 파이트 끝에 추락해서 남은 전투기는 단 세 기였다. 그리고 그 세 기 중 두 기가 에우포시토 마르셀라니와 그의 윙맨이었던 에르윈 보메라는 발렌슈타인 제국 출신의 유능한 동료이자 막역한 친구의 전투기였다. 누가 보더라도 이번 결투는 해적들의 승리로 돌아갈 것 같았다. 아무리 에밀리오 포르토가 우수한 파일럿이라도 해도 동급의 평가를 받는 에우포시토 마르셀라니와 에르윈 보메의 협공을 이겨 낼 수는 없었으니까 말이다.

수많은 전투기의 파편들이 떠다니던 레지나 섬의 앞바다 위로 두 기의 전투기가 한 기의 전투기를 쫓아 하늘을 뒤덮는 기총 사격과 전투기 날개가 가르는 바람과 복엽기의 날개를 고정시키는 철사 줄의 윙윙거리는 소리를 내면서 이 마지막 전투의 종막을 향해 치닫고 있었다.

하지만 운명의 여신은 에밀리오 포르토에게 미소를 지었다. 오랜 비행은 조종사의 심신을 피로하게 한다. 그것도 전투 비행 상황이라면 더욱 그러했고 말이다. 에우포시토 마르셀라니는 자신의 동료 에르윈 보메의 엄호 하에 끈질기게 자신의 라이벌 조종사를 추격했고, 이제 데 드식스 안에 집어넣는 데 성공했다. 에우포시트 마르셀라니가 회심의 미소를 지으면서 기총을 발사하려는 순간 위기를 느낀 에밀리오 포르토의 전투기가 갑자기 급상승을 시도했다. 이 의외의 상황에 에우포시토 마르셀라니는 당황하게 된다. 적기와 바짝 붙어 있던 그는 충돌의 피하기 위해 기체를 오른쪽으로 상승시켰다. 자신의 동료인 에르윈 보메가 자신을 대신해 무리한 급상승을 시도하는 에밀리오 포르토의 전투기를 격추시킬 것이라고 믿으면서 말이다.

하지만 그때 바로 에우포시토 마르셀라니의 우측 상방에서 그를 따라오던 에르윈 보메의 전투기와 충돌을 일으키게 된다. 그의 전투기 고타 GⅢ의 우측 날개가 에르윈 보메의 알바트로스 DⅡ기의 동체와 부딪치고 만 것이다. 당시 항공기들은 지금과는 다르게 두 개 이상의 날개가 달린 복엽기로 만들어져 있었고 동체는 금속이 아닌 나무와 천으로 이루어져 있었다. 따라서 이러한 갑작스러운 공중 충돌은 두 기의 기체에게 치명적인 결과를 야기시켰다.

에우포시토 마르셀라니의 위쪽 앞날개의 팽팽하던 천이 그대로 찢어져 나가며 조종 불능 상태로 돌변한 것이다. 위쪽 앞날개가 완전히 떨어져 나간 상태에서도 될 수 있으면 안전하게 불시착하기 위해 그는 자신이 할 수 있는 모든 노력을 다했다. 하지만 그의 노력도 헛되이 그의 고타 GⅢ 전투기는 아드리안의 푸른 파도 위에서 산산조각이 났고, 그도 자신의 애기와 운명을 같이하게 된다. 그리고 자신의 오랜 동료가 자신의 기체와 함께 아드리안 해의 품속으로 사라지자 에르윈 보메는 자신의 기체에서 울부짖었다.

"아, 왜 그가… 왜 그가… 이토록 불운한 운명의 희생물이 되어야만 하는가? 왜 운명은 나를 택하지 않고 그를 택했는가?"

그의 뒤에는 어느새 고도를 확보한 에밀리오 포르토의 전투기가 따라붙고 있었다. 갑작스럽게 찾아온 마르셀라니 가의 불행은 어머니를 잃고 아버지에 의지해 살아오던 소년 움베르토 마르셀라니에게는 견딜 수 없는 시련으로 다가왔다.

본래 이번 대결은 주변의 반대를 무릅쓰고 그의 아버지가 거의 독단적으로 추진한 일이었다. 또한 사람은 눈앞에 보이던 희망의 빛이 순식간에 사라지고 불행으로 다가온다면 남의 탓을 먼저 하기 마련이었다. 분명 이번 사고는 너무나 가깝게 편대 비행을 유지하던 에르윈 보메의 실수였다. 하지만 해적들은 보메를 탓하지 않았다. 자신들의 두목이었던 에우포시토 마르셀라니를 원망하기 시작했고, 그에 대한 보복의 대상으로 단지 열세 살에 불과했던 움베르토 마르셀라니를 쫓기 시작했다.

어린 마르셀라니는 아버지의 죽음을 슬퍼할 겨를도 없이 어제까지 자신의 보호자들이었던 자들에게 쫓기는 처지로 전락하게 되었다. 아드리안의 날개는 이 소년을 외면했다. 해적들과 마찰을 빚어가면서까지 한 소년을 구할 정도로 선량하기만 한 존재는 못 되었기 때문이다. 오랜 도망자 생활 끝에 마르셀라니는 결국 레지나 섬의 뒷골목에 있는 이곳에서 해적의 손길을 피할 수 있게 되었다. 음란한 미망인의 어린 정부가 되어서…….

"참, 길드 측에 대단한 사람이 참가했다는 말이 있던데?"

생각에 잠겨 있던 마르셀라니가 상념에서 깨어나 브로이에게 질문했다.

"예, 크리스티안 폰 에르하트 남작, 발렌슈타인 제국에서 최고로 인정받던 조종사였습니다."

"발렌슈타인 제국의 귀족이라고? 그런 귀족 나리께서 어째서 해적과 용병들의 더러운 싸움에 끼어든 거지? 그리고 발렌슈타인 제국 최고의 조종사였다고? 무서워 죽겠구먼."

하지만 그의 얼굴에는 자신의 말과는 다르게 두려움의 흔적 따위는 없었다.

"아무래도 길드 측과 모종의 거래가 있는 것 같습니다. 그가 끼어들어서 우리 계획에 지장이 생길 수도 있습니다. 그의 기록을 알아봤는데 대단하더군요. 들리는 소문에 따르면 이번 대회에 참가하는 길드 소속 조종사 전부가 그에게 당했다고 합니다."

브로이가 어두운 얼굴을 하면서 입을 열었다.

"그러면 우리 측에 있는 그 발렌슈타인 제국 출신 조종사하고 비교해 보면 어떻겠나?"

"그것은 잘 모르겠습니다. 그 사람도 그와의 대결을 몹시 기다리는 것 같더군요."

"하하하! 이거야 원."

브로이의 대답을 듣고 나서 마르셀라니는 크게 웃음을 터뜨렸다. 그리고 마르셀라니는 그 웃음의 의미를 물어오는 브로이의 눈빛을 보고는 억지로 웃음을 참으면서 그의 의문을 풀어주었다.

"웃기지 않나? 아드리안 해를 대표하는 해적하고 길드가 싸우는데 조커로 발렌슈타인 제국 출신 조종사들을 내세우다니……. 웃기지 않나, 브로이?"

"……."

브로이는 아무런 대답도 하지 않았다.

"그러면 잘못하면 그 에르하트 남작 때문에 우리 계획이 틀어질 수도 있겠군."

"예."

브로이가 대답했다. 그러자 마르셀라니는 고개를 주억거리더니 다시 말을 이었다.

"그래서는 안 되지. 이번 일을 위해 20년 세월을 투자한 사람도 있는데 말이야."

말을 마친 마르셀라니는 얼굴에 머물던 웃음을 지우고는 생각에 잠겨 이리저리 발걸음을 옮기기 시작했다. 브로이는 그런 마르셀라니의 옆에서 말없이 촛불을 받아 벽 위로 길게 드리워진 그의 그림자를 지켜보았다. 그리고 얼마간의 시간이 지난 뒤 마르셀라니의 발걸음이 멈췄다.

"에르하트 남작은 지금 길드에 머물고 있나?"

"아닙니다."

"바이오코 섬에 머물지 않고 있다고?"

"예."

마르셀라니가 의외라는 눈빛을 보이면서 다시 질문을 던졌다.

"그럼 어디에 있나?"

"같이 온 일행과 함께 이곳 레지나 섬의 한 호텔에 머물고 있다고 합니다.”

“의외로군.”

마르셀라니가 재미있다는 표정을 지으면서 말하자 브로이가 질문을
던졌다.

“뭐가 말입니까?”

그러자 마르셀라니의 얼굴 위로 이가 드러나는 살기 어린 웃음이 떠
올랐다.

“길드의 보호 속에 있지 않고 따로 행동하다니, 그러다가 팔이 잘리
는 사고라도 당하면 어쩌려고. 안 그런가, 브로이?”

“그는 제국의 귀족입니다. 거기다 그의 참가는 이곳에서 이미 큰 이
슈가 되었습니다.”

브로이가 일말의 우려를 담으면서 대답하자 마르셀라니가 활짝 웃
음을 지어 보였다.

“그러니까 사.고. 아닌가, 브로이?”

브로이는 마르셀라니의 웃음을 보면서 더 이상 반론을 할 수 없었
다. 마르셀라니의 웃음 속에서 한 마리의 맹수를 보았기 때문이다. 결
국 브로이는 고개를 끄덕이고 말았다. 그러자 마르셀라니가 그의 어깨
를 두드리면서 말했다.

“그래야지, 브로이. 비록 못난 사람이지만 내가 에스프릴라의 깃발
주인이니까 말이야.

그리고 말을 마친 마르셀라니가 벽에서 술병을 하나 꺼내 들고 그전
에 앉아 있던 술통으로 걸어가고 있을 때 브로이가 지하실 위 천장 쪽
으로 시선을 던졌다.

"저 여자는 어떻게 할까요?"

일말의 살기를 눈동자에 담으면서 질문을 해온 브로이에게 마르셀라니가 들고 있던 술병의 코르크 마개를 따면서 말했다.

"그래도 생명의 은인인데 죽일 수야 없지. 다만……."

"다만?"

"그녀를 안 죽인 것만으로는 그녀에게 은혜를 갚은 것이라고 볼 수 없으니까 그녀가 원하는 대로 약을 주도록. 죽을 때까지 말일세."

그것을 마지막으로 브로이는 고개를 끄덕이고 나서 다시 계단을 오르기 시작했다. 그리고 브로이가 지하실을 떠나가자 마르셀라니는 술통 위에 주저앉아 다시 술을 마시기 시작했다. 아무도 없는 지하 속에서 홀로 술을 마시는 마르셀라니의 그림자가 흔들리는 촛불을 따라 물결치듯 어두운 조명 아래 춤을 추었다. 어둠 속에서의 그 춤은 아주 불안해 보였다.

축제에 휩싸인 거리의 야경은 아름다웠다. 어두운 하늘 아래 멀리 보이는 야경은 그 다양한 불빛들만큼이나 다양한 볼거리들을 낮에 이어 사람들에게 선보이고 있었다. 에르하트는 자신이 머물고 있는 여관의 2층 창턱에 주저앉아 시끄러운 소음과 함께 사람들이 만들어내는 이 한밤의 축제를 눈으로나마 즐기고 있었다.

"다 씻으셨습니까?"

불빛을 받아 반짝이는 백금발 위의 물기를 수건으로 닦아내면서 방 안으로 들어온 진트가 물었다.

"어, 나는 다 씻었어. 진트도 샤워를 다 끝낸 것 같은데 이제 슬슬 식사나 하러 가지?"

에르하트가 대답을 마치고 자리에서 일어서자 진트는 침대에 널려 있는 옷가지를 주워 하나씩 걸치기 시작했다. 그리고 진트가 옷을 갈아입는 것을 지켜본 에르하트는 곧 문을 열고 밖으로 걸어나가기 시작했다. 에르하트가 여관 2층에서 식당으로 내려와 일행을 찾아보았을 때 그의 눈에 보인 것은 말없이 맥주를 마시고 있는 이스카야르뿐이었다.

"다른 분들은 어디 갔습니까?"

에르하트가 턱하고 앉으면서 질문을 던져 오자 이스카야르가 들고 있던 맥주 잔을 깔끔하게 단장되어 있는 테이블 위에 내리면서 대답했다.

"두 분은 마무리 점검 하신다고 일찍 식사를 마치고 가셨습니다. 아무래도 오늘밤은 그곳에서 날을 샐 것 같더군요. 물론 그분의 제자들인 피네 양과 군터 씨도 그곳으로 갔고요."

"그렇습니까? 참 철두철미하시기도 합니다. 저녁때 진트 군과 내가 비행기를 직접 몰아봤는 데도 또 점검을 하러 가시다니……."

에르하트가 말을 마치고 나서 축제 때문에 성황인 듯 술에 취한 취객들과 가족끼리 오붓하게 식사를 즐기고 있는 사람들이 가득 들어차 있는 식당 내부를 한 번 둘러보고는 말을 이었다.

"그런데 이스카야르 씨는 식사를 아직 드시지 않았습니까?"

"그것은 왜 물어보십니까?"

자신의 질문에 이스카야르가 그렇게 대답을 해오자 에르하트는 싱긋 웃음을 지어 보이면서 말했다.

"아니, 식사를 마쳤으면 나가서 축제를 즐기시거나, 아니면 들어가서 좀 쉴 것이지 혼자 뻘줌하게 식당 한가운데서 술을 마십니까?"

이스카야르는 아무 말 없이 식탁 위에 놓여 있는 맥주 잔을 들었다. 그리고 에르하트 역시 그의 대답을 기대하지는 않았는지 이스카야르가 맥주를 다시 마시기 시작하자 식사를 하고 있는 주변 사람들을 이리저리 둘러보더니 곧 2층에서 내려오는 진트를 발견하고는 그를 큰 소리로 불렀다.

"어이! 진트! 여기야!"

진트는 에르하트의 목소리를 듣고 그를 찾기 위해 잠시 동안 주위를 두리번거리다 곧 손을 흔들고 있는 에르하트를 발견하고는 에르하트와 이스카야르가 앉아 있는 테이블 쪽으로 다가오기 시작했다. 그때 진트가 잠시 몸을 휘청거리더니 그대로 바닥으로 넘어졌다.

"뭐야, 이거?"

넘어진 진트 옆에서 술을 마시고 있던 일단의 사내들이 짜증 섞인 말을 내뱉으면서 자리에서 일어섰다.

"뭐냐니? 당신들이 내 다리를 걸지 않았습니까?"

바닥에 쓰러졌던 진트가 몸을 일으키면서 남자들에게 항의했다. 그러자 그 사람들이 진트를 에워싸기 시작했다. 그리고 곧 얼굴부터 시작하는 문신을 온몸에다 새긴 대머리의 거한이 진트의 멱살을 움켜잡더니 얼굴에 나 있는 상처를 꿈틀거리면서 말했다.

"이봐, 애송이! 잘못했으면 잘못했다고 사과를 해야지 그렇게 따지면 쓰나?"

"내가 뭘 잘못했다는 겁니까? 그리고 다리를 건 것은 당신들인데 왜 내가 사과를 합니까? 당장 이 손 놓으십시오!"

"맹랑한 애송이로군."

거한이 비웃음이 역력한 표정을 지으면서 대꾸했다. 그러자 그전까지는 나름대로 예의를 갖추면서 항의하던 진트의 얼굴 위로 분노가 떠오르기 시작했다.

"뭐라고?"

한편, 식사를 하기 위해 테이블에 앉아서 진트를 기다리던 에르하트는 그가 인상이 고약한 사내들과 시비가 붙자 궁지에 몰린 진트를 도와주기 위해 자리에서 일어서려고 했다. 하지만 에르하트는 자리에서 일어서지 못했다. 옆에서 맥주 잔을 들고 있던 이스카야르가 다른 팔로 에르하트의 손목을 잡았기 때문이다.

"왜 막는 거요?"

에르하트의 항의에도 불구하고 이스카야르는 아무 말 없이 맥주 잔을 기울였다. 그리고 잔을 완전히 비운 이스카야르가 자신의 대답을 기다리고 있는 에르하트에게 미소를 지어 보이면서 말했다.

"단지 성격이 고약한 사람들과 시비가 붙은 것일 뿐입니다. 대 발렌슈타인 제국의 귀족이 나설 일이 아니죠."

"그래서 동료가 곤경에 처해 있는데 구경만 해라?"

"웬만하면 그냥 자기가 알아서 해결하게 놔두시죠."

"그게 무슨 말입니까? 아무리 내가 귀족이라도 같은 일행이 곤경에 처해 있는데 어떻게 모른 척하라는 거요? 그리고 이스카야르 당신 정도라면……."

에르하트가 자신의 팔을 잡고 놓아주지 않는 이스카야르에게 무엇인가 말을 하려고 할 때 이스카야르가 에르하트의 팔을 놓아주었다. 에르하트는 이스카야르에게 잡혔던 팔을 주물럭거리더니 불만이 섞인 눈빛을 싱긋 웃음을 지으면서 두 손을 쳐든 이스카야르에게 던지면서 시비가 붙은 곳으로 걸어가기 시작했다.

"어이! 이봐요!"

진트를 포위한 채 서 있던 남자들이 뒤에서 들려오는 목소리에 고개를 돌렸을 때 그들의 눈앞에는 에르하트가 서 있었다.

"이건 또 뭐야?"

사내들의 첫마디 말이었다. 에르하트는 그 말을 듣고는 순간적으로 화가 치밀어 오르는 것을 느꼈지만 갑자기 일어난 이 싸움을 우려 섞인 눈으로 구경하고 있는 식당 안 사람들의 시선을 의식하고는 고개를 팍 숙이고 한동안 말없이 울화를 참기 위해 가만히 서 있었다.

"이봐, 당신! 이 사람 일행이야? 잘됐구먼. 내 동료가 이 녀석 발에 부딪쳐서 다리가 다쳤거든? 치료비로 얼마나 내놓을 거야?"

대머리거한이 말했다. 그리고 그 말을 듣고 시비에 휘말린 진트나 말리러 온 에르하트, 그리고 구경을 하고 있는 식당 안의 사람들은 깨달았다. 이 사람들이 이런 말도 안 되는 이유를 들어 남의 돈을 갈취하면서 살아가는 불량배들이라는 것을 말이다. 바랑기스 공국의 씨사이드 에어로 페스티벌은 많은 구경꾼들과 볼거리들이 몰려드는 큰 축제였지만 반대급부로 이런 사람들을 끌어들이기도 했던 것이다.

에르하트는 결국 폭발하고 말았다. 보통 이렇게 돈을 노린 고의적인 시비에 휘말린 사람들은 이런 무리들에게 기분은 더러워도 더 이상 휘말리지 않기 위해 적당히 돈을 던져 주고 끝을 내고 마는 것이 일반적인데 문제는 에르하트가 그런 일반적인 경우와는 거리가 먼 사람이라는 것이었다. '똥을 무서워서 피하냐, 더러워서 피하지?' 라는 생각으로 적당히 자신을 위로하면서 물러나는 다른 사람들과는 달리 에르하트는 부당하다고 느낄 때는 무서워도 그냥 밟고 지나가는 인간이었다. 한마디로 말해서 에르하트는 필요하다고 느낀다면 언제든지 똥이 아니라 똥밭이라도 구를 인간이었다. 결국 시비를 말리러 간 에르하트가 시비에 휘말린 것은 한순간이었다.

"뭐야, 이 자식들?"

에르하트가 대머리사내를 노려보면서 그렇게 말을 하자 그자는 움켜잡고 있던 진트의 멱살을 놓더니 비웃음이 묻어 나오는 미소를 지어 보이면서 에르하트에게 다가갔다.

"이 자식들?"

대머리남자가 에르하트의 멱살을 움켜쥐었다.

"야, 이 자식아! 덩치도 좋은 것이 할 짓이 없어서 선량한 사람들 괴롭혀서 돈이나 뜯어내냐? 당장 이 손 못 놓겠나?"

에르하트가 살기가 물씬 풍겨 나오는 사내의 웃음을 보면서도 경멸과 분노가 혼합된 눈빛을 하면서 말했다. 그러자 대머리거한이 자신 쪽으로 에르하트를 바짝 잡아당기면서 대답했다.

"무서운 것을 모르는 놈이구먼."

그리고 에르하트는 보았다. 자신의 멱살을 잡은 그자가 품속으로 자유롭던 다른 손을 집어넣는 것을. 그리고 잠시 후, 그의 손이 다시 밖으로 나왔을 때 그의 손에는 한 자루의 단검이 쥐어져 있었다. 에르하트는 그것을 보고는 이자들이 보통 불량배들이 아니라는 것을 깨달았다. 불량배들은 돈을 뜯어내기 위해 사람들에게 시비를 붙지 이렇게 누군가를 칼로 찌르기 위해 시비를 걸지는 않는다. 그리고 에르하트는 자신이 다른 사람들의 시야에서 가려져 있다는 것을 깨달았다. 사내의 거대한 몸집과 주변을 둘러싼 다른 자들이 자신을 완벽하게 가리고 있었던 것이다.

'함정인가?'

에르하트는 성급했던 자신을 자책하면서 점점 다가오는 푸른빛이 감도는 칼날을 지켜보았다. 대머리사내의 표정 속에서 어느새 비릿한 웃음이 사라졌다. 대신 숨 막힐 듯한 살기가 그 빈자리를 채우고 있었다.

슈팍!

무엇인가가 단검을 응시하고 있는 에르하트의 눈앞으로 지나갔다. 공기를 가르는 파공음을 여운으로 남기며 그것이 사라진 후 고통에 찬 비명과 함께 붉은 선혈이 갑작스럽게 튀어 올랐다.

"으악!"

에르하트의 얼굴, 갑작스럽게 찾아온 정적과 함께 얼굴 선을 따라 천천히 흐르는 핏물. 에르하트는 자신의 시야를 덮으면서 내려오는 피의 감촉을 느끼면서 눈앞에서 비명을 지르고 있는 거한의 얼굴을 보았다. 그전까지 살기와 비웃음이 떠올라 있던 그의 얼굴엔 구슬픔과 괴로움만이 남아 있었다. 잘려 나간 자신의 팔을 응시하면서 그는 고통 속에서 괴로워하고 있었다.

하지만 무자비한 고통도 잠시 그의 곁에 머물렀을 뿐이다. 팔의 동맥에서 뿜어져 나오던 피를 다른 팔로 막아보기도 전에 다시 한 번 어디선가 날아온 빛이 그의 목덜미를 지나갔다. 그리고 비명을 지르던 그는 곧 침묵 속에 휩싸여 그 거대한 몸을 잘려 나간 거목과 같이 바닥 위에 떨어뜨리고 말았다. 고통에 일그러져 있던 목과 함께. 에르하트는 본능적으로 몸을 뒤로 날렸다.

"까악!"

귓속을 파고드는 높은 옥타브의 비명을 누군가가 지르자 갑작스럽게 여기저기서 비명 소리와 고함 소리가 들리기 시작했다. 그리고 뒤로 몸을 굴린 에르하트가 다시 고개를 들었을 때 그는 팔과 목이 잘린 채 쓰러져 있는 거한 옆으로 이스카야르가 서 있는 것을 보았다. 발밑으로 흐르는 선홍빛 피를 밟으면서 피에 젖어 있는 검은빛의 칼을 든 이스카야르는 에르하트와 눈을 마주치자 웃음을 지어 보였다. 에르하트는 요란하게 부딪치는 소리와 접시와 컵이 깨지는 소리, 식기가 바닥에 떨어지는 소리, 그리고 사람들의 급박하고 요란한 발소리가 어지럽게 혼재된 혼란 속에서 거한의 일행이었던 사내들이 품속에서 칼이나 단검 같은 무기들을 꺼내 드는 것을 보았다.

하지만 무기를 꺼내 든 사내들은 이스카야르나 에르하트에게 덤벼들지 못했다. 그들은 당황하고 있었던 것이다. 강렬한 살기를 뿌리면서도 환한 웃음을 짓고 있는 이스카야르의 모습은 에르하트를 노리던 암살자들에게 악마의 강림과도 같은 충격을 주었다. 그들은 자신의 동료가 어떻게 죽는지 제대로 볼 수조차 없었다. 그리고 어느새 동료의 시체 곁에는 이 검은 칼을 든 이스카야르가 압도적인 위압감을 뿌리면서 서 있었던 것이다.

"저자는 타인을 죽이려 한 자다. 우리 하멜 인들에게는 인과의 법칙이라는 것이 있지."

"인과의 법칙?"

위험한 대치 상태에서 갑작스럽게 튀어나온 이스카야르의 말에 그와 마주한 다섯 명의 암살자 중 한 명이 되물어왔다. 이스카야르는 자신의 칼날을 타고 흘러내리는 핏물에 시선을 잠깐 주더니 칼을 들고 있던 오른손을 세차게 휘둘렀다. 그리고 바닥으로 세차게 떨어진 피와 마치 아무 일도 없었던 듯 본 모습을 되찾은 날렵한 자신의 검을 번갈아 바라보던 이스카야르는 상황에 맞지 않는 표정, 즉 너무나 기분 좋아 보이는 미소를 지으면서 대답했다.

"쉽게 말한다면 행한 대로 거둔다고나 할까? 여기 쓰러져 있는 이 불행한 친구의 예를 들자면 그는 저기 있는 내 동료를 죽이려고 했지. 그리고 그 순간 그는 남을 죽이려는 대신 자신도 죽을 준비가 되어 있어야 한다는 것이지. 그리고 그는 목숨을 건 인과의 승부에서 지고 만 것이고 말이야."

"하고 싶은 말이 뭐냐?"

질문을 던졌던 사내가 공격하라고 하는 이성과 위험을 알리는 본능 사이에서 갈등하면서 다시 입을 열었다. 그러자 이스카야르가 웃는 낯으로 대답했다.

"에르하트 남작이 이곳에 등장한 순간부터 지금까지 당신들의 시선은 에르하트 남작에게 고정되어 있더군. 하다못해 저기 서 있는 진트 군에게 시비를 걸 때조차도 말이야."

"무슨 말이지?"

남자는 이스카야르의 말을 이해할 수가 없었다. 자신들은 위장하고 있는 것과 같이 뒷골목의 불량배들이 아니었다. 훈련받은 사람들이었다. 그것도 아주 철저하게. 이스카야르는 사내의 표정과 아무도 머물고 있지 않은 식당 한쪽을 쳐다보더니 쓴웃음을 지었다.

"저런, 동료가 아니었나? 당신들 일행인 줄 알고 그냥 놔뒀는데 내가 실수했나 보군."

이스카야르의 말을 들은 암살자들의 머리 속에 떠오른 단어는 '배신'이었다. 그리고 남자들이 이 사실을 어떻게 하면 자신들의 주인에게 알릴 수 있을까 하고 고민하고 있을 때 그들에게 약간은 맥이 빠진 이스카야르의 목소리가 들려왔다.

"나에 대해 전혀 대비를 안 한 것을 보니 대충 어디서 왔는지 감이 잡히는군. 자, 그럼 당신들에게 묻겠다. 목숨을 걸고 나의 목숨을 취하겠나, 아니면 좋지 않은 목적을 가지고 이곳으로 온 대가로 정보를 내놓겠나?"

이스카야르의 말이 끝나자 암살자들의 얼굴로 긴장이 떠올랐다. 그리고 서로 눈빛을 교환하던 그들은 무기를 들고 있던 팔에 힘을 주기 시작했다. 잠시 후, 공격이 시작됐다.

"키아악!"

비명과 같은 괴성을 지르면서 암살자 중 이스카야르의 뒤에 있던 한 명이 단검을 들고 뛰어들었다. 그러자 미소를 짓고 있던 이스카야르의 얼굴에서 냉혹한 살기가 흘러나왔다. 그리고 이스카야르는 몸을 숙임과 동시에 그대로 몸을 회전시켜 칼을 휘둘렀다. 머리 위로 지나가는 단검의 날카로운 칼날을 이스카야르가 느꼈을 때 단검을 휘두른 암살자는 무릎 아래가 그대로 잘려 나가 버렸다.

"크아악!"

비명을 지른 공격자가 그대로 쓰러지는 것을 확인할 겨를도 없이 바로 뒤이어 두 명의 암살자가 숏 소드를 들고 이스카야르에게 달려들었다. 등 뒤에서 느껴지는 날카로운 두 개의 살기. 이스카야르는 앉아 있는 상태에서 오랜 수련으로 다져진 온몸의 근육을 긴장시키면서 등 뒤의 적을 기다렸다. 찰나의 순간, 적이 두 개의 칼날을 그의 등으로 들이밀자 이스카야르는 응축되어 있던 근육의 힘을 순간적으로 풀었고, 그의 몸은 곧 그대로 공중으로 떠올랐다. 허공 속에서 몸을 그대로 회전시키는 이스카야르의 양팔에는 어느새 뽑혀진 두 개의 검이 들려 있었다. 소드 마스터의 강맹한 힘이 실린 두 개의 검은 날카로운 바람 소리와 함께 회전하면서 공중에서 그대로 적에게 휘둘러졌다. 그리고 이스카야르가 다시 바닥에 내렸을 때 총을 장전하는 소리가 들렸다.

'이것이었나?

그 짧은 순간 이스카야르의 머리 속에 떠오른 생각이었다.

쾅!

도저히 총소리라고 부를 수 없는 굉음이 공간을 가르면서 터져 나왔다. 12게이지 슬러그 탄이 그대로 이스카야르가 있던 자리를 박살 내 버렸을 때 이스카야르는 이미 그 자리에 없었다. 부서지는 나무 파편과 함께 허공으로 뛰어오른 이스카야르를 발견한 암살자는 곧바로 들고 있던 펌프 액션 방식의 샷건을 다시 장전했다.

철컥!

그리고 샷건을 그가 바닥에서 구르고 있는 이스카야르에게 조준했을 때 그의 눈에 보인 것은 바닥에 그대로 드러누운 채 권총을 들고 있는 이스카야르의 오른손이었다.

탕!

쾅!

두 발의 총성이 거의 동시에 울렸다. 하지만 승자는 이스카야르였다. 암살자가 쏜 샷건이 이스카야르 옆에 있던 식탁을 날려 버린 반면 이스카야르의 45구경 매그넘은 그대로 적의 머리를 산산조각 내버린 것이다.

"죽어라!"

이스카야르는 다른 방향에서 들려오는 마지막 남은 암살자의 괴성을 들었다.

"피하시오!"

이스카야르가 몸을 날리면서 고함을 질렀다. 이스카야르는 깨달았다. 암살자들은 마지막까지 임무에 충실했던 것이다. 자신에게 덤빈 네 명의 암살자는 미끼였다. 자신과 대화를 나눴던 그자가 진짜 목적을 가지고 있었던 것이다. 그것은 동료의 목숨을 미끼로 한 에르하트의 암살이었다. 이스카야르가 본능적으로 왼손에 들고 있던 검을 허공에 휘둘렀다. 그리고 강렬한 빛을 발한 검은색 칼날에서 무형의 힘이 그대로 쏘아져 나왔다.

레스타니는 오랜 수련을 겪으면서 다져진 감각을 통해 뒤에서 날아오는 엄청난 기세를 온몸으로 느끼고 있었다. 하지만 그는 뒤로 물러설 수 없었다. 생사고락을 함께해 온 부하들이 만들어준 천금과 같은 기회였기 때문이다. 레스타니는 알았다. 이스카야르가 자신의 부하 마이니의 팔과 목을 단번에 베어 넘기는 것을 보고 그를 상대해서 이길 수 없다는 것을 말이다. 하지만 부하들이 이렇게 순식간에 모두 쓰러지리라고는 생각하지 못했다.

"죽어라! 에르하트!"

레스타니는 눈앞에 보이는 목표를 향해 그대로 달려들었다. 상처 입은 짐승처럼 울부짖으면서 핏발이 곤두선 두 눈으로 달려드는 암살자의 모습을 보면서 에르하트는 죽음을 생각했다. 피하라는 이스카야르의 외침이 들리기는 했지만 상대 역시 검을 닦은 자. 그는 어느새 공간을 격하고 자신의 눈앞에 와 있었다. 그리고 머리 위로 치켜 올려져 있던 그의 검이 무서운 기세로 들이닥쳤다.

"아악!"

피로 붉게 물든 식당 안에 비명이 울려 퍼졌다. 하지만 그것은 에르하트의 것이 아니었다. 에르하트는 자신의 몸을 감싸 안은 진트의 등에서 피가 흘러나오는 것을 느꼈다. 그리고 그는 보았다. 검을 휘두른 암살자의 몸이 그대로 반으로 갈라지는 것을. 처절할 정도의 피의 세례가 에르하트와 진트의 몸으로 뿌려졌다. 식당 안은 아비규환 그 자체였다. 지독한 혈향이 풍겨오는 피의 바다에 누워 있던 에르하트는 자신을 덮고 있는 진트를 조심스럽게 옆으로 내려놓았다. 그리고 자리에서 일어선 에르하트는 눈이 감긴 채 미약하게 숨을 쉬고 있는 진트의 얼굴을 매만지면서 외쳤다.

"이스카야르! 의사! 의사를 불러주시오!"

고개를 끄덕인 이스카야르가 밖으로 뛰쳐나가는 것을 본 에르하트는 낮게 신음을 흘리면서 의식을 잃은 진트에게 말했다.

"곧 의사가 올 거니까 정신 차려라, 진트!"

그리고 한동안 진트의 상세를 살펴보던 에르하트는 진트의 등에 식탁보로 만든 붕대를 감고 난 후 자신을 습격한 인물 중 유일한 생존자에게 발걸음을 옮기기 시작했다. 그는 두 발이 완전히 잘린 채 피를 흥건하게 흘리고 있었다. 에르하트는 차가운 눈으로 입을 열었다.

"누구지?"

에르하트가 질문을 던져 오자 생존한 암살자가 고개를 돌렸다. 그는 이미 피가 너무 많이 빠져나가서 창백한 고통도 느껴지지 않는 듯 창백한 안색으로 조금씩 꺼져 가는 생명의 불꽃을 눈동자 속에 담고 흐릿한 미소를 지어 보였다.

"모른다."

그러자 에르하트가 그의 얼굴에 가까이 얼굴을 갖다 댔다.

"너는 생각하게 될 것이다. 그것이 내 의지니까. 내가 널 무슨 일이 있어도 살려놓겠다."

암살자는 힘없이 웃었다.

"나를 살려내겠다고? 그것이 네 의지라고?"

그렇게 잠시 말을 멈추고 호흡을 가다듬은 그는 쥐어짜 내는 듯한 음성으로 다시 말을 이었다.

"크리스티안 에르하트 남작, 당신은 제국의 영웅이지. 그리고 나는 보잘것없는 암살자일 뿐이고 말이야. 나는 당신의 이름을 알지만 당신은 내가 누군지조차 모르지. 비참하군."

그리고 암살자는 낮게 웃었다.

"하지만 아는가? 이런 나도 죽는 순간만큼은 나의 의지로 선택하고 싶다!"

　강렬한 눈빛과 죽어가는 사람에게는 절대로 어울리지 않는 음울한
웃음.

　"이 자식!"

　에르하트가 그의 말이 끝나자마자 달려들었다. 하지만 이미 늦어 있
었다. 그의 얼굴에서 경련이 일어나기 시작하더니 곧 입에서 피가 흘
러내리기 시작했다. 혀를 깨물고 자살한 것이다.

『창공의 에르하트』 제2권 끝

FANTASY
FRONTIER
SPIRIT

청 어 람 게 임 판 타 지 소 설

인터넷 인기 짱! 게임 소설계를 긴장시키다!

현실과는 다른 또 하나의 세상,
New World에 당신을 초대합니다!

마존전설 / 목형 지음

소년이여, 지존이 되어라!

울트라 미라클 극악 마녀 누나들로 인해 나날이 피골이 상접하던 어느날,
현실의 독립을 쟁취하기 위해 현실과도 같은 또 하나의 세상
New World에 뛰어들고만 어벙한 미소년, 수한!

GM(Game Master)과의 눈알 튀고 사지가 후들거리는 피 튀기는 대립!
몹과 유저 사이를 넘나들며, 게임 세상을 어지럽히고 황폐화시키느라
온갖 고초와 고난, 역경이 닥쳐와도, 그는 꺾이지도 좌절하지도 않는다!
오로지 지존을 향한 필살 광랩과 초 레어 득템의 기연(奇緣)만 호시탐탐 노릴뿐!

FANTASY
FRONTIER
SPIRIT